講談社文庫

半パン・デイズ

重松 清

講談社

目次

半パン・デイズ

第一章　スメバミヤコ

1

運動靴をつっかけて庭に出て、空を見上げた。青にうっすらと黄土色《おうど》の交じった空だった。晴れているのに、陽射《ひざ》しが遠い。目を細めると、空のてっぺんにまんまるな太陽が浮かんでいた。太陽のかたちをはっきり見たのは生まれて初めてだった。

オーバースローでボールを放るように腕を振った。最初は開いていたてのひらを、腕を振り下ろす寸前に閉じた。なんの感触もない。てのひらを開いても、なにもない。でも、いま、空には砂が舞っているんだという。

「海を渡ってくるんだぞ、すごいだろ」

さっき、父に教えてもらった。海の向こう、中国大陸の砂が、春になると西風に乗ってこの町まで飛んでくる。

コウサ――「黄砂」と、父は字を書いて名前を教えてくれた。

「ひどいときには洗濯物も布団も干せないし、半日外に出て風呂に入ったら、湯舟の底は砂でざらざらなんだ」

しかめつらで言った父は、そばで聞く母が不安そうな顔でうなずくと、「それでも、まあ、すぐに慣れるよ」と笑っていた。母が笑い返したかどうかはよくわからなかった。

空をもう一度振り仰いだけど、砂粒は見分けられなかった。

ちぇっ、とつぶやいて顔を戻したら、外の通りから生け垣越しにこっちを覗《のぞ》き込んでくる視線に気づいた。

男の子だった。小学校の、五年生か六年生。あみだにかぶった阪神タイガースの帽子の下で、げじげじの太い眉毛《まゆげ》をひくつかせながら、じっとぼくを見ていた。大きな、真ん丸の目だった。びっくりしたような顔だったけど、ただ驚いているだけじゃなく、なんでそこにいるんだと怒っているようにも見えた。

ぼくはうつむいて、家の中に駆け込んだ。

この町にはともだちはだれもいないんだ、とあらためて気づいた。

父の生まれ故郷の、ぼくと母にとっては初めて暮らす海辺の町に、ゆうべ引っ越してきたばかりだった。

段ボール箱を積み上げた玄関で靴を脱ぎながら、幼稚園でよくうたった歌を頭の中でなぞった。題名は、なんていったっけ。一年生になったらともだちを百人つくって、山にみんなで登っておにぎりを食べるんだ、という歌。卒園式でもうたった。つい三日前のことだ。

一週間後、ぼくは小学校に入学する。ともだちが一人もいない学校に入る。

胸が急にどきどきして、涙が出そうになった。泣き虫はいじめられるかもしれない、そう思うと、まぶたがよけい熱くなってしまう。

右側の上の奥歯を舌先でさわった。何日か前から根っこがぐらつきはじめていた。母に見てもらったら、もう歯ぐきから永久歯が覗いているらしい。いまにもぽろりと抜けてしまいそうな歯を力をかげんしながら舌先で押していると、背中がくすぐったいような、でもおなかのほうは落ち着くような、ちょっとヘンな気分になる。

かなしいことを頭の中から追いはらうには、これがいちばんだ。きのうも奥歯を舌先でしょっちゅうさわった。同じアパートにいた幼稚園のともだちのマチコちゃんに「バイバイ」と言われたときは、舌に力が入りすぎて歯ぐきがズキッと痛くなって、そっちのほうで涙が出てしまったけど。

母は台所の床に座り込んで、段ボール箱から食器を出していた。

「どうだった？　空、黄色かった？」

声と、振り向いた顔に、疲れがにじんでいた。

「そんなでもなかった」ぼくは母から目をそらして答える。「東京とおんなじだから、布団干してもだいじょうぶだよ」

母は少し笑った。笑顔になったほうが、逆に、疲れてるんだなあとわかる。

きのうは半日以上も列車に揺られた。東京から新幹線とローカル線を乗り継いで、東から西へ、夕陽を追いかけるかたちで父のふるさとに向かった。いままでにも田舎《いなか》に帰ったことは何度かあったし、そのときと同じ道のりだったはずなのに、きのうはやけにそれが長く感じられて、いつまで列車に乗っていてもたどり着けないような気さえした。

「ヒロシ、ちょっと来てくれよ」廊下から父の声が聞こえた。「机の場所、どこがいいんだ？」

台所を出ていきかけたら、母に呼び止められた。

「おとうさんに、無理しないで、って。家具はおじさんが手伝いに来てくれるって言ってるんだから」

この町には、父のおにいさん――ヤスおじさんが住んでいる。おじさんは運送会社の社長で、プロレスラーみたいにがっしりした体つきをしていて、大声でしゃべり、笑うときには体を揺すって、夏休みや正月にぼくたちと会うときにはいつもお酒を飲んでいる。九人きょうだいの、おじさんがいちばん上で、父は末っ子。歳は十八も違う。親子みたいなもんだ、といつかおじさんは言っていた。

「おじさんが来たら、ちゃんとあいさつするのよ」

黙って、あいまいにうなずいた。

「ヒロちゃん、いい？　これからおじさんにはいろんなことでお世話になるんだから、ちゃんとあいさつしてよ、ね？」

「うん……」

廊下に出るとかけっこみたいに走った。板張りの廊下がきしむ。この家は平屋だ。階段がない。ベランダもない。トイレも水洗じゃない。ゆうべおしっこをしたとき、ネットで吊した芳香剤のボールのにおいが目にしみてしかたなかった。

隣の部屋に入ると、父はぼくの机に両手をついて、なにか考え込むようにうつむいていた。

「おとうさん、おなか痛いの?」

おそるおそる声をかけると、それで初めてぼくに気づいたのか、はっとして顔を上げ、「違う違う」と笑った。

「バスに乗ったら、すぐ海なんだぞ。夏になったら海水浴に連れてってやるよ」

「だいじょうぶなの?」

「なにが?」

「だって……おとうさん、おなか……」

「へっちゃらさ」

父はおなかの右側を軽く叩《たた》いた。

手術の痕《あと》は、一度だけ見せてもらった。胃を四分の一切り取る手術だった。十二針縫《ぬ》った。もう抜糸がすんでしばらくたっていたので縫い目を数えることはできなかったけど、傷口の周囲にひきつったような皺《しわ》が寄っていた。傷口よりもそっちのほうが気持ち悪く、ぼくのおなかまでぎゅっと締めつけられそうで、思わず目をそむけてしまった。一月──引っ越しのことを告げられる少し前のことだ。

いまは三月の終わり。傷痕はどんなふうになっているんだろう。見たいような、見たくないような、どっちにしても父は手術を受けてから、ぼくといっしょに風呂に入ってくれなくなった。

「よし、じゃあ机の場所決めよう。どっち向きがいい？　こっち側だったら、窓が近いから明るくていいんじゃないかな」

カーテンをまだ取りつけていない窓の向こうに、庭が見える。生け垣も見える。さっきの男の子は、もういない。

「あっちに置いて」

ぼくはドアの横の壁を指差した。

父はちょっとけげんそうに「暗くないか？」と言ったけど、すぐに「まあ、ぐあいが悪かったらまた動かせばいいもんな」と自分の言葉に自分でうなずいて、机を壁に向けて押した。

でも、本棚を上に載せた机はほとんど動かない。もともと小柄で痩《や》せていた父が、手術をしたあとはさらに細くなった。

「だめだな、一人だと。畳が切れちゃうよ」

父は言い訳するようにつぶやいて、さっきと同じように机に両手をついた。

「ヤスおじさんに手伝ってもらえばいいんじゃない？」

「わかってるよ、それくらい。もういいから、あっち行っておかあさん手伝ってろ」

父はぼくを振り向かずに言った。


引っ越しの話が本決まりになった頃から、父も母もぼくの前で話す口数が減った。そのぶん、ぼくが布団に入ったあとに二人で交わす話が長くなった。襖《ふすま》越しに漏《も》れてくるぼそぼそとした声を聞いているうちに眠ってしまう夜も多かった。

引っ越しの理由は、くわしくは知らない。ただ、父がイカイヨウという病気になってしまったことと関係があるようだ。タイショクキンという言葉も襖越しに聞こえていた。ヤスおじさんの名前もよく聞いた。父も母もおじさんのことが好きじゃないんだろうな、と二人の口調から、なんとなく察していた。

スメバミヤコ――父は何度も、その言葉をつかっていた。母に言い聞かせるように、そして、なにかの呪文《じゆもん》のように。

午後から、ヤスおじさんが会社の若いひとを三人連れて手伝いに来てくれた。おじさんは家の中を見まわすと「こげんのんびりしとったら日が暮れようが」と怒ったように言って、それを聞いた会社のひとは三人とも一服する間《ま》もなく仕事を始めた。灰色の作業服の背中に、見る見るうちに汗がにじむ。みんな力持ちだった。ひょろっとした体つきのシュンペイさんというおにいちゃんも、ぼくの机を一人で軽々と持ち上げて運んだ。食器棚も冷蔵庫も洋服ダンスも、まるで空中を滑るように手早くそれぞれの場所に据《す》えられる。両親とぼくは仕事の邪魔にならないよう、右にどいたり左によけたりするだけだった。

家具の置き場所は、ほとんどおじさんが決めた。かたちだけ両親に「ここでええか？」と尋ねても、父や母が遠慮がちに口を開く前に、シュンペイさんたちに指示を出す。ぼくの机は窓際に置かれた。冷蔵庫の右隣は食器棚。アパートにいた頃とは逆だ。冷蔵庫の右側に貼《は》っていた、いっとうお気に入りの『黄金バット』のシールも見えなくなってしまった。

家具を置くと、今度は段ボール箱を次々に開けていく。会社のひとは働きどおしだったけど、おじさんはしょっちゅう三人を怒鳴り、ときには頭をはたきながら「アホが」「ボケが」とすごんだしわがれ声で言う。それを聞くたびに、ぼくまでビクッとしてしまう。おじさんの言葉は、方言のせいもあるんだろう、いつも怒っているように聞こえる。父とはぜんぜん違う。父もこどもの頃はおじさんと同じ方言をつかっていたというのが、ピンと来ない。

荷物が夕方の早いうちに片づくと、ヤスおじさんはシュンペイさんにお寿司と酒を買いにいかせ、残りの二人はトラックに乗って帰っていった。

「引っ越し祝いじゃや。こかぁ田舎町じゃけど魚だけは旨《うめ》えけえのう」

居間の真ん中にどっかりと座り込んだヤスおじさんは、角刈りの頭にタオルを巻きつけたまま、急に上機嫌になって笑った。作業服の胸をはだけると、汗のにおいが広がる。なんだか、ここはおじさんの家になってしまったみたいだ。

母がビールを持ってきた。か細い声で「さっき冷蔵庫に入れたばかりなんで、あまり冷えてませんけど」と申し訳なさそうに言って、おじさんの持ったコップにビールを注ぐ手も小さく震えていた。

「まあ、困ったことがあったらなんでも言うてつかあさいや。港町じゃけえ気性《きしよう》の荒《あれ》えところもあるがの、根はええ者《もん》ばあじゃし、なんちゅうても隆之《たかゆき》のふるさとじゃ、美佐子《みさこ》さんもヒロシもすぐに馴染《なじ》むわい、のう?」

おじさんは母とぼくを交互に見て、また笑った。

美佐子は母。隆之は父。名前で呼ばれる両親は、「おとうさん」とも「おかあさん」とも違う、弱々しいひとになってしまったような気がする。

おじさんはコップのビールを一息に飲み干して、ゲップ交じりに窓の外に目をやった。父が見える。庭に出て、空《から》になった段ボール箱を折り畳んでいる。

「ヒロシ」

おじさんが言った。父以外のおとなのひとでぼくを呼び捨てにするのは、おじさんだけだ。

「おとうちゃんに、上がれえ言うてこいや。後片づけは若え者《わけもん》にやらせるけえ、て」

おじさんは母の注ぐ二杯めのビールを受けながら「まあ、スメバミヤコよ」と、父と同じことを、父と同じような口調で言った。


父は「いいよ、あとで」と言うだけで、家の中に入ろうとはしなかった。段ボール箱を畳むしぐさが少し乱暴になったような気もした。ぼくも父のそばから動かなかった。ヤスおじさんといっしょにいたくなかった。

空はいっそう黄色くなっていた。夕陽の赤が、くすんで見える。カラスが飛んでいた。昼間はそれほど感じなかったけど、いま、思う、東京よりも空がずっと広い。

「ヒロシ、そこの葉っぱ見てみな。砂が積もってるかもしれないぞ」

「ほんと？」

生け垣に駆け寄って、小さな葉っぱを上から覗き込んだ。黄色い粉のようなものが、うっすら見える。指先でそっとぬぐい取ったら、かすかにざらついた。

指を立てたまま戻ると、父は畳んだ段ボール箱を紐《ひも》で結《ゆ》わえながら「すごいだろう、中国から飛んでくるんだもんな」と笑った。

中国がどこにあるか、ぼくは知らない。知っているのは、中国にはパンダがいることと、ラーメンやギョウザが中国の食べ物だということだけ。だいいち、この町が日本のどこにあるのかも、ぼくにはまだわからない。

「おとうさん」

「うん？」

「スメバミヤコって、どういう意味？」

父は束《たば》にした段ボール箱を足元に軽く放って、言った。

「どんな町でも、住んでみればいいところだ、っていう意味だよ」

「……ふうん」

ぼくは小さくうなずき、段ボール箱にマジックペンで書いてある〈ワレモノ〉の母の文字をぼんやり見つめた。指と指をこすりあわせてみると、もう砂の手ざわりはなかった。

2

翌朝、父はおなかが痛いと言って布団から出てこなかった。

母も寝不足の腫《は》れぼったい目をしていた。

ゆうべ、ヤスおじさんはいつ帰ったんだろう。ワサビを抜いてもらったお寿司を食べて、一人で風呂に入り、パジャマに着替えて歯を磨き終えても、おじさんはまだ家にいた。お酒をがぶがぶ飲んで、大きな声でしゃべっていた。

おじさんの方言には意味のわからない言葉も多かったけど、この家を借りたのも、父が四月から市役所で働くことになったのも、引っ越しの荷物を東京から運んできたのも、ぜんぶおじさんのおかげらしい。

この近所はシャクヤやシエイジュウタクばかりだから、早くまた引っ越してイッコクイチジョウのアルジになったほうがいい、とおじさんは言った。昔だったら隆之はブンケスジになるのだから、ホンケもお金のユウズウはするから、とも。

おじさんは父のことも話していた。隆之は頭がよすぎてシンケイシツだからイカイヨウになったのだと言い、それはこどもの頃から同じだったらしい。

おじさんは父のオヤジ代わりで、高校のガクヒも大学のシオクリもぜんぶおじさんが出したらしい。クミアイでアカの手先になるために東京に行かせたわけじゃないとおじさんは言った。父の話なのに、おじさんは何度も母に向かって、のう？　のう？　と言っていた。

父はほとんどしゃべらなかった。母も黙ってぼくの足をつついて、早く寝なさい、と目配せした。ぼくも眠かったけど、おじさんが一人でしゃべっているうちは立ち上がるタイミングがなかなかつかめず、東京のアパートよりも黄ばんでいる畳をぼんやりと見つめるだけだった。

やがて、おしゃべりの話題は、ほかのきょうだいのことになった。九人もきょうだいがいるのに、この町に住んでいるのはヤスおじさんだけだ。みんな大阪や広島や名古屋で働いている。隆之が帰ってきてくれてにぎやかになったわい、とおじさんはうれしそうに言った。

父も、ぼくは名前しか知らないきょうだいのことを、ヤスおじさんにぽつりぽつりと尋ねていった。

もうだいじょうぶだなと思って部屋を出ようとしたら、おじさんに声をかけられた。

「ヒロシはおとうちゃんに似ちゃあいけんど、クロウするけん」

笑いながら言われたので、ぼくも少しだけ笑って、「おやすみなさい」とあいさつした。

クロウの意味は、わからなかった。

ご飯と味噌汁だけの朝食を終えると、母は父の寝ている部屋へ行った。

「買い物してくるから、ヒロシと留守番よろしくね」

「スーパーの場所、わかるのか?」

「だいたいね、ゆうべおにいさんから聞いたし、ちょっと遠いけど生協もあるみたいだから、道を覚えがてら行ってみるわ」

父は腕を枕にして天井を見つめたまま、「東京の言葉つかうと、よそもの扱いされるぞ」と言った。

「しょうがないわよ、最初は。それより、だいじょうぶ? 夕方は、あなたもいっしょに来てくれないと困るから」

ご近所を回って引っ越しのあいさつをすることになっていた。これから電話を取り次いでもらうことになる二軒隣の藤井さんには、特にきちんとあいさつしなければいけないらしい。

「あしたでいいだろ」父はめんどうくさそうに言った。「田舎はそういうところがいやなんだよ」

「なに言ってんの、あなたの田舎でしょう?」

「兄貴の田舎だよ」

「……おにいさんにお礼、どうする?」

「いいよ、そんなの」

「だって、おねえさんにもお世話になるんだし、近いうちにデパートでなにか……」

言葉の途中で、父は寝返りを打って母に背中を向けた。

母はため息をついて父の枕元から離れ、廊下に出ると、もう一度ため息をついた。

東京のアパートに比べて、この家は天井が高く、陽当たりが悪い。父も母も、体がひとまわり小さくなったように見える。

母を玄関で見送るとき、ぼくは小声で言った。

「おかあさん、スメバミヤコだから」

母は一瞬きょとんとした顔になり、「ヒロちゃんはそんなこと心配しなくていいの」とゲンコツでぼくをぶつ真似《まね》をして、少しだけ笑ってくれた。

母が出かけたあと、自分の部屋でマンガを読んだ。引っ越しの日に、東京駅の売店で買ってもらった『ぼくら』。新幹線の中では景色を見るのに夢中になって、ローカル線に乗り換えてからは「揺れるから、本なんか読んだら気持ち悪くなるよ」と母に言われて、大好きな『タイガー・マスク』を読みそこねていた。

マンガに出てくる悪役レスラーの大きな体と怖い顔が、ヤスおじさんに重なり合う。タイガー・マスクはピンチの連続だった。リングサイドにいるジャイアント馬場とアントニオ猪木が、何度も「いかん！」と叫ぶ。

はらはらしながらページをめくっていたら、外から女のひとの声が聞こえた。立ち上がり、窓を見た。庭と通りを隔てた向かいの家から、釣り竿《ざお》を肩にかついだ男の子が出てきた。

「ヨウイチ、部屋の片づけすんどらんじゃろう」家の中から、また声がする。「釣りやこう行かんと、ちょっと手伝《てつど》うて」

「すぐ帰るけん」

男の子はバケツを自転車のハンドルに掛けながら、怒ったような声で返した。

きのうの男の子だ。自転車にまたがるとき、こっちを見た。あわててしゃがもうとしたけど、その前に、男の子――ヨウイチくんはぼくに気づいた。ペダルを踏み込もうとした自転車にブレーキをかけて、いったん家のほうを振り返り、それからまたぼくを見て、自転車を降りた。

手招いた。間違いない、ヨウイチくんはぼくを呼んだ。自転車のスタンドを立て、釣り竿を置いて、もう一度手招く。

知らん顔していようかと思った。でも、ヨウイチくんはじっとぼくを見ている。きのうは帽子をかぶっていたのでわからなかったけど、頭は丸刈りだった。大きな瞳が、きのうよりさらに大きく見える。げじげじの眉毛も、髪の毛が短いぶん、よけい黒々としていた。

ヨウイチくんは、またぼくを手招いた。今度の身振りは少しいらだっているみたいだった。

うなずくしかなかった。東京で住んでいた富士見荘の近所にも、おっかないガキ大将はいた。公園で遊んでいたら、よくこんなふうに手招かれた。逃げると追いかけられる。その怖さを、ぼくは知っている。一人っ子のぼくには、助けてくれる上のきょうだいがいない。

濡《ぬ》れ縁《えん》から庭に出ると、ヨウイチくんはきのうと同じように生け垣のすぐ外に立っていた。

「こまいのう」

ヨウイチくんは眉をひくつかせて言った。最初は意味がわからなかったけど、つづけて

「まだ小学校に上がっとらんのか」と言われ、ぼくのことを小さいと言っていたんだと見当をつけた。

「四月から、一年生」とぼくはうつむいて言った。泣きだしそうな声になった。

「どっから来たんか」

「東京」

ヨウイチくんは少し黙って、ぼくが顔を上げると、「きのう、ここでなにしよったんか」ときいてきた。

「……コウサ、見てた」

「コウサ？　コウサっちゃあ、あれか、空が黄色になるやつか」

ヨウイチくんは空に目をやった。今日も空はうっすらと黄ばんでいる。

「東京にはコウサやこうないんか」

「よくわかんないけど……見たことない」

ふうん、と鼻を鳴らしたヨウイチくんは、ぼくの顔を上から見つめて言った。

「のう、ええこと教えちゃろうか」

笑っていた。初めて見る笑顔だった。

「この家、おばけが出るんど」

胸がドクンと高鳴った。

「知らんかったんか？　このへんの者《もん》はみんな知っとるんじゃけどのう。アホじゃの、おまえがた、こげな家に引っ越してきてから」

「……嘘《うそ》でしょ？」

「なしてわしがおまえに嘘つかにゃいけんのじゃ、アホ」

こどもなのに、「ぼく」でも「おれ」でもなく、おとなみたいに「わし」と自分を呼ぶ。それがちょっとおっかなくて、だから、おばけの話も嘘じゃないのかもしれない。

「まあ、夜になりゃわかるわい」

ヨウイチくんは少しすごんだ声で言って、家の前に停めた自転車にまたがり、釣り竿を肩にかついで、どこかに行ってしまった。

ぼくはヨウイチくんの姿が消えるのと同時に家の中に駆け込み、父のいる部屋に入った。父は掛け布団の胸のところに朝刊を広げ、小さないびきをかいて眠っていた。障子をすり抜ける陽射しが父の顔につくる影を見つめていたら、急にかなしくなった。

東京に帰りたい。こばと幼稚園のコトミ先生やハシモト先生の顔が不意に浮かんだ。富士見荘の近所の公園を思いだした。油の切れた音のする回旋塔のいっとう上につかまって、母に回してもらうのが好きだった。奥歯を舌先でさわる。ぐらぐら動く。もう、根っこのほんのちょっとのところで歯ぐきとつながっているだけだ。

父が目を覚ました。

「どうした？」と眠たそうな顔と声できいてくる。

ぼくはなにか言いかけて、でもなにを言おうとしているのかわからなくなって、父と目が合うとほんとうに泣きだしてしまいそうな気もして、うつむいたまま走って部屋を出ていった。

その夜は風が強かった。葉ずれの音や電線が鳴る音がしじゅう聞こえ、窓ガラスもがたがた音をたてて鳴った。

ぼくは真っ暗な部屋で布団を頭からかぶり、おしっこに行きたいのをずっとこらえていた。

水泳の息継ぎみたいにときどき布団から顔を出した。夜空は晴れているんだろう、薄いカーテンに、窓枠の影が透ける。十字架の形だ。窓が揺れると十字架も動き、またあわてて布団の中にもぐりこむ。目をかたくつむると、かえってまぶたの裏に白いものが浮かび上がる。考えまいとすればするほど、おばけのことを思ってしまう。いま、おばけはこの部屋にいるのかもしれない。枕元に立っているのかもしれない。布団をはぎ取ろうとしてかがみこんでいるのかもしれない。声を出さずに『オバケのQ太郎』の歌をうたおうとしたけど、こういうときにかぎって『ゲゲゲの鬼太郎』のメロディーが頭の中から離れない。

廊下がギイッと鳴った。ぼくは布団の中で体を縮め、下腹に力を込める。おしっこが、もう、漏れてしまいそうだ。足音が聞こえる。奥歯を舌ではじくように押しながら、祈った。おばけなんていない、おばけなんていない、おばけなんていない、おばけなんていない、おばけなんていない……。

足音はぼくの部屋の前を通り過ぎて、廊下の突き当たりで止まった。トイレのドアが開く音がする。明かりを点《つ》ける音も。ぼくはゆっくりと布団から顔を出した。引き戸になった部屋のドアの小窓に、廊下のオレンジ色の明かりが透けていた。くしゃみ。それから、おしっこの音。父はよくトイレのドアを開けたままでおしっこをする。母からいつも「ばっちいじゃない」と叱《しか》られる。富士見荘の頃と、同じ。

なーんだ、と力が抜けたら、おちんちんが急に重くなり、だめ、と思う間もなくおしっこが漏れた。止まらなかった。たくさん出た。濡れたパンツが下腹に貼りついた。最初は熱く、しだいに冷たくなっていく。

おばけなんているわけないいじゃん、そんなのあたりまえじゃん。

ぐっしょり濡れたパジャマのズボンとパンツを脱ぎながら、やっとそう思うことができた。

父も母もぼくを叱らなかった。母は「おかあさんの布団で寝てなさい」と言って、パジャマとパンツとシーツを洗ってくれた。父もすすり泣くぼくの頭を撫《な》でて、「たまには失敗しちゃうよな」と笑ってくれた。

おばけのことは黙っていた。ヨウイチくんをかばったわけじゃない。おばけが怖くておしっこを漏らしたなんて、そんなの、カッコ悪い。ぼくはもうすぐ小学生になるのに。

母の布団にもぐりこみ、穿《は》き替えたパンツの冷やっこさに身を縮めて、父と母の話す声を聞いた。ぼくがおしっこを漏らしてしまったのは、カンキョウが変わったせいらしい。カンキョウが変わると、セイシンテキにファンテイになるらしい。

明かりが消えたあとも、母は布団の外に出たまま、父と低い声で話していた。冷蔵庫の右隣に食器棚があると使いにくいと母が言い、だったらなんできのうのうちに言わないんだよ、と父が返した。聞きとれたのはそれだけだったけど、二人ともずっと怒った声で話していた。

「とにかくがんばろう、ここで生きていくしかないんだから」

うとうとしかけた頃、父がつぶやいたその言葉だけ、くっきりと聞こえた。

3

次の日も、コウサだった。三日連続。空は日を追うごとに黄色が濃くなり、雲が増えてきたせいもあるのか、空ぜんたいが少し低くなったようにも見える。ぼくの布団を持って庭に出た母は、空を見上げて「ほんとだ、干さないほうがいいかもねえ」とため息をついて戻ってきた。

父は、ぼくが目を覚ましたときにはもういなかった。市役所にジュウミンヒョウを出すついでに、四月からお世話になる課長さんにあいさつをしてくるんだという。

「どうする？　ヒロちゃん。小学校まで行ってみる？」

居間で朝食をとっているとき、母が言った。

ぼくはトーストを頬張《ほおば》ったまま少し考えて、「あしたでいい」と答えた。

「おとうさんとおんなじようなこと言うんだから」

母は困った顔で笑い、ぼくもきのうの父を思いだして笑った。でも、笑顔はすぐにしぼむ。口の中のトーストを牛乳で喉《のど》に流し込んだときには、母ももう笑っていなかった。

「でも、道順覚えないと困るから、あしたはぜったい行くよ、いい？」

「……うん」

「楽しみだね、来週から一年生だもんね」

ぜんぜん楽しみじゃない。不安なだけだ。それが伝わったのか、母は「ともだち、すぐにできるわよ」と言った。

ぼくは黙ってトーストをかじる。きのう母が近所のスーパーマーケットで買ってきた食パンは、東京でいつも食べていたのとは違うパッケージだった。もそもそとして、あまりおいしくない。そのかわり、牛乳は東京で配達してもらっていたものより味が濃くて、ちょっと甘いような気がする。

「あしたは学校に行って、みにゃあ、おえんぞ」

母はゆっくりと言って、「むずかしいね、このへんの方言は」と小首をかしげ、さっきよりもっと困った顔で笑った。

いつだったっけ、引っ越しの荷づくりをしていたとき、父が「こどもはすぐに慣れるから」と言っていた。ほんとうにそうなんだろうか。ぼくもヨウイチくんみたいに自分のことを「わし」と呼んで、言葉のしっぽに「のう」をつけるようになるんだろうか。わしのう、ヒロシいうんよ。こんな感じ？　テレビの時代劇みたいで、なんか、やだな。

「ヒロちゃん？」

母の口調が変わった。顔を上げ、窓のほうを見ていた。

「男の子、こっち見てるわよ」

驚いて振り向くと、ヨウイチくんが生け垣の外に立っていた。阪神タイガースの野球帽をまぶかにかぶり、ぼくと母の視線に気づいたのか、あわててそっぽを向く。

「知ってる子？　……じゃないよね、そんなわけないもんね」

一人できいて一人で打ち消す母に、ぼくは「きのう、ちょっとしゃべった」と言った。

「そうだったの？　やだ、ヒロちゃん、そういうのすぐに教えてくれればいいのに」

「……言うの忘れてた」

「近所の子？」

「……そう」

「遊んでくれれば？　おかあさん、ちょっと疲れがたまってるから、お昼まで横になってる」

もう一度外を見た。ヨウイチくんは、一本足打法でバットを振る真似をしていた。帽子はタイガースでも、ほんとうはジャイアンツの王選手のファンなのかもしれない。

「あの子も遊ぼうと思ってるんじゃないの？　学校に連れてってもらってもいいし、お昼ごはんまでに帰ってくればいいから」

母はあくび交じりに肩を小さくまわして、涙がうっすらにじんだ目を指でこすりながら、つづけた。

「恥ずかしいんだったら、おかあさん、声かけてあげようか？」

ぼくの答えを待たずに濡れ縁に出て、ヨウイチくんに手を振って、「ヒロシと遊んでやってくれる？」と言う。ヨウイチくんの返事はなかった。でも、家の中に駆け込んだり、どこかに行ってしまったりもしない。

「引っ越してきたばかりなの、この子。学校に行く道、教えてあげてくれる？」

今度もヨウイチくんは黙っていたけど、母はぼくを振り向いて「ほら、早くごはん食べて顔洗いなさいよ、待っててくれてるんだから」と、ふざけて両手で追い払うしぐさをした。

ひょっとしたら、ほんとうはふざけてなんかいないのかもしれない。ぼくが早く遊びに行けば、母も早く横になれる。

ぼくはトーストの残りを手にとった。一口ぶんには大きすぎたけど、無理やり口の中に詰め込んだ。

ヨウイチくんは、まだ生け垣の外に立っていた。

4

「学校行ってみたいんか」

ヨウイチくんは、自転車の荷台に結わえつけていたゴム紐をほどきながら言った。

「……どっちでもいいけど」

「連れてったるけえ、後ろに乗れえや」

自転車にまたがり、荷台を指さす。

「二人乗り、危ないよ」

幼稚園の交通安全教室で、警察のおじさんに何度も言われていた。

でも、ヨウイチくんは「アホか」と笑った。「みんな乗りよるんど、危ねえわけなかろうが」

「歩道のない道、通るの？」

「歩道やこう、国道まで出んとありゃあせんわい。ええけえ、はよ乗れや」

父以外のひとと二人乗りの自転車に乗るのは初めてだったけど、ヨウイチくんは父と同じように自転車を少し倒して、荷台にまたがりやすくしてくれた。

「しっかり持っとれよ、舗装のない道ばあじゃけえ」

「うん……」

ヨウイチくんの腰に両手を回し、ベルトをつかんだ。後ろから抱きつくような格好になった。セーターを着たヨウイチくんの背中は、ひなたの、ちょっと焦《こ》げたようなにおいがした。

自転車が走りだすとすぐ、ヨウイチくんは言った。

「ゆうべ、おばけ出たか？」

黙っていたら、へヘッと笑われた。声といっしょに背中が震える。

「あげな話、嘘に決まっとろうが。オンビンタレじゃのう」

「なに、それ？」

「知らんのか。オンビンタレちゃあ、臆病者《おくびょうもん》いうことよ」

頬が熱くなった。

でも、すぐにヨウイチくんは話を変えた。

「こんなんのかあちゃん、テレビに出とる者《もん》とおんなじようにしゃべるんじゃの。東京の者《もん》はみんな、そげんふうにしゃべるんか」

「うん……まあ、そう」

「劇みたいじゃのう」背中が、また震える。「聞くほうが恥ずかしゅうなるで」

こんなん——「おまえ」っていう意味なんだろうか。「こんなの」というのと同じなんだろうか。むずかしい。言葉もそうだし、そんな言葉をつかっている自分を思い描くのも。

自転車のスピードが上がる。深いわだちを越えるときタイヤがはずんで、振り落とされそうになった。ベルトをつかむ手に力を込めて、歯をくいしばった。右上の奥歯がぐらつく。もうすぐ抜ける。あと、ほんのちょっと力を入れて押せば。

でこぼこ道をしばらく走って、自転車は急ブレーキで停まった。

「ここじゃ、学校」

顔を上げたとき、思わず「わあっ」と声をあげそうになった。

まだ新しい、鉄筋コンクリートの校舎だった。思い描いていたのとはぜんぜん違う。ぼくは、もっと古い、木造の、それこそおばけの出そうな薄暗い校舎を想像していた。もしも引っ越しをせずに富士見荘で暮らしていたら、そういう古びた校舎の小学校に四月から通うはずだった。一年生になるのは楽しみだったけど、それがちょっといやで、幼稚園のともだちとも「怖いね」と話していた。

ほっとして、うれしくなった。早くランドセルを背負って学校に通いたい、とわくわくした。こんなに楽しい気分になったのは、引っ越してきてから初めてのことだった。

「こんなん、マンがええよ。去年の秋に建て替えたばあじゃけえ。わしら四年生まで古《ふり》ーい校舎で、五年生の頃はプレハブの教室で、工事の音がやかましゅうてのう、かなわんかったで」

「マンって、なに？」

「知らんのか」

「うん……ごめんなさい……」

「マンいうたら運じゃ、運のええことをマンがええ言うんじゃ」

ヨウイチくんは「ぜんぜん言葉が違うんじゃのう、ほんま」と少しびっくりしたように言って、先にぼくを自転車からおろし、サドルにまたがって地面に片足をついたまま「暑いのう」と野球帽をとり、セーターを脱いだ。長袖《そで》のTシャツの背中が、汗でびっしょり濡れていた。

「二人乗り、重かった？」

「どこがや、ちいとも重うなかったわ」

ヨウイチくんは眉毛をひくつかせてそっけなく答え、セーターと帽子を自転車の前カゴに放り込んだ。

「今度、六年生になるの？」

「アホ、中学生じゃ」

「中学校もこんなに新しいの？」

返事はなかった。ヨウイチくんは自転車の向きを変え、校舎をちらりと見て、それからぼくに向き直って言った。

「のう、ネリマクいうたら、どげなところなんか」

「はあ？」

「東京の、ネリマクじゃ。知らんのか」

練馬区。漢字では書けないけど、読むことはできる。でも、どこにあるかは知らない。たしか遊園地があった。トシマエンだったっけ。去年の夏、地区の子供会の遠足で遊びに行った。

「おまえ、東京のどこに住んどったんか」

「アサガヤ」

阿佐ヶ谷——と、これも読むことはできる。

ヨウイチくんは、わかったようなわからないようなあいまいな顔になって、「まあええわ、後ろ乗れや」と言った。

「帰るの？」

「海、連れてっちゃる」

「これから？」

「おう、すぐじゃけえ」

「でも……おかあさんにきいてからじゃないと、お昼ごはんまでに帰ってきなさいって……」

言葉は途中でさえぎられた。

「昼から行ったんじゃ遅《おせ》えんじゃ」

「だったら、あしたは？　ぼく、おかあさんに言っとくから」

「あしたもだめじゃ」

「あさっては？」

勢い込んできくと、ヨウイチくんは前カゴから帽子だけ取ってかぶった。

「今晩から、もうおらんようになるんじゃ、わし」帽子のツバをつまんで、下げる。「わしがた、おとうちゃんが転勤になったけえ、引っ越すんよ」

「どこに？」

「東京の、練馬区」

ヨウイチくんは「さっき言うたろうが」と怒った声で言って、もう一度、小学校の校舎を振り返った。

「じゃけえ、中学校がどげな校舎なんやら、なんも知らん。東京やこう、行ったこともねえけえ……なーんも、わからんよ……」

くぐもって沈んでいく声をぐいっと持ち上げるように、「夜行の寝台に乗るん、初めてじゃ」と笑った。


小学校を出てすぐ、ヨウイチくんのともだち四、五人とすれ違った。ともだちはみんな野球の道具を持っていた。

「ヨウくん、いつ行くんか」「今夜じゃ」「ほうか、まあ元気でがんばれよ」「おう」「手紙書くけえ、返事くれえや」「わかっとるわい」……自転車を停めてそんなやり取りを交わしたあと、ともだちの一人が言った。

「今夜行くんじゃったら、まだ時間あるじゃろ。三組と試合するけえ、ヨウくんも来んか?」

ぼくはヨウイチくんの背中に隠れて、顔を伏せた。

ヨウイチくんは少し考えて、ペダルを逆向きに半回転させて足をかけた。

「こんなん、海に連れてっちゃるいうて約束したけえ」

ペダルを踏み込んだ。ともだちはけげんそうに、不満そうに、顔を見合わせていたけど、すぐに「ほなら、元気での!」とヨウイチくんに手を振った。ヨウイチくんも片手ハンドルで「バーイ!」と答え、あとはもう後ろは振り向かなかった。

こんなん――いまは、「こいつ」っていう意味だったんだろう。「おまえ」も「こいつ」も、「こんなん」。むずかしい、ほんとうに。

ぼくはヨウイチくんのベルトをつかみ直した。「ありがとう」と言えばいいのか「ごめんね」なのか、「ぼく、一人で帰るから、野球に行ってもいいよ」と言ってあげるのがいちばんいいのか、わからないから、ただ黙ってヨウイチくんの背中に頬をつけた。

ヨウイチくんはサドルに載せたお尻《しり》をもぞもぞさせながら、言った。

「わし、野球あんまり好かんのよ。釣りのほうがおもしれえわ」

「どんなのが釣れるの?」

「いろんなもんじゃ。防波堤じゃったら小アジも釣れるし、アブラメやらベラやらカワハギやら、あと、メバルのこまいんも釣れるし、砂浜に行きゃあカレイやらキスやら、なんぼでも釣れるんじゃ」

「マグロは?」

「そげなもん釣れるか、アホ」

ヨウイチくんはおかしそうに笑った。東京なら「バカ」をつかう。「バカ」より「アホ」のほうが、優しい響きがした。この町の方言でいちばん最初に気に入った言葉になった。

　自転車は商店街を抜け、用水路沿いの道を走り、レンゲやシロツメクサの咲く田んぼのあぜ道をつっきった。トラックが排気ガスを煙みたいに吐きながら行き交う国道を渡ってからは、アスファルト舗装された道を進んだ。

「海のにおいがするじゃろ」と言われたけど、あたりは倉庫が建ち並び、材木のにおいが鼻をむずむずさせるだけだった。

「もうすぐじゃけえ」

　ヨウイチくんは自転車のスピードを上げた。どこも同じような倉庫で目印なんてないのに、倉庫の前に停まったオート三輪やフォークリフトの間を縫うように細かく右や左に曲がって、路地に入る。

「ここを曲がったら、海じゃ」

　声が耳に届くのと同時に自転車は左に曲がって、停まった。

「右、見てみいや」

　声よりも先に、わかった。顔を向けなくても、体の右側にすぽんと抜けたような広がりを感じた。海だ。白い砂浜もビーチパラソルも波の音もないけど、たしかに、ここは海だ。左右から防波堤に囲まれた狭い海でも、防波堤の向こうには海原《うなばら》が広がって、水平線がコウサの空にかすんでいる。

　自転車からおりて、岸壁を海に向かって歩きながら、大きく息を吸い込んだ。においがする。ヘンなにおいだ。しょっぱいような、苦いような、なまぐさいような、ねばつくような。

「これ、海のにおい？」ときくと、ヨウイチくんもぼくと同じように深呼吸して「おう」とうなずいた。

ヨウイチくんは手を伸ばして指さしたり、つま先立って顎をしゃくったりして、岸壁から見える建物を説明してくれた。左にあるのが造船所で、右にある屋根だけの建物は魚市場、その先にある岬《みさき》の突端には灯台が建っていて、岬の向こう側には大学病院と小さな漁港と、海水浴のできる砂浜がある。

「泳げるいうても遠浅と違うけん、テトラポッドから先に出たらおぼれるど。盆を過ぎたらクラゲも出るし、波が高《たこ》うなるけん、気ィつけよ」「灯台の下に、お宮があるんよ。こまいんじゃけど、そこのお守りを持っとったら交通事故に遭《あ》わんいうけえ、おかあちゃんに買《こ》うてもろうとけ」「国道はトラックがぎょうさん走りよるけえ、事故が多いんよ。四年生になるまでは自転車で国道を通っちゃいけんようになっとるんじゃ」「造船所の向こう側は工場ばあじゃけえ、風の向きで、くせえ煙がくるんよ」「魚市場は、三年になったら社会見学で行く思うで。わしらも行ったけえ」……。

ヨウイチくんはよくしゃべった。そんなにいっぺんに説明されても覚えきれない。でも、ヨウイチくんはぼくのためにしゃべっているんじゃないのかもしれない。

ぼくはずっと黙っていた。耳はヨウイチくんの声を聞いているのに、頭の中では、東京の、アサガヤの、こばと幼稚園や富士見荘を思い浮かべていた。

頭の中の、ここ、もしも頭に穴を開けることができるならかんたんにつかめそうなところに、こばと幼稚園や富士見荘はある。でも、ほんとうはそれはもうずっと遠いところなんだ、という気もした。

「あーあ、ほんま、ナツカシイのう」

ヨウイチくんはバンザイをするように両手を広げて言った。

ナツカシイ——方言だろうか。

「ナツカシイって、なに？」とぼくはきいた。

ヨウイチくんはあきれ顔になって「おまえ知らんのか、ナツカシイいうたら……」と答えかけたけど、やーめた、というふうに息をついて、不機嫌そうに言った。

「ナツカシイは、ナツカシイじゃ、アホ」

造船所のサイレンが聞こえた。

「十時じゃけえ、そろそろ帰るか」とヨウイチくんは自転車のほうに何歩か歩きかけて、また海を振り向いた。

「のう」海を見たまま、ぼくに言う。「練馬区いうたら、海まで自転車でどれくらいかかるんじゃろうの。魚は夕方によう釣れるけえ、学校が終わったあとに釣りにいけるようなら、ええんじゃがのう」

ぼくにはわからない。わからないことばかりなのがくやしくてたまらなかった。

「やっぱ、遠いんかのう……」

「近いよ」ぼくは言った。「いま思いだしたけど、すぐだよ、海まで」

ヨウイチくんは眉毛をぴくっと動かして、それから、すごくうれしそうな顔になった。

「ほんまか、よっしゃ、そしたらもうだいじょうぶじゃ。田舎から引っ越してきたいうてバカにされりゃせんど。わしの、ほんまに釣りはうめえんじゃけえ、のう、わし、うめえんじゃ、釣りはだれにも負けんのじゃ」

はずんだ声で言って、自転車に駆け寄り、勢いをつけてサドルにまたがる。急にこどもっぽくなったみたいだ。

なんだかぼくまでうれしくなって、荷台に座るとヨウイチくんのベルトに手を回しながら言った。

「スメバミヤコだから」

ヨウイチくんは「ガキのくせに生意気じゃのう」と笑った。

5

昼めし食うたら、また遊んじゃるけえ――別れ際にヨウイチくんは言った。釣り竿を見せてもらう約束もした。

ぼくは昼食のあと、濡れ縁に座ってヨウイチくんが来るのを待った。空はあいかわらず黄ばんでいたけど、午後からは雲の切れ目から陽が射すようになって、濡れ縁はぽかぽかと暖かかった。「おじいさんみたいね」と笑う母も、ひと寝入りしたせいか朝よりずっと元気そうで、その元気のお裾《すそ》分《わ》けをするみたいに「おとうさんに、帰りにケーキかなにか買ってきてちょうだい、ってお願いすればよかったね」とも言っていた。

でも、いつまでたってもヨウイチくんは姿を見せなかった。

ヨウイチくんの家の前には大きなトラックがずっと停まっていて、ときどき作業服姿のおとなのひとが何人か家を出入りする。ヤスおじさんやシュンペイさんたちと同じ灰色の服だったけど、トラックのボディーの色や会社のマークが違う。

やがて、家具や段ボール箱が家から出され、幌《ほろ》をつけたトラックの荷台に積み込まれる。洗濯機があった。勉強机があった。ぼくを乗せて海まで出かけた自転車も。

「ヒロちゃん、おやつどうする？　おとうさんもうすぐ帰ってくるから、それまで待つ？」

母に声をかけられたけど、ぼくは膝《ひざ》を抱えて座り込んだまま、ヨウイチくんの家をじっと見つめていた。

勉強机はひとつしかなかった。ヨウイチくんも、ぼくと同じように一人っ子なのかもしれない。きょうだいがいればよかったのにと思うこと、あるんだろうか。ぼくはある。たくさんある。知らない町にぽつんとひとりぼっちでいるときなんか、すごく、思う。

母がまた濡れ縁に顔を出した。

「ねえ、おかあさんも、ひなたぼっこしていい？」

ぼくの隣に座り、エプロンのポケットからミカンを二つ出して、一つをぼくに渡す。目が合うと、いろんなことぜんぶわかってるから、というふうに笑ってくれた。

ヨウイチくんの家から、冷蔵庫がおとな四人がかりで運び出された。一人だけ作業服を着ていないのは、ヨウイチくんのおとうさんだろうか。いかにも危なっかしい足取りで、家の中に向かって「おい、ちょっと手伝ってくれ」と言う。

ヨウイチくんが玄関から出てきた。おとうさんといっしょに冷蔵庫の角を支え、作業服のおじさんたちからほめられていた。

「引っ越しは大変よねえ、どこも」

母がミカンの皮をむきながら言った。ぼくは黙ってうなずいて、自分のミカンを一房《ひとふさ》、口に放り込んだ。東京で食べていたミカンより、皮は厚くてごわごわしていたけど、甘い味がした。

冷蔵庫がトラックの荷台に収まった。ヨウイチくんは両手のてのひらを半パンのお尻で拭《ふ》きながら、こっちを見た。ぼくに気づくと目をそらして、家の中に駆け込んだ。

「せっかくともだちになれたのに……残念だったね」

母はぽつりと言って、「でも、学校が始まったら、すぐにともだちたくさんできるわよ」と付け加えた。

「おかあさん」

「なに？」

「練馬区って、海、近いよね、自転車で行けるよね？」

母はぼくを見て、うーん、と低く喉を鳴らしながら首をかしげた。

「中学生だったら？　行ける、でしょ？」

母は今度も首をかしげるだけだった。

ぼくはてのひらに何房か残っていたミカンをまとめて口の中に入れた。甘みを感じる前に、ほとんど噛《か》まずに呑《の》み込んだ。

玄関から声がした。藤井さんのおばあちゃんが「電話かかってきとりますよお」と言った。母は「おとうさんかな？」と言って立ち上がり、おばあちゃんにお礼を言いながら家を出た。

ぼくは濡れ縁に残って、膝を深く抱き直した。ヨウイチくんの家ではまだ荷物の運び出しがつづいていたけど、ヨウイチくんは家に入ったきりだった。

舌先で、右上の奥歯をつついた。歯ぐきがちょっと痛い。港の岸壁でうれしそうに笑ったヨウイチくんの顔が浮かぶ。ぐらつく歯を、少し強く押した。海のにおいを思いだす。舌先をすぼめて固くして、さらに奥歯を押す。母が台所からぼくを呼ぶ。歯が、大きく動いた。

プチン、という音が耳の内側から聞こえた。

舌先から重さと固さが消えて、歯ぐきからなまあたたかいものが染《し》み出してくる。口を開いたまま、てのひらで蓋《ふた》をした。よだれがあふれそうで、顎を持ち上げた。痛みはない。でも、よだれには、きっと血も交じっているだろう。

母は塩水の入ったコップをぼくに渡して、「抜けといてよかったじゃない。奥歯がぐらぐらしてると、ごちそう食べてもおいしくないから」と言った。

電話は父からだった。晩ごはんを外で食べることになった。ぼくの好きなものをなんでも食べていいらしい。

「引っ越しでみんな疲れちゃったからね、おいしいものおなかいっぱい食べて、あしたからがんばらないと。ヒロちゃんも入学式だし、おとうさんも仕事が始まるし、おかあさんも早く近所でおともだちつくんなきゃ」

流し台でうがいをして、ふと見ると、冷蔵庫と食器棚の位置が入れ替わっていた。

「おかあさん……」と冷蔵庫を指さしたら、母はそれを待っていたみたいに得意そうに言った。

「ヒロちゃんが遊びに行ってる間に、おかあさん、がんばったんだよ。ちょっとずつちょっとずつ動かして、一人でやっちゃった」

「ぐあい悪かったんじゃなかったの?」

「うん、疲れてるけど、おかあさん、こういうのほっとくのっていやなのよ。あしたからもずーっと使うんだから、やっぱりね、使い勝手がよくないと」

母は「すっきりしたあ」と笑って、抜けた奥歯をくるんだちり紙をぼくに渡した。舌でさわっているときには大きく感じていたけど、ほんとうはちっちゃな歯だったんだ、と知った。

「出かけるとき、縁の下に放っとこうね。ネズミの歯と替えてくれ、って言って」

「うん……」

「引っ越してすぐ歯が生え替わるなんて、エンギいいかもよ」

エンギの意味はよくわからなかった。でも、なんとなく母の言いたいことは見当がついた。

「ちょっと早いけど、服着替えて、行っちゃおうか。ハンバーグでもカレーでもなんでもいいからって、おとうさんも張り切ってたし、約束の時間までおかあさんとデパートで買い物してればいいよね」

「デパート、あるの？」

「あるに決まってるじゃない、田舎っていっても、けっこう都会なのよ、ここ」

じゃあ屋上で乗り物に乗れる？　――と言おうとしたら、外からトラックのエンジンの音が聞こえた。

走って居間に戻り、濡れ縁に出た。

トラックの後ろにタクシーが停まっている。

ヨウイチくんはおかあさんと二人で、玄関の前にいた。

トラックの横で作業服のおじさんと立ち話をしていたおとうさんが、二人を手招いた。おかあさんが玄関の鍵をかける。ヨウイチくんは家の屋根を見上げ、ジャンパーの袖を顔にあてた。

おとうさんが笑いながらヨウイチくんのもとへ行き、おかあさんは鍵を作業服のおじさんに渡した。

ヨウイチくんは、おとうさんに肩をぽんぽん叩かれ、顔を袖で隠したまま歩きだす。先にタクシーに乗りかけたおかあさんがぼくに気づき、振り向いて声をかけたけど、ヨウイチくんは顔を上げようとはしなかった。

いまなら言える。

ごめんなさい、練馬区から海まで自転車で行けないんだって——いましか、言えない。

でも、ぼくは黙って、タクシーのドアが閉まるまで、胸の前で小さく手を振るだけだった。

先に出発したトラックが舞い上げた砂ぼこりのなか、タクシーもゆっくりと動きだした。

ぼくはうつむいて、奥歯の抜けた痕を舌先でさわった。まだやわらかい歯ぐきから血がにじむ。かすかに鼻に抜けたにおいは、ヨウイチくんと二人で嗅《か》いだ海のにおいに似ていた。

第二章　ともだち

1

日曜日の夜はぜったいに眠らずに、アポロ11号の月面着陸をテレビで観るつもりだった。母は「どうせ途中で寝ちゃうわよ」と笑うし、父にも「夏風邪でもひいたらどげんするんか」と言われたけど、がんばろう、と何日も前から決めていた。

アポロ11号が月に着くのは月曜日の明け方で、アームストロング船長とオルドリン飛行士が月面に降り立つのは夕方の予定だった。徹夜で月面着陸を観て、昼寝をして、夕方にまた起きて宇宙飛行士が歩くのを観ればいい。

上田くんも、そうする、と言っていた。

だったら、ぼくも眠るわけにはいかない。負けたくない。

ぼくは上田くんの小柄な体つきと顎《あご》のしゃくれた細長い顔を思い浮かべて、母にきっぱりと言った。

「死んでも徹夜するから」

土曜日の朝の教室は、ふだんよりにぎやかだった。騒がしいだけじゃなくて、なにかみんな落ち着かない顔をしている。

おしゃべりの話題は三つ——アポロと、通知表と、夏休み。小学一年生の一学期が、きょう終わる。生まれて初めての通知表と、生まれて初めての夏休みと、それから人類にとって初めての月面着陸だ。胸の中が「どきどき」と「わくわく」でいっぱいになって、椅子《いす》に座ったぼくだって、思わず床を踏み鳴らしたくなってしまう。

吉野くんが「うーっす」と大きな声を出して教室に入ってきたら、ばらばらだった男子のおしゃべりが、いつもどおり吉野くんを中心にひとまとまりになった。

吉野くんはクラスでいちばんいばっている。すぐに大声を出すし、女子とケンカばかりするし、なにかを決めるときにはいつも自分の意見を押し通す。そういう奴、ぼくはあまり好きじゃない。

「ヨッさん、あしたアポロ観るんじゃろ?」と笠原《かさはら》くんがきいた。

「おう、あたりまえじゃ。観んかったら一生後悔するけえの」

吉野くんは力《りき》んで答えたけど、「ヨッさん、徹夜できるん?」と樋口《ひぐち》くんがきくと、ちょっと困った顔になった。

「それなんよ、わし、いつも九時には寝とるけんのう……」

みんなだってそうだ。夜十時からのテレビ番組を観ただけでヒーローになれるぼくたちにとっては、徹夜なんて夢のような世界だ。

吉野くんも徹夜するんだったら、よけいがんばらないと——と思った。

あいつにだって負けたくないんだ、ぼくは。

おおげさな身振りでおどけながらしゃべる吉野くんの背中を見つめて、まあべつに関係ないけど、と笑った。

「どうしたん?」

上田くんが、ぼくの顔を覗《のぞ》き込んできた。

「なんでもない」とぼくは答え、吉野くんから上田くんに目を戻した。ぼくたちは教室の後ろのほうの席にいて、吉野くんたちは教壇にいる。教室の端と端だ。

「わし、徹夜したことあるんで」

上田くんは得意そうに言った。

「知ってる。こないだ言ってたじゃん」

「ゆうべもしたんで。じゃけん、今朝は眠とうてやれんわ」

「ふうん、そうなの」

「夜中の二時頃がえらいんじゃけど、そこを過ぎたら楽になるんよ。知っとったか? 知らんかったろ?」

上田くんの声と顔がじゃまで、吉野くんたちがなにをしゃべっているのかわからなくなった。

「晩飯を腹いっぱい食うたらいけんのよ、すぐに眠うなるけえ。寝そうになったら、コーヒーじゃ。あと、どがんもならんようになったら、ヒロシがたにもメンソレータムがあろうが、それをまぶたに塗りゃあええんよ」

　上田くんは『朝の会』が始まる前や休み時間にはいつもぼくの席に遊びに来て、いろんなことを、ほとんど自慢話ばかり、一人でしゃべる。

「あと、ええ作戦があるんじゃ。前の日の昼間に、ぶち疲れとくんよ。そしたら、その晩は飯もよう食えるし、ぐっすり寝れようが。次の日の徹夜のビタミンがつくんじゃ」

　上田くんは物知りだけど、ときどき知ったかぶりをする。「ビタミンじゃないよ、スタミナ」と教えてやっても、返事をしない。平気な顔で話を変えてしまう。

　吉野くんたちのおしゃべりは、徹夜のことからテレビのことに移った。吉野くんはアポロを観るのでカラーテレビを買ってくれとおかあさんに頼んだけど、だめだったらしい。カラーテレビを持っている山根くんは、みんなからうらやましがられていた。

「ヒロシ」

　上田くんが、また顔を覗き込む。まるで通せんぼをするみたいだ。

「わしがた、カラーテレビなんで」

　上田くんは、ときどき嘘《うそ》もつく。

「この前、ヒロシが遊びに来たときは故障しとったんじゃけど、ほんまはカラーなんじゃ」

　先回りして、つじつまを無理やり合わせる。ぼくはそっぽを向いて、こっそり、バーカ、と口を動かした。

入学したての頃は、上田くんのことを、すごくいい奴だと思っていた。仲良くなったのは、モロボシダンの写真をぼくにくれる、という話がきっかけだった。おじさんが東京で『ウルトラセブン』のお話をつくっていて、モロボシダンのともだちなんだという。

でも、いつまでたっても上田くんはモロボシダンの写真を持ってこなかった。「いま探しよるけん、もうちょっと待っとってくれや」と言い、「こないだ見つけたんじゃけど、またどっかにいってしもうたんじゃ」と言って、話をそらしつづけた。

いまはもう、ぼくは「写真あったの？」とはきかない。自慢話もほとんど信じていない。なのに、ぼくたちは、いつもいっしょにいる。

そんなのをほんとうに「ともだち」と呼ぶのかどうか、よくわからない。ただ、上田くんと絶交したら、ぼくはクラスでひとりぼっちになってしまう、それだけは確かだった。


チャイムが鳴って、クラス担任の佐賀先生が教室に入ってきた。きょうは講堂で終業式がある。「全校朝礼と同じじゃけん、そげん緊張せんでもええんよ」と佐賀先生に笑われたけど、終業式だってぼくたちにとっては生まれて初めてだ。

廊下に出て、身長順に並んだ。ぼくは真ん中より少し前。上田くんは前から三番め。後ろのほうで騒いでいるのは、体の大きな吉野くんや樋口くんたちだ。

隣のクラスが歩きだすのを待っていたら、吉野くんに背中をつつかれた。

「のう、トーキョー」

トーキョー――ぼくのあだ名だ。吉野くんがつけた。東京から引っ越してきたから、トーキョー。入学式の何日かあと、たまたま吉野くんに「ぼくねえ……」と話しかけたら、「こんなん、トーキョーじゃあ！」と大声ではやしたてられた。その日からみんなはぼくを「トーキョー」と呼ぶようになり、ぼくは教室ではめったにしゃべらなくなった。

「のう、どげんするんか、水泳」

怒った声できかれた。

「練習するから」とぼくはうつむいて答えた。

「練習するいうて、一人でやっても泳げんもんは泳げんじゃろ。こんなんはそれでええかもしれんけど、わしらが困るんじゃ」

わかってる。クラス対抗で、水泳の授業で泳いだ距離の合計を競争している。ぼくたち一年四組は、六クラス中最下位。足をひっぱっているのは、ぼくだ。いままで三回距離を測ったけど、合わせて七メートルにしかなっていない。

「まだ息継ぎできんのじゃろ」

「うん……」

「ばた足で息継ぎもできんいうて、のう、そげなことあるんか？」

吉野くんは不思議そうに言った。ぼくに言わせれば、一年生のくせにクロールで五十メートルも泳げる吉野くんのほうが不思議だ。ほかのみんなも、吉野くんほどじゃないけど、よく泳げる。海がすぐ近くにあるからだろうか。ぼくがカナヅチなのは、東京にいたからなんだろうか。

「泳げんのじゃったら、今度、スタート台から飛び込んでみいや。そしたら五メートルぐらいにはなろうが」

そんなこと言われても困る。

「死ぬ気でやってみりゃええんじゃ、オトコなんじゃけえ。トーキョーじゃいうて、カッコばあつけとってもいけんで、根性出すときは出さんとの」

勝手なことばかり言う。

「夏休み、プール来るじゃろ？　わし、毎日来とるけん、水泳教えたるわ」

親切というより、おせっかい。教えてもなかなか泳げないと、ぜったいにカンシャクを起こして怒りだすはずだ。大嫌いだ、こいつ。

吉野くんが列の後ろに戻ったあと、上田くんがこっちを見ていることに気づいた。つまらなそうな顔をして、目が合うと、すぐにまた前を向いてしまった。

上田くんは、吉野くんたちから相手にされていない。仲が悪かったり嫌われたりしているんじゃなくて、吉野くんたちにとっては上田くんなんて、べつにどうでもいいというか、いてもいなくてもかまわないというか、そのていどの同級生なのに、上田くんのほうは吉野くんのことをすごく気にしている。自分からは言わないけど、そんなの、すぐにわかる。ぼくと話すときの上田くんはいつだって、吉野くんたちのおしゃべりと同じ話題を選んで、知ったかぶりをしたり嘘をついたりするんだから。

行列が動きだす。上田くんは、もう振り返らなかった。ぼくも上田くんの背中から目をそらして歩く。

ぼくがたまにだれかとおしゃべりしていたら、上田くんはあとで必ず「さっき、なんの話しとったん？」ときいてくる。べつに上田くんの悪口を言っていたわけじゃないのに、話の中身を教えても「ほんま？　ほんま？」としつこく念を押す。

それがうっとうしくて、たまらない。

ほんとうは嘘つきの上田くんなんか好きじゃなくて、好きじゃない奴とともだちにならなくちゃいけないのはすごくいやだけど、ほかにともだちはいないし、ひとりぼっちでいるよりはましだと思って、そんなふうに思うのはよくないことかもしれないけど……やっぱり、ぼくたちは、ともだちだ。

2

通知表の二つ折りの表紙をそっと、どきどきしながら開いた。

『学習の記録』は、〈できています〉〈がんばりましょう〉の二つに分かれていた。オール5やオール1なんてマンガによくあるような数字の成績を想像していたのに、ちょっとがっくりしてしまった。

勉強は、ぜんぶ〈できています〉だった。水泳のことがあるので心配だった体育もだいじょうぶ。かけっこがクラスでいちばん速かったのがよかったのかもしれない。

でも、『生活の記録』には〈がんばりましょう〉が一つあった。

〈ともだちと仲良く協力できる〉が、だめ。

母の顔が浮かんだ。「あーあ……」とため息をつく顔だ。

母はいつもぼくのことを心配している。ぼくが一人っ子で、しかも東京から引っ越してきたせいだ。「一人っ子は、わがままで甘えん坊」「東京の子は、ひ弱なモヤシっ子」とみんなが言う。どうしてそんなふうに決めるのかぼくにはわからないけど、母はそれをすごく気にして、「ともだちをたくさんつくって、外で遊びなさい」と口癖のように言う。

『担任の先生から』の欄には、こんなことが書いてあった。

〈もう、この町になれましたか？　一学期はちょっとおとなしかったけど、二学期からはともだちにどんどん話しかけてみようね〉

幼稚園の頃は、ともだちがたくさんいた。みんな、ぼくのことを「ヒロシ」と呼んでいた。「矢沢くん」と苗字《みょうじ》で呼ばれるより、名前を呼び捨てにされるほうがカッコよくて好きだった。

このクラスでぼくを「ヒロシ」と呼んでくれるのは、上田くんしかいない。「トーキョー」と呼ぶ奴らとなんか、遊びたくない。

まわりの席では、みんな通知表の見せっこをしている。男子は自分のことをおとなみたいに「わし」と呼び、女子は「うち」と呼ぶ。すごくヘンだとぼくは思うけど、みんなは「ぼく」や「わたし」のほうがテレビみたいでおかしいんだと笑う。

耳で聞いているうちに、この町の言葉はだいたい覚えた。ひとりごとだったら、みんなと同じようにしゃべれる。母の鏡台に映るぼくに「わし、ヒロシいうんよ」とつぶやきかけて一人で笑うことだって、たまにある。

それでも、みんなの前ではつかいたくない。東京の言葉を捨ててしまうと、なんだかこの町に負けたんだというのをみんなに教えているような気がして、いやだ。

重い気分で教室を出たら、上田くんが走って追いかけてきた。

「ヒロシ、通知表どうじゃった？」

にやにや笑っている。自慢話が始まるサインだ。

「べつに、ふつう」とぼくは答え、見せてくれと言われるのがいやだったので、その前に「上田くんはどうだった？」ときいた。

「わし？　おう、まあ、けっこうよかったで」

待ってました、と通知表を開く。

『学習の記録』は、算数が〈がんばりましょう〉で、あとはぜんぶ〈できています〉。ぼくのほうがいい成績だったけど、めんどうくさかったので「すごいじゃん」と驚いたふりをした。

「これじゃったらクラスでトップかもしれんのう」

「と、思うよ。いいんじゃない？」

ほんとうは、ぜんぜんよくない。上田くんの『生活の記録』は、ぜんぶ〈できています〉だった。ぼくがだめだった〈ともだちと仲良く協力できる〉も、〈できています〉。なんで？と佐賀先生にききたかった。そんなのおかしいよ、と文句をつけたくなった。

『担任の先生から』に書いてあることもおかしい。

〈勉強にも遊びにもいっしょうけんめいでしたね。二学期からもこの調子でがんばろう〉

すぐに自慢する奴なのに。知ったかぶりばかりして、嘘もついて、ぼくの前ではいばっても吉野くんたちには近寄れない奴なのに。

「ヒロシ、あしたウチに遊びに来んか？　プラモつくろうや」

上田くんはプラモデルが大好きだ。コンテストで優勝して『少年キング』に載ったというのはぜったいに嘘だと思うけど、部屋に飾ってある戦車や軍艦は、なかなかうまい。

でも、ぼくはプラモデルなんて好きじゃないし、もともと手先が不器用だ。おまけに、上田くんはわざとぼくにむずかしいところをやらせて、失敗しそうになるまで待って、「こげなんもできんのか？」と言いながらけっきょく自分でやり直す。おもしろくもなんともない。

でも、ぼくがどこにも遊びに行かないと、父も母も「やっぱり」と思うだろう。一人っ子で、東京の子だから、とかなしい顔になるだろう。

頭の中で二つの「でも」がぶつかった。

「あした、昼飯食うたら来いや、の？」と上田くんが言った。

ぼくはうなずいて、ちょっとだけ意地悪をした。

「カラーテレビ、観せてくれる？」

上田くんはすぐに答えた。

「いけんのじゃ、まだ故障しとるけえ」

しゃくれた顎を前に突き出すようにして、笑う。

いやな笑い方だと、いつも思う。

下駄箱で運動靴を履き、登校日まで使わない上履きを手提《てさ》げバッグにしまっていたら、吉野くんたちが大きな声でしゃべりながらやってきた。月に宇宙人がいるかどうかの話だった。みんなは「そげなんおるはずなかろうが」と言うけど、吉野くんは一人で「ぜーったい、おるって」とがんばっている。

ぼくも月には宇宙人はいないと思う。いるとしたら、火星か木星だろう。だけど、「宇宙人、見たことあるよ」と言ってみるのもおもしろい。みんなが「うそォ」と信じない顔をしたら、「だって、地球の人間だって宇宙人じゃん」。みんなギャフンとなるだろうな。幼稚園の頃のぼくはギャグが得意で、友だちや先生をいつも笑わせていたんだから……。

一人で楽しい気分になって顔を上げると、先に靴を履き替えた上田くんが外に出てぼくを待っていた。浮かびかけた笑顔が、こわばって、そのままひっこんでしまう。

いったんバッグに入れた上履きを取り出して、左右の靴の底をぶつけてゴミや埃《ほこり》をとった。忘れ物をしていないか確認するふりをして、通知表と『夏休みの友』しか入っていないバッグを覗き込んだ。

上田くんはまだ外にいる。まぶしい陽射しを浴びて、野球の素振《すぶ》りの真似をしながら、ちらちらとこっちを見ている。今日は授業がないのに、ランドセルを背負って、バカだな。あいつ。

いっしょに帰りたくない。「おなかが痛くなった」と嘘をつこうかと一瞬考えて、そんなことをしたら上田くんと同じだよなあ、と思い直したとき、「トーキョー」と吉野くんの声がした。

「のう、トーキョー、こんなんあしたひまか？」

きょとんとしてうなずくと、吉野くんたちにあっというまに取り囲まれた。

「あした、昼から、みんなで海で遊ぼういうて決めたんじゃ。トーキョーも連れてっちゃるけえ、いっしょに行こうで」

連れてっちゃる——という言い方が、ちょっといやだった。

「海は塩水じゃけえ、体が浮きやすいんよ。トーキョーも、プールより先に海で練習したほうがええんじゃ」

海は波があるから泳ぎにくいんじゃないかと思ったけど、「そうじゃそうじゃ」と言うみんなに合わせて、黙って小さくうなずいた。

「そしたら、トーキョーも来るいうことでええの？　一時に校門で待ち合わせじゃ。自転車で来いや」

学校の規則では、おとながついていないと海に行ってはいけない。学区の外に自転車で出かけるのも禁止だ。

それに、あしたはもう、約束がある。

「どげなんか。来るんか、来んのか」と樋口くんが横から言った。

上田くんは、素振りをやめてこっちを見ていた。吉野くんたちは上田くんを誘うつもりはなさそうだった。

ぼくは上田くんからも吉野くんからも目をそらして、「行けたら、行くから」と言った。

「なんじゃ、こんなん、はっきりせん奴じゃのう」

吉野くんはあきれたように笑い、半パンのポケットに両手を入れて、胸をグイと張った。

「まあ、ひまじゃったら来いや、一時になったらすぐ行くけん、来るんなら遅れんなや」

「うん……」

「海《かい》パン、忘れんなよ」

「わかった……」

吉野くんは「じゃあの」と言って歩きだした。みんなもあとにつづく。上田くんは、さっきの場所よりも少し離れたところにいた。まるで吉野くんたちに道を空《あ》けるみたいに。

ぼくは吉野くんたちを追いかけた。いちばんうしろ——同じグループに入っているような、そうじゃないような、ぎりぎりの間隔をとって歩く。

上田くんがこっちを見ている。なにか言いたそうな顔をして、でもなにも言えない。ぼくはうつむいて上田くんの前を通り過ぎた。上田くんは立ち止まったままだった。吉野くんたちは上田くんに「バイバイ」という声すらかけなかった。

　ぼくも、黙っていた。

3

　家に帰ると、居間に父がいた。座布団を枕にして、背広を布団みたいに体に掛けて横になっている。部屋に入ってきたぼくに気づくと、寝ころんだまま「おかあさん、いま買い物に行っとるけえ」と言った。低く、かすれて、元気のない声だった。

「おなか痛いの？」

「おなかはべつにええんじゃけどの、ちいと夏バテで頭痛がするけえ、三十分ほど早退《はやび》けしてきたんじゃ」

　父は体を起こし、「どうせきょうは半ドンじゃしの」と言い訳するみたいに付け加えた。

　父は体がじょうぶじゃない。東京からこの町に引っ越してきたのも、胃かいようという病気になって会社を辞めたからだ。東京で手術をして胃かいようは治ったけど、ときどきぐあいが悪くなって、勤め先の市役所を休んだり早退けしたりする。

　ぼくは台所の冷蔵庫から麦茶を出してコップに注ぎ、それを持って自分の部屋に入った。扇風機のない部屋はじっとしていても汗が出るぐらい蒸し暑かったけど、父と居間で二人きりになるよりいい。

嫌いというわけじゃない。ただ、母がいないと、なにを話していいかわからず、息が詰まってしまう。もともと父は口数が少ないし、東京にいた頃は仕事が忙しくて、ぼくが起きているうちに帰ってきたことなんてなかったし、それに、ヘンな言い方だけど、この町に来てからの父は、東京にいた頃より遠くなってしまったような気がする。

この町は父の生まれ故郷だ。東京の大学に入るまで十八年、住んでいた。だから、引っ越してきてすぐに、父のしゃべる言葉はこの町の方言になった。それがなんだかくやしい。父はもう東京のことを忘れてしまったんだろうか。ぼくは違う。いまでも東京のアパートや公園や幼稚園がなつかしくてたまらない。

玄関の引き戸を開ける音が聞こえた。追いかけて、「ヒロシ、もう帰っとるん?」と母の声がする。四月や五月頃は東京の言葉でしかしゃべらなかった母も、最近はこの町の言葉になることが多い。

「ヒロシ、アイス買《こ》うてきたよ。ごはんの前だけど、溶けちゃうから先に食べちゃおうか」

こんなふうに、二つの言葉がごちゃ混ぜになってしまうことも、たまにある。

父と母は居間でバニラアイスを食べながら、通知表を見た。先に父、それから母。父は「勉強、ようできとる」と言っただけで、『生活の記録』や『担任の先生から』にはふれなかった。母も通知表にざっと目を通すと、すぐにちゃぶ台に戻した。ため息が聞こえたような気がしたけど、よくわからない。

「まあ、新しいカンキョウでよくがんばったよね、ヒロシも」

母が言うと、父も「学校をいっぺんも休まんかったんが、いちばんええんじゃ」と笑った。ほめられているのにうれしくない。かなしい顔をされるより、もっといやな気分になった。

アイスを食べ終えた母は台所に立って、お昼ごはんの冷や麦をゆではじめた。

父は朝刊を開き、ついでのような口調で言った。

「ヒロシはあれか、学校のともだちとはあんまり遊ばんのか」

「そんなことないけど……」

「クラスでは、だれといちばん仲がええんか」

答えずにいたら、台所から母が「上田くんじゃろ？　よういっしょに遊んどるが」と言った。

聞こえないふりをした。早く自分の部屋に帰りたかったけど、お店でくれる木のサジは小さすぎて、たくさんアイスをすくえない。

「まあ、ここは田舎《いなか》じゃけえ、ハイタテキなところがあるけえの」

父はつぶやくように言って、ぱらぱらとめくっただけの新聞をちゃぶ台に置いた。

意味のわからない言葉があっても、父の言いたいことは見当がついた。「田舎じゃけえ」が出たら、たいがい、この町の悪口だ。

ぼくには、よくわからない。

父はこの町が好きなんだろうか、嫌いなんだろうか。

家族で駅前のデパートに買い物に出かけると、しょっちゅう父のともだちに会う。みんな父を見るとびっくりして「帰ってきたんか」と言う。そのたびに父は、うれしいようなかなしいような、怒っているような喜んでいるような、ヘンな顔になる。いっしょにお酒を飲もうとともだちに誘われたことも何度かあったらしいけど、父はいつも断っている。電話を呼び出してもらっている二軒隣の藤井さんの家から帰ってきたあとは急に機嫌が悪くなって、部屋を片づけろとかテレビの音が大きいとか、やつあたりみたいにぼくを怒る。でも、海に遊びに行って、いっとう気持ちよさそうな顔になるのは、母でもぼくでもなくて、父だ。

アイスをサジでこねてやわらかくしながら、新聞のテレビ欄をNHKから順に見ていった。カラー放送の番組は、名前の前に〈カラー〉とついている。どうせウチのテレビは白黒だから、いつもはあまり注意して見ることはないけど、数えてみると意外と多い。夜の番組の半分以上はカラーだ。あしたの夜のアポロ11号の特別番組もカラーだろう。白黒だと月の色もわかんないんだなと思うと、ずっと楽しみにしていたアポロのテレビ中継が、急につまらなくなった。

玄関の引き戸が開いて、「矢沢さん、電話かかってきとるよお」と藤井さんのおばあちゃんの声が聞こえた。

母はあわてて台所から玄関に向かった。手に、呼び出しのお礼の桃を二個持っていた。お礼を忘れると、あのおばあちゃん、あとでご近所に悪口を言いふらす。それを知っている父は「だれじゃろうかのう」と不機嫌そうにつぶやいた。

母はすぐに帰ってきた。

「ヒロシ、電話、あんたにじゃったよ」

「ぼく？」

「そう。上田くんからじゃけん、早《はよ》う行きんさい」

そんなに驚かなかった。藤井さんのおばあちゃんが来たときに、もしかしたら、と思っていたし、家に帰ってからずっと、待っていたわけじゃないけど、なにかあるかもしれないという気がしていた。

サンダルをつっかけて藤井さんの家に行き、玄関の下駄箱の上にある電話をとると、上田くんは早口に言った。

「あした、ウチでかき氷しよう思うんじゃけど、ヒロシはイチゴがええ？　レモンがええ？　いまからおかあちゃん買い物に行くけん、シロップ、ヒロシのええんを聞いとこう思うて。メロンでもなんでもええけん、言うてくれえや」

こんなつまらないことで電話してきたんだ、こいつ。迷惑だと思う前に、ちょっと笑えた。

ぼくは受話器と口をくっつけるようにして言った。

「ぼく、グレープがいいけど」

「グレープ？　そげなシロップあるかのう……」

「あるよ」

嘘をついた。グレープのかき氷なんて、食べたことも見たこともない。でも、それでいい。上田くんは、いま不安でしかたないんだ、ざまーみろ、ほんとうは下校のときのことを「なんで？　なんで？」とききたくてしかたないのに、それが怖いから、ぼくが吉野くんたちとともだちになるのが怖いから……。

「もういい？　用事それだけ？」とぼくは言った。

「あした、来いよ、の？　約束したんじゃけえ」

上田くんの声はさらに早口になった。

ぼくは「うん」にも「ううん」にも聞こえるように喉《のど》を低く鳴らして、電話を切った。

家に帰ると居間に駆け込んで、ケーキのクリームみたいにどろどろになったアイスをカップから直接すすった。固まっていたときより甘ったるい。口の中がねちゃねちゃして、喉がかわく。

「ともだちに、あんまり電話せんように言うとけよ」と父に言われ、黙ってうなずいた。

庭でセミが鳴きだした。学校から帰ったときも暑かったけど、陽射しはもっと強くなって、庭も、植木も、隣の家も、空も、白くまぶしい。

あしたは海に行こう――。

4

吉野くんを先頭に十人ほどで列をつくって、四つ角をこまめに曲がり、細い路地を何本も抜けていった。ぼくは列のいちばん後ろについて、みんなに遅れないよう汗だくになって自転車を漕《こ》いだ。初めて通る道だ。ともだちどうしで海に行くのだって、初めて。

「ぎらぎら」という音が聞こえてきそうなほど強い陽射しと照り返しに挟まれて、こめかみを伝う汗はすぐに乾いて塩をふき、そこにまた新しい汗が流れ落ちてくる。アポロ11号の記事がたくさん載っていた朝刊には、きょうはこの夏いちばんの暑さになるだろう、と書いてあった。

国道に出た。横断歩道の信号は赤だった。「ここの信号、長《なげ》えんよ」と隣にいた笠原くんが教えてくれた。信号を待っている間、山根くんが家から持ってきたかっぱえびせんをみんなで分けた。「ほれ、トーキョーも食えや」と山根くんから袋を差しだされたとき、ちょっと嘘みたいだし、バカみたいだけど、うれしくて鼻の奥がツンと熱くなった。

上田くんのことを忘れたわけじゃない。せめて「きょう、遊びに行けなくなった」ぐらい言ってやったほうがよかったかもしれない。

悪いことしちゃったなという気持ちも、どこかにある、と思う。

でも、もういい。上田くんはあとで「なんで遊びに来んかったん?」としつこくきいてくるだろう。「おまえには関係ないだろ」と言えば、いっぺんに終わる。そこで「なんで?」ときかれたら、答えはひとつしかない。

だって、おれ、おまえのことが嫌いなんだもん——。

「おう、トーキョー!」

吉野くんはぼくを振り向いて、信号待ちで停まったトラックのエンジンの音に負けないよう、大声で怒鳴った。

「気合い入れて泳ぎ覚えんと、おぼれさせちゃるけえの、ええか!」

みんなもぼくを振り向いて笑った。「ヨッさん、ほんまにやるけえの、わしゃ知らんで」と樋口くんがおどすように言って、みんなはまた笑う。笠原くんも山根くんも、さっきとはぜんぜん違う、バカにしたような薄笑いの顔でぼくを見ていた。

自転車のハンドルをギュッと握りしめた。吉野くんたちは、べつにともだちなんかじゃない。自分に言い聞かせると、鼻の奥の、さっきよりもっと奥のほうが熱くなった。

両側を岩場に囲まれた小さな砂浜に着いた。町に二つある海水浴場のどちらからも遠く離れて、ほかにだれもいない静かな場所だ。

みんなは半パンの下に海パンを穿《は》いていたけど、ぼくはバッグに入れてきた。「こんなん、勉強はようできるのに、知恵が回らんのじゃのう」と吉野くんに笑われた。岩の陰で着替えていたら、こっそり覗いていた樋口くんと島崎くんにお尻《しり》を見られて、「トーキョーのケツ、見たでえ！」とからかわれた。

学校で聞くときより、「トーキョー」がとがって耳に刺さる。準備運動もせずに海に入っていくみんなの背中が、いつもより大きく、たくましそうに見える。

おそるおそる波打ち際から海に入った。くるぶしから、ふくらはぎ、膝《ひざ》、腰が水に浸《つ》かった。みんなはもう泳ぎはじめているけど、そこから先へはなかなか進めない。

「トーキョー、なにしよるんな。早うこっち来いや」

吉野くんは、もうずいぶん沖のほうにいた。

「そこ、足が届くの？」

「遠浅じゃけえだいじょうぶじゃ、ええけん、早うせえ」

おなかが水に浸かった。胸も、すぐに。足がふわりと浮きそうになる。海で泳ぐのは初めてというわけじゃない。先週の日曜日は家族で海水浴場に出かけた。でも、そのときは浮き輪を使って泳いだ。父は胃かいようの手術の痕《あと》が気になるのか、シャツを羽織《はお》ってゴザに座ったまま、帰り際にほんの数分、泳いだだけだった。

「顔、浸けてみいや」

吉野くんが言う。波に合わせて、顔が揺れる。

「塩水じゃけえ、目ェつぶっとかんと、しみるど」

「うん……」

「最初は顔洗うようにすりゃええんじゃ」

それができない。学校のプールでも顔が濡《ぬ》れるたびに足をついて手で拭《ふ》いてしまう。おまけに、海だ。波が来るたびに体ごと持ち上がりそうになるのを、踏ん張ってこらえている。両手で水をすくって顔を洗ったりすると、波に押されて後ろにひっくり返ってしまいそうだ。

「早うせえや、早う」

吉野くんの顔はしだいにおっかなくなってきた。気が短くて、怒りっぽくて、乱暴。大っ嫌いだ、こんな奴。

「のう、トーキョー、ちょっとバンザイしてみいや。できるじゃろ、それくらいは」

「できると思うけど」

「ほな、やってみいや。手間ひまかけさすなや、アホタレが」

なぜそんなことをするのかわからなかったけど、しかたなく言われたとおりにした。

「これでいい？」

足が浮いて、沈む。ケンケンをするみたいに、その場で跳ねないと体を支えられない。

「ねえ、これでいいんだよね？」と吉野くんにきく声も、うわずって、震えてしまった。

「おう、そうじゃのう、こげなもんかのう」

吉野くんは急にのんびりした声になって、にやにや笑った。どうしたんだろうと思っていたら、両方の足首を横からつかまれて、前に持ち上げるように強くひっぱられた。

足の裏が底から浮き上がって、尻餅をつくような格好で体がくずれ、頭まで水に浸かった。鼻に水が入って、あわてて両手をばたつかせていたら、もっともっと水を飲んでしまった。なにが起きたのかわからないまま、手足をめちゃくちゃに動かしてもがきながら、水の音と、息の音と、だれかの甲高《かんだか》い笑い声を聞いた。

足がついて、やっと体を起こすことができた。

目を開けると、樋口くんと山根くんがすぐそばにいた。水中メガネをはずして笑う二人の顔が、塩水がしみる目の中でぐにゃぐにゃにゆがんだ。

あいつらのこと、怖くなんか、ない。

いじめられっ子になんか、なってたまるか。

東京にいた頃のぼくは、みんな信じないかもしれないけど、幼稚園の先生が母に「ヒロシくんはガキ大将で困ります」と言ったことだってあったんだ。

トーキョーだから、バカにされるわけ?

おまえら、地下鉄に乗ったこと、ないだろ。


しばらくすると、みんな、ぼくのことをかまわなくなった。飽《あ》きたんだろう。ビーチボールで遊びながら、ときどきぼくを見て、目が合うと笑いながらそっぽを向いた。

ぼくは一人でばた足の練習をつづけた。顔を上げて息を継ぐたびに水を飲んでむせかえった。鼻が詰まって、ひりひりする。耳にも水が入ったし、両脚の付け根がひきつったように痛い。


でも、泳いでやる。

吉野くんたちは岩場に移って、海に飛び込んで遊びはじめた。飛び込みといっても、吉野くん以外はジャンプして足から落ちるだけだ。山根くんなんて、それでもおっかないのか、へっぴり腰であとずさって笑われている。

あいつらが遊んでいるうちに、泳げるようになってやる。びっくりさせてやる。水を飲んでも、立つな。目が痛くなっても足を止めるな。前に、前に、前に……なかなか進まない。

「トーキョー、手ェ動かしてみいや」

岩場から、吉野くんが両手をメガホンにして言った。「そげな練習ばあしとっても、泳げりゃあせんど」とつづけ、クロールのかたちに手を動かした。

よけいなお世話だ。ぼくはまた、ばた足で泳いでいった。足をついて体を起こすと、吉野くんが「手ェ動かせ、言いよるが！　ボケが！」と怒鳴った。

無視して、もう一度、ばた足。今度もあまり進めなかった。「こんなん、一生カナヅチじゃ！」と吉野くんがまた怒鳴る。「飛び込んだだけのほうが、まだましじゃ！」

「うるさい！」とぼくも怒鳴り返す。

「なんじゃ、ボケが！」

「バーカ！」

「こんなん、早う東京に去《い》ね！　出ていけ！　根性なしのクソトーキョーが！」

カッとして、砂浜に駆け戻った。運動靴をつっかけて、吉野くんたちのいる岩場に向かって全力疾走した。みんな驚いて、身がまえたけど、ケンカなんかしない。ただ、見せてやる。教えてやる。東京の子がひ弱かどうか、ぼくに根性がないのかどうか。

「ここから飛び込めばいいんだろ、かんたんじゃん」

頭から飛び込むのは怖いけど、足からなら、なんとかなる。

靴を脱いで岩の先っぽに立ち、両手を振ってはずみをつけた。

目をつぶって、跳んだ。

体が空中に浮かんだ瞬間、吉野くんの「アホ！　そっち危ない！」という声が聞こえた。強い風が、下から吹いた。濡れて頭に貼りついていた髪の毛が、ふわっと浮いた。足をばたつかせ、両手で胸を抱いた。

水しぶきがあがる。

右の太ももになにか堅いものが当たって、パーン！　と爆発するように痛みがはじけた。どんなふうに体を立て直したのか、わからない。水の中で何度もひっくりかえった。顔が水の上に出るたびに叫んで、泣いて、たくさん水を飲んだ。右の太ももがやけどしたみたいに熱く、痛い。目をつぶっているのに、まぶしい光がいくつもまたたいていた。

気がついたときは、みんなに抱きかかえられて砂浜にあがるところだった。「おとな呼んでこい！」と、耳のすぐ後ろで吉野くんの声が聞こえた。いま吉野くんに肩をかつがれているんだ、とぼんやりした頭で思った。「わやじゃあ、血がぶち出とるで」と右足を持った樋口くんが泣きそうな声で言った。ケガしたんだろうか。見てみたかったけど、首を動かすのも目を開けるのもおっくうで、体が重く、だるく、ゲップが喉まで来ているのに出ない。

砂浜に仰向けに寝かせられた。「傷口に砂つけんなよ」と吉野くんに言われた山根くんは、藤田くんと二人でぼくの右足を持ち上げて、太ももの裏が砂に触れないよう膝を曲げてくれた。

薄目を開けると、顔を覗き込んでいた笠原くんが「ヨッさん、生きとるで！」と言って、吉野くんに「あたりまえじゃ、こげなんでおぼれるわけなかろうが」と頭をはたかれた。

　太陽がまぶしい。砂も熱い。濡れた体があっというまに乾いていくのがわかる。チリチリと、焦げているみたいだ。

「アホじゃの、あっち側は海の中に岩が多いけえ、危ねえんじゃ。こんなん、頭から飛び込んどったら死んどるかもしれんのど」

　吉野くんが怒った声で言った。うるさいなあ、と言い返そうとしたら、やっとゲップが出た。頭が少しすっきりして、起き上がれそうだなと思った瞬間、右の太ももがちぎれそうなほど痛くなった。

「痛い痛い痛い痛い痛い！」

　うめき声をあげると、吉野くんは「あたりまえじゃ、大ケガしとるんじゃけえ。いまごろなに言いよるんな」と、また怒る。

　なんで怒られなきゃいけないんだ、こんな奴に。くやしくてたまらない。どろどろした熱いものが、太ももからお尻のほうに伝っていく。血だろうか。気持ち悪くて、立てた膝を少し下げたら、傷口にまた痛みが走った。

「痛いって言ってんじゃん！」

「そげん動くな。傷口に砂入ったら、どげんするんか」

「痛いってば！」

「そげなん知るか、トーキョーが勝手に飛び込んだんじゃろうが」

わかってる。わかってるから、くやしくて、痛くて、もうがまんできない。足の中で2B弾が何発もつづけて破裂しているみたいだ。

歯ぎしりして痛みをこらえながら、怒鳴った。

「トーキョーって言うな！　バカ！」

「なにやあ？　こら」

痛い。息ができない。足がほんとうにちぎれそうなほど、痛い。

怒鳴り声が、勝手に出た。

「おまえらがわしのことバカにするけん、ケガしたんじゃ！」

え——？

怒鳴ったあと、一瞬、ぽかんとした。

いま、この町の言葉をつかった……みたいだ。

吉野くんも黙って、じっとぼくを見ていた。

遠くから樋口くんの声が聞こえた。「救急車呼んどるけえの！」と知らないおじさんの怒鳴り声も。

砂に足をとられて転んだ樋口くんは、起き上がる前に叫んだ。

「おっちゃん、ぼくはええけん、早う行って！」

吉野くんは「あたりまえじゃが、だれがかまうかい、アホが」と小声で言って、ぼくを見て、「のう？」と笑った。

笑い返す余裕はなかったけど、こいつらだっておとなには「ぼく」をつかうんだと初めて知って、ほんのちょっと痛みが薄らいだ。

5

病院に迎えに来たときには涙ぐんでいた母は、帰りのタクシーの中では怒りどおしだった。ケガをしたことよりも、「学校でキックベースしてくる」と嘘をついてこっそり海パンを持って家を出たことを怒っていた。

「まあ、男の子はそういうこともあるんだよな」

助手席から、父がかばってくれた。ひさしぶりに東京の言葉をつかったのは、わざと、だったんだろうか。病院を出る前には、この町の言葉で「あの浜は、おとうさんも小学生の頃によう泳ぎに行ったんじゃ」と耳打ちしてくれたんだけど。

右の太ももの後ろを、三針縫った。飛び込んだ場所があと十センチずれていたら足を骨折したはずだし、もうちょっと体が傾いていたら背骨が折れてハンシンフズイになっていたかもしれないし、頭から飛び込んでいたら死んでいただろう、と医者は言っていた。

包帯の上から、傷口のあたりをそっとさわってみた。「痛いの?」と隣に座った母がきく。黙って首を横に振った。麻酔の注射のせいか、痛み止めの薬をのんだせいだろうか、腰から右足のつま先までしびれて、むずがゆいようなくすぐったいような、ヘンな気持ちだ。

カーラジオは大相撲中継を流していた。きょうは名古屋場所の千秋楽と、プロ野球のオールスターゲームがある。野球の大好きな父と『天と地と』を毎週楽しみにしている母は、今夜も「ちょっとNHKに替えていい?」「コマーシャルまで待っとれえや」なんてやり合うだろう。そして、夜中は、アポロだ。

「ヒロシ、あんた、上田くんにも嘘ついたんでしょ?」

ぼくが家を出た少しあとに、迎えに来たんだという。

「先に上田くんと約束してたんでしょ? おかあさん、なんて答えればいいか困っちゃったんだから」

「……約束したの、忘れてた」

「ほんと?」

「ほんとだってば」

「だったら、まあ、しょうがないけど」

母が、やれやれ、といったふうに息をついたとき、ルームミラー越しに父と目が合った。怒られると思ったわけじゃないけど、つい目をそらしてしまった。口のまわりを舌先でなめる。しょっぱい。汗なのか海の味なのか、どっちでもいいや、べつに。

「家に帰ったら、上田くんに電話して謝りなさいね」

「うん……」

「電話じゃいけん」――父が言った。静かだけど、ぴしゃっと叩《たた》くような声だった。

顔を上げると、ルームミラーに父の目がまた映っていた。ぼくを見ている。ぼくも、今度は目をそらさなかった。父がどういう気持ちであんなことを言ったのかわからなかったけど、電話で謝るのって、やっぱり、違うと思う。

「きょうはもう夕方じゃけん、あしたでもあさってでも、歩けるようになったら上田くんがたに行ってこいや」

父はそう言って、ぼくが返事をする前に顔の向きを変えた。

ぼくは父のいなくなったルームミラーをじっと見つめて、「行ってくるけん」と言った。

「行ってくるから」の「から」を「けん」に替えるだけ。すごく、かんたんだ。

父も母も気づかなかったのか、なにも言わなかった。かわりに、カーラジオから「やりました、大関清国《きよくに》、藤ノ川を破って初優勝！」というアナウンサーの声が聞こえた。

家に帰って母に布団を敷いてもらう間もなく、吉野くんがおかあさんといっしょに訪ねてきた。おかあさんは玄関先でお見舞いのカステラを差しだして、父と母に謝った。母はかえって申し訳なさそうに「ウチのが勝手にケガしただけですけん、もう、そげなことしてもろうたら、こっちが困りますが」と頭を下げる。父やぼくとしゃべるときより、ずっとうまくこの町の言葉をつかっていた。

父は吉野くんに言った。

「ヒロシに、これからもいろんなこと教えたってくれえな」

吉野くんは顔を真っ赤にしてうつむいた。こんなに照れくさそうにしているあいつを見るのは初めてだった。

「ヒロシ、吉野くんに部屋にあがってもらいんさい」と母に言われ、そんなのいやだったけど、しかたなくうなずいた。吉野くんもおかあさんに肩をつつかれて、つまらなそうに靴を脱いだ。

部屋に入っても、しゃべることなんかない。ぼくは吉野くんが「トーキョー」のことを謝るまで黙っているつもりだったし、吉野くんもこどもだけで海に行ったことがばれて、おかあさんにすごく叱られたらしいから、きっとぼくのことを怒っているだろう。

吉野くんは本棚のマンガを、なにがあるのか確かめるみたいに端から見ていった。「読みたいのあったら貸してやるよ」なんて、ぼくは言わない。吉野くんも「貸してくれえや」とは言わなかった。

黙りこくって、目も合わさないまま、しばらくたつと玄関から吉野くんを呼ぶおかあさんの声が聞こえた。

吉野くんはやっと本棚から目を離し、ぼくを振り向いた。

「そしたら、まあ……ヤザワ……」

ぽつりと言いかけたけど、舌打ちして言葉を切った。蛍光灯から垂れ下がった紐《ひも》の先のスイッチを指で一発はじいて、「ヤザワいうて、言いにくいのう」と笑う。

「ヒロシでええよ」ぼくも少しだけ笑って言った。「東京でも、そげん呼ばれとったから」

言ったあと、「から」じゃなくて「けん」だった、と気づいた。

引き戸に手をかけた吉野くんは、忘れ物を思いだしたみたいに、また振り向いた。

「ほんま、こんなん、すかした奴じゃの。なんか好かんちゃ、わし」

「わしも、ヨッさんのこと好かん」

自分で口にして、初めて思った。「ヨッさん」なんて、オジサンみたいでヘンなあだ名だ。

「水泳、二学期までに泳げるようになっとけよ」

「ケガが治ったらプールに行く、けん」

「……へたじゃのう、おまえの言い方。なんな？　それ」

吉野くんは戸を開けて、廊下に出た。「プールに来たら、クロール教えちゃるけん」と戸を閉める前に言った。

見送りには出なかった。母に呼ばれたけど、知らん顔をしたまま部屋にいた。

勉強机の椅子に座って、しびれたままの右足を手で叩きながら、椅子を右に振ったり左に振ったりした。勢いがついたところで両足を浮かせてコマみたいにぐるぐると回って、天井を見上げた。あいつ、やっぱりいばってるなあ、いやな奴だなあ、と首をひねりながら笑った。

夜九時を過ぎた頃から、傷口が痛みはじめた。病院でもらった痛み止めをのんでも、しばらくするとまたズキズキと刺すような痛みが太ももの後ろから背中にまで走る。

何度も泣いた。母に足をさすってもらいながら、「赤ちゃんになってしもうたのう」と父に笑われたけど、膝枕もしてもらった。

うとうと眠っては、足が痛くて目が覚める。うめいたり泣いたりしながら父や母といっしょにテレビを観て、痛み止めの薬が効いて眠くなったら居間に敷いた布団に横になる。それを朝まで、何度も何度もくりかえした。

切れ切れに観たアポロの特別番組は、タイミングが悪くて、ほとんどが日本のスタジオの場面だった。宇宙の話なのに、どうしてゲストにペギー葉山が出ているのかよくわからなかったけど、別のチャンネルのゲストは森繁久彌なんだと母が教えてくれた。

「ヒロシ、そろそろよ」

母に揺り起こされたのは、朝の五時前だった。父が冷蔵庫からコーヒー牛乳を出してくれた。

「だいじょうぶ？　目、開いてる？」

うなずいたけど、声は出ない。冷たいコーヒー牛乳を飲んでも、体のどこにも力が入らない。痛み止めがまだ効いているのか、傷は痛くない。そのかわり眠くて眠くてたまらない。

「こちらヒューストン、こちらヒューストン」という声が何度も聞こえる。いや、声だったのか、画面に出た文字だったのか、それすらはっきりしない。アメリカなのにどうして日本語なんだろうと、ぼうっとした頭で思っただけだ。

白黒テレビの画面は、しっかり観ていないとなにが映っているのかよくわからなくなってしまう。だいぶ明るくなった窓の外のしらじらとした青い色のほうが、くっきりと目に入る。

「成功しそうじゃのう」と父が言った。

ぼくは、もう、目を開けているかどうかも、わからない。

母が「やったあ！」と声をあげて拍手をした。

吉野くんや上田くんは、ちゃんと観たのかな、テレビ……。

そんなことをふと思って、クスッと笑ったとき、畳のにおいを嗅《か》いだ。ぼくはきっと、横になって眠りかけていたんだろう。

次に目が覚めたときには、父はもう勤めに出ていた。窓の外を見ると、まぶしい陽射しに頭がくらくらした。朝十時。今日も、暑くなるだろう。

母はぼくの隣で、タオルケットだけ掛けて、畳にじかに寝ていた。目をしょぼつかせながら朝ごはんをつくってくれたけど、「お昼まで、もうちょっとだけ」とだれかに言い訳するように言って、ぼくの寝ていた布団に横になった。

「おとうさん、徹夜で仕事に行ったの？」

「そうよ、あくびばっかりしてたけど」

「すごいね」

「まあ、おとなだもん」

おかあさんだっておとなじゃんと言いたかったけど、母は穴ボコに落っこちるみたいにあっさり寝入ってしまった。

トーストと目玉焼きとウインナー炒めの朝ごはんを食べながら、右足をさすってみた。痛みはまだある。でも、がまんできないほどじゃない。

〈上田くんのいえにあそびにいきます〉とメモを置いて外に出た。自転車にまたがって、左足だけでペダルを踏んでみた。だいじょうぶ。上田くんの家までは上り坂も下り坂もほとんどない。これなら、なんとかなりそうだ。

スピードはぜんぜん出ないけど、そのほうが、いまはいい。上田くんはぼくのともだちなのか、ぼくは上田くんのともだちなのか、ゆっくりと考えながら行きたかった。

6

玄関に出てきた上田くんは、黙ってぼくを見つめるだけで、きのうのことは怒らなかった。すねているふうでもない。ぼくの右足の包帯を見てびっくりした顔になったけど、「どうしたん？」ときくこともなかった。

無理してる――すぐにわかった。強がって、ぼくなんかに負けたくなくて、言いたいことやききたいことや怒りたいことや泣きたいことをぜんぶがまんして、バカだな、アホだな、こいつ。

でも、先に気まずくなってしまったのは、ぼくだった。うつむいて、「ごめんな」を言おうかどうか迷っていたら、上田くんが不意に笑った。顎を前に突き出す、いつもの笑い方だった。

「ヒロシ、アポロ観たか？」

「え？」

「徹夜できたんか？　わし、したで。ちゃーんと最後まで観たで。すごかったんじゃけえ、もう、ぶち感動したんじゃ」

得意そうに言って、もう一度きいた。

「のう、ヒロシはどげんじゃった？」

ぼくは息をいつもより少し大きく吸い込んで、言った。

「できんかった。途中で寝てしもうた、けん」

わざと「けん」をへたくそに言ってみたけど、上田くんはべつに気づいた様子もなく、自分の話をすることに夢中になっていた。

「つまらんのう、じゃけえ言うたが、コーヒー飲めえて。メンソレータム塗ったんか？」

「忘れとった」

「なにしよるんな、こんなん、せっかく教えちゃったのに」

「……ごめん」

「昔、ソ連のガガーリン大佐が言うたの知っとるか？『地球は青かった』いうて、それほんまじゃったど、青いんよ、地球」

ほら、また知ったかぶり。ぼくは苦笑いを浮かべて「少佐」と言った。でも、上田くんは聞こえないふりをする。いつもと同じ。上田くんだ、これからも、ずうっと。

「まあええわ、上がれえや。プラモつくろうで。おかあちゃんにかき氷もつくってもらうけん」

ぼくはうなずいて、靴を脱ぎながら言った。

「テレビ、直ったん？」

「うん？」

「だって、いま言うたが、地球が青いいうのほんまじゃった、て」

プロレスの必殺技を出すみたいな気分だった。

最初きょとんとしていた上田くんは、急に目をそらして、足をもぞもぞさせた。

でも、すぐにぼくに目を戻して、笑いながら言う。

「夕方、電器屋さんが来て直してくれたんじゃ。アポロ観るんじゃけえ、白黒じゃったらつまらんけえの」

上田くんは嘘つきで、ほんとうにいやな奴だ。好きなわけない、こんな奴のこと。でも、嫌いなのかどうか、いまはちょっとよくわからない。

空母『赤城《あかぎ》』のプラモを二人でつくった。といっても、ぼくは部品を枠からはずすだけで、接着剤でつけていくのは上田くんだ。たまに上田くんが「ヒロシ、ここやってみるか？」と言ってくれるけど、「失敗するけん、ええよ」と断った。「ぶちかんたんなところじゃが、ヒロシでもできる思うがのう」と、つまらなそうな声で言うのに顔は笑っている上田くんを見ていると、アタマに来るような、意外とうれしいような、ヘンな気分になる。

ぼくは上田くんのともだちなんだろうな、たぶん。

上田くんはぼくのともだちなんだろうか。自転車を漕ぎながらずっと考えていたけど、わからないままだった。いまもわからない。これからも、わかるかどうかわからない、なんて頭がこんがらかりそうだけど。

でも、なんとなく、二学期からは上田くんとあまり遊ばなくなりそうな気がする。ケンカとか絶交とか、そんなのじゃなくて、ちょっとずつちょっとずつ離れていくんじゃないかと思う。

台所のほうから、かき氷器で氷を削《けず》るシャリシャリという音が聞こえてきた。

「ちょっと、わし、手伝《てつど》うてくるけん」

上田くんは、やりかけのプラモをほったらかしにして部屋を出ていった。いつもはお手伝いなんかしない奴なのにヘンだなと思っていたら、おかあさんと上田くんの声が聞こえた。話まではわからないけど、おかあさんはなにか怒っているみたいだ。

「ええんじゃ」上田くんの声がする。「ヒロシはこれが好きじゃ言うとるんじゃけえ」

なんだろうなと思いながら、待っているのが退屈なので『赤城』の甲板に小さなゼロ戦を載せた。ここに置こうと決めた位置より、だいぶずれた。つけすぎだった接着剤が甲板にはみ出してしまい、指で拭き取ろうとしたら、かえって広がってしまった。

上田くんにも早くプラモの好きなともだちができればいいのに。ぼくは野球やサッカーの好きなともだちを探したい。樋口くんや山根くんは、意地悪なところもあるけど、けっこういい奴なんじゃないかという気がする。吉野くんはどうだろう。あいつ、野球が大好きですごくうまいけど、すぐにいばるから、いっしょに遊ぶのはちょっといやだな。

上田くんが、かき氷のお皿が二つ載ったお盆を持って戻ってきた。

かき氷は、一つが黄色で、もう一つは紫色。黄色はレモンだ。そして紫色は――。

「ヒロシがグレープがええ言うけえ、たいへんじゃったんど。おとつい、大阪のおじさんに電話して送ってもろうたんじゃ」

「ほんま？」

「おう、おじさん、ぶちでけえ会社の社長じゃけえ、わしが頼んだらなんでも送ってくれるんじゃや。自分がたのセスナも持っとるんで」

「……ふうん」

「わし、今度セスナに乗せてもらうんじゃ。ヒロシもいっしょに乗せちゃろうか？」

ぼくはなにも答えず、グレープのシロップのかかったかき氷をスプーンでくずした。ほんとうだ。ぶどうの香りがする。生まれて初めての、グレープのかき氷だ。

一口、食べた。甘い。でも、シロップの甘さとは違う。もっと濃くて、すっぱさもあるけど、ぶどうのすっぱさというより、ヨーグルトみたいな、ヤクルトみたいな、喉に埃っぽいものが貼りつくような……。

思わず「うわっ」と声が出そうになった。わかった、カルピスだ、グレープカルピスの味だ、これ。声をこらえ、吹き出してしまうのをがまんしているうちに、息が苦しくなってきた。顔を上げられない。口の中に残った氷をごくんと呑《の》み込んだら、グレープカルピスの味が濃すぎて、むせかえりそうになった。

「どんな？　うまかろうが？」

上田くんがきいた。自慢する顔じゃなくて、ぼくが気に入るかどうか不安そうに。言ってやろうか。笑って、からかって、バカにしてやろうか。

でも、ぼくは黙ってもう一口食べた。氷の冷たさと、グレープカルピスの甘さとすっぱさと、それから、なんだろう、どんな味かわからないけど、喉と胸がキュッとすぼまってしまう。

「のう、どんな？」と上田くんが顔を下から覗き込んできた。

「すごく、おいしい」

言ったあと、違うなと気づいて、「ぶち、うめえ」と言い直した。

上田くんは、うれしそうに笑った。「じゃろ？　じゃろ？　ほんま、うめえんよ、これ」と何度も大きくうなずいた。

あとは二人ともなにも話さずにかき氷を食べていって、お皿がほとんど空になった頃、おかあさんが廊下を走って部屋に来た。

アポロの宇宙飛行士が、いまから月を歩く——。

「予定より五時間も早うなったんよ、いまテレビでやりよるけん、ヒロシくんといっしょにこっちにおいで」

おかあさんは早口に言って、居間に駆け戻った。

ぼくと上田くんは顔を見合わせた。いよいよだ、ついに待ちに待った、アームストロング船長が着陸船イーグル号の外に出る瞬間だ。

「よっしゃ、ヒロシ、早う行こうで」

立ち上がりかけた上田くんは、腰がまだ伸びきらないところで、ビクッと体を止めた。座ったままのぼくを振り返り、照れくさそうに首をひねりながら、目が合うとそっぽを向いて言った。

「テレビ……また故障しとるかもしれんのじゃけど……」

「ええよ」上田くん、だもんな。「先行っとって。わしも、すぐ行くけん」

お皿に残ったかき氷は、もう氷が溶けて、グレープカルピスそのものになっていた。お皿から、じかに飲んだ。冷たくて、甘くて、すっぱくて、喉と胸がキュッとすぼまる。

ともだち、かあ……。

楽しいのか楽しくないのかよくわからないまま、でも笑って、ぼくは左足一本でゆっくりと立ち上がった。

第三章　あさがお

1

学校できいてみたら、春休みのうちに万博に出かけるともだちが三人いた。一番乗りは山根くんで、終業式の日の夜行列車で大阪に行くんだと言っていた。負けず嫌いの吉野くんは「夏休みに行くほうがガイジンがようけおるけえ、おもしれえんじゃ。春休みに行く奴はアホしかおらんのじゃ」なんて意地を張っていたけど、陰でこっそり山根くんにメダルのおみやげを頼んだことは、男子はみんな知っている。

ぼくも、ほんとうは春休みに万博に連れていってもらうことになっていた。お正月頃から父と約束していたし、母も大阪に住んでいる親戚に手紙を書いて、二晩泊めてもらえるようお願いしていた。

いちばん楽しみだったのは、アポロ11号の月の石。次に、エキスポランドのダイダラザウルス。動く歩道やテレビ電話も、『ニャロメの万博びっくり案内』を読むだけでわくわくした。

でも、三月に入ってすぐ、父は「万博は夏休みにしようや」と言いだした。母も「楽しみはあとにとっといたほうがええけん」と言った。ぼくはもちろん納得《なっとく》なんかしない。怒って、涙ぐんで、「なんで？　なんで？」ときいた。父も母も理由は教えてくれない。ただ、三月の終わりから忙しくなるから、とくりかえすだけだった。

「ヒロちゃん、わがまま言わんといてな」

母はかなしそうな顔で、ぼくの頭を何度も撫《な》でた。もっとなにか言いたそうな様子だったけど、父が「ヒロシによけいなことは言わんでええんじゃ」と先回りしてさえぎった。

二月の終わり頃から、父はずっと不機嫌だった。母も、その頃から元気がなくなっていた。なにをしても気乗りがしないみたいで、父の帰りが遅い日の夕食がインスタントラーメンになることも何度かあった。

春休みに入ると、父はいっそう機嫌が悪くなり、母もどんどん元気がなくなった。二年生に進級するお祝いに地球儀を買ってもらうことになっていたけど、「デパートに行こう」という話はちっとも出てこない。ぼくも「地球儀どうなったん？」とはなんとなく言いづらくて、短い春休みは楽しいことが一度もないまま終わってしまった。

休みの間、父と母は毎晩のように居間で遅くまで話していた。ケンカみたいな言い合いになることもあった。平屋建ての、部屋が三つしかない狭い借家だ。居間の声は薄い壁を隔てたぼくの部屋にも届く。でも、なにをしゃべっているのかは、よくわからない。それがもどかしくてたまらなかった。

両親の話し声がとがりはじめると、ぼくは布団を頭からかぶって身を縮め、両手で胸を抱きかかえて、早く二人が仲直りするよう神さまにお祈りした。言い争ったすえに父と母のどちらかが家を出ていってしまうような気がして怖かった。

ぼくには、「だいじょうぶ」と言ってくれる上のきょうだいも、逆にこっちが「だいじょうぶ」と元気づけてやらなければならない下のきょうだいも、いない。父と母が話していると、ぼくの話し相手はいなくなる。話し相手がいないと、家の中のどこにいても、ここにいてはいけないんじゃないかと不安になってしまう。

しょうがなかろうが——。

父の声がときどき聞こえた。

そんなとき、母はたいがい涙声になっていた。


新学期が始まった数日後、学校から帰ってくると家の前にトラックが停まっていた。ヤスおじさんの会社の車だ。

家から、作業着姿のシュンペイさんが小走りに出てきた。ぼくに気づくと、おう、と笑って手を振った。

「ヒロシ、今度から二年生やな。勉強もむずかしゅうなるけえ、大変じゃのう」

まだハタチ前のシュンペイさんは、二十人ほどいる会社のひとの中でいちばんの下《した》っ端《ぱ》だった。仕事の覚えが悪くておじさんにしょっちゅう怒られているけど、ぼくとは仲良しだ。マンガやテレビのことにすごくわしいし、万博のパビリオンの写真と国の名前を当てっこしても百発百中だし、勉強が嫌いだから高校に行かなかったんだと自分では言ってるけど、ほんとうはすごく頭がいいんじゃないかとぼくは思っている。

「ちいとバタバタしよるけど、かんべんせえや。じきに終わるけえ」

シュンペイさんはハチマキにしていたタオルをほどいて顔をひと拭《ふ》きして、幌《ほろ》をかけたトラックの荷台に飛び乗った。

「終わるって、シュンペイさん、いまなにしよるの？」

シュンペイさんは布団袋を背負って幌の口に戻り、「引っ越しじゃ」と言った。

「はあ？」

「ヒロシがたに、家族がもう一人増えるんじゃ」

「家族って？」

「おばあちゃんじゃ、おばあちゃんが今日からヒロシがたに引っ越してくるんじゃ」

そんなことない。父のほうのおばあちゃんはもう死んでいるし、母のほうのおばあちゃんの家は東京にある。

でも、シュンペイさんは逆に不思議そうに「聞いとらんのか？」と言った。「おとうちゃんやらおかあちゃんやら、なんぞ言いよらんかったか？」

ぼくは黙ってうなずいた。

シュンペイさんが「ありゃあ？　おかしいのう……」と首をかしげたとき、玄関からヤスおじさんが出てきた。

「こら、シュン、なにカバチたれよるんなら。早《はよ》う運ばんか」

おじさんの低いだみ声は、べつに怒っているわけじゃなくてもおっかない。シュンペイさんはあわてて荷台から降りて、布団袋を背負い直して門の中に駆け込んだ。

「これで最後か」

「へえ、最後ですわ」

「ほなら、ついでに庭の草でもむしっとけ」

おじさんが背中を一発はたくと、ひょろっとした体つきのシュンペイさんは足元をふらつかせ、玄関の戸口に布団袋をぶつけた。

クスッと笑うと、おじさんもぼくを振り向いて、日焼けした顔をほころばせた。

「元気じゃったか」

だみ声がほんの少しまるくなる。

「おばあちゃんが来るって、ほんま?」とぼくはきいた。

「違う違う。シュンはバカたれじゃけえ、勘違いしとるんじゃ」

「じゃあ、だれが来るん?」

おじさんは作業服の胸ポケットから煙草《たばこ》とライターを取り出して、トラックに顎《あご》をしゃくった。

「ヒロシ、ひさしぶりに乗せちゃろうか。駅までドライブじゃ」

助手席のドアを開け、「ほら、来い。一人じゃ乗れんじゃろ」とくわえ煙草で呼ぶ。質問の答えはまだだったけど、ぼくは言われたとおりにした。おじさんの顔が、ちょっと怖くなっていたからだ。

お尻《しり》を下から押してもらって、ステップをよじのぼる。助手席に座ると、視界がいっぺんに広がった。

おじさんは外からドアを閉めて、玄関に戻った。

「迎えに行ってくるけえ。なんぞ力仕事があったら、シュンにやらせてつかいや」

家の中に声をかけると、エプロンをつけた母があわてて出てきた。

二人は玄関先でしばらく立ち話をした。声が急に小さくなったのでなにを話しているかは聞こえなかったけど、おじさんの肩越しに見え隠れする母の顔は泣きだしそうだった。母がしゃべっている間、おじさんは何度も大きくうなずいていた。すまんすまんと謝っているようにも見えた。

ぼくはそっぽを向き、うんと遠くの町なみを眺めた。助手席のシートから、お尻と背中が半分浮き上がったような気分だった。

電車が着くまでまだ時間があったので、少し遠回りして、海沿いの国道を走った。

家から海に出るまでの間に、ヤスおじさんはいきさつを説明してくれた。

駅で待っているのは、もう三十年以上前になくなったひいおじいちゃんの妹だった。名前は、シズコ。おじさんは「おじちゃんらがこどもの頃は、チンコおばちゃんチンコおばちゃん言うて、よう叱《しか》られたわ」と笑った。意味がよくわからなくて笑い返さなかったら、信号待ちのときに、会社の伝票の裏に〈鎮子〉と書いてくれた。〈鎮〉という字は、シズともチンとも読むんだという。

シズコさんは、ぼくの生まれるずっと前——父がまだ高校生だった頃から、一人暮らしをつづけていた。

「結婚して、子供も五、六人おったんじゃが、みーんな死んでしもうたんじゃ」

「みんな、なの？」

「そうじゃ、みーんな、じゃ。病気やら戦争やらでの」

おじさんは節をつけるように言って、「広島に嫁に行っとったけえの」と付け加えた。

「ゲンバク？」とぼくはきいた。

おじさんは少し驚いた顔になって、「そげなこと、もう知っとるんか」と言った。

「うん……あんまり知らんけど……」

「おとうちゃんに教えてもろうたんか」

なにも答えなかった。

ゲンバクの話は、たしかに父から聞いた。この町から電車で二時間ほどのところにある広島の町は、アメリカと日本が戦争をしているときに、アメリカにゲンバクを落とされた。町じゅう火の海になって、たくさんのひとが焼け死んだ。ホウシャノウで病気になったひともたくさんいる。父はいつかぼくを広島に連れていって、ゲンバクドームというところを見せたいらしい。

でも、おじさんには言わない。そのほうがよさそうな気がした。父はおじさんのことがあまり好きじゃないみたいだし、おじさんもお酒に酔ったときには、父が東京でクミアイをやって体をこわしたことを情けない情けないとくりかえす。べつに父がそう言っていたわけじゃないけど、クミアイとゲンバクは、ひょっとしたらなにか関係があるのかもしれない。

おじさんも「まあ、そりゃあどうでもええんじゃけど」とつぶやいて、シズコさんの話をつづけた。

「一人暮らしには慣れとるいうても、最近は病気がちでの、もう一人じゃおえんじゃろういうんで、生まれ故郷に帰ってくることになったんよ。老人ホームに入る言いよりんさるけど、いまはどこも順番待ちでの、空《あ》きが出るまでヒロシがたでいっしょに暮らすことになったんじゃ」

「すごいおばあちゃんなの？」

「おう、もう九十近いじゃろ。せえでも頭はまだしゃんとしとるし、しっかり者《もん》よ」

「ぼく、会《お》うたことある?」

「赤ん坊の頃にいっぺんあったか、なかったか……どうじゃろうの。ほいじゃけど、向こうはヒロシに会うの楽しみにしとりんさったわ。こないだも電話で、なにをみやげに買《こ》うときゃええじゃろうか、いうての。おじちゃん、勉強の本にしんさい、言うたったけどな」

おじさんはおかしそうに笑って、前を走る原付バイクにクラクションをぶつけ、センターラインを大きくはみ出して追い抜いた。

「まあ、家族が一人増えるいうんは、なにかと大変じゃ思うわ。家も狭《せも》うなるしの」

父と母の様子がヘンだった理由が、やっとわかった。

「せえでも、の、老人ホームに入るまでのことじゃ。いままでずうっと一人暮らしでさびしい思いしてきたひとじゃけえ、ヒロシも仲良うしたってくれや。のう? 慣れんうちはお互いに気苦労もあるじゃろうけど……なんとかなるじゃろ」

おじさんはアクセルを踏み込み、信号が黄色に変わった交差点を突っ切った。

父はシズコさんを引き取ることを「しょうがなかろうが」と言うのに、おじさんは「なんとかなるじゃろ」と言う。きょうだいなのに性格がぜんぜん違う。

ぼくならどっちの言葉を言うだろう。母はよく、父とぼくは性格が似ていると言う。でも、「しょうがなかろうが」より「なんとかなるじゃろ」のほうがいいな、とも思う。ほんとうに言えるかどうかはわからない。アコガレってやつかもしれない。

「ヒロシ、今度また、おじちゃんがたに泊まりに来いや。勉強でわからんところ優子に教えてもらやあええが」

「うん……」

優子ちゃんは、ヤスおじさんの娘——ぼくにとっては、いとこだ。おじさんには子供が三人いて、三人とも女の子だった。長女の房枝ねえちゃんは農協に勤めていて、次女の和美ねえちゃんは高校生。歳の離れた末っ子の優子ちゃんは、小学五年生になったばかりだ。

「もう春になったけえ、釣りにも行かんといけんのう。今度来るときまでに、ヒロシのリールも買うといちゃるわ」

「リール使《つこ》うてええん？」

「おう。ウキ釣りはもう卒業じゃ。ヒロシも、もう二年生なんじゃけえ」

おじさんは右手一本でハンドルを支え、左手を伸ばしてぼくの頭を撫でてくれた。ゴツゴツしたてのひらの感触が、痛いけど気持ちよかった。

ちょうど一年前——東京から引っ越してきたばかりの頃は、おじさんのことはおっかないひとだとしか思えなかった。いくら十八歳違いのきょうだいでも、父や母と会うときにいつもいばっているのもいやだった。おじさんが遊びに来てもあいさつもろくにしなかったし、泊まりに来いと誘われてもずっと断っていた。

だいぶ変わったなあ、と自分でも思う。思うたびに照れ笑いが浮かぶ。優子ちゃんの、にっこり笑う顔といっしょに。

「暑いのう、ちょっと窓開けてくれや」とおじさんが言った。

ドアについたハンドルをぐるぐる回して窓ガラスを下ろすと、風がかたまりになって吹き込んできた。

凪《な》いだ海は夕陽を浴びて、まぶしくきらめいていた。島がいくつも散らばるなかを貨物船が行き交う。太陽は山からのぼって海に沈む。夜の海は、漁火《いさりび》がきれいだ。

ぼくは窓から顔を出して息を大きく吸い込んだ。埃《ほこり》と、油と、排気ガスと、そして少しだけ潮の香りを嗅《か》いだ。

シズコさんはどんなおばあさんなんだろう。おみやげは、なにを買ってくれたんだろう。地球儀だったらいいな、と思った。

2

シズコさんは、和服を着た小柄なひとだった。古びた旅行カバンを提《さ》げて、特急列車から降りてきた。なにか怒ったような顔でホームを改札口に向かって歩いてきて、改札のフェンスから身を乗りだしていたヤスおじさんとぼくを見つけると、カバンをホームに置いて、その場にしゃがみこんだ。改札まではあと二十メートルほどだったけど、これ以上歩きたくない、というふうにぼくたちをにらんでいた。

おじさんは舌打ちして、「ヒロシはここで待っとれや」と入場券を買いに窓口まで走った。

改札に残されたぼくは、目を伏せたり上げたりしながらシズコさんを見た。特急列車はとっくに走り去って、ホームにいるのはシズコさんだけだった。しゃがんだまま膝《ひざ》に頬杖《ほおづえ》をついて、隣のホームのほうを眺めていた。パーマをかけた短い髪はほとんど真っ白だった。顔じゅう皺《しわ》だらけで、目も鼻も口も、皺の一部みたいに見える。

改札を抜けても、シズコさんはムスッとした顔のままだった。ぼくたちがホームまで出迎えなかったのが気に入らないらしい。

「おばちゃん、もうちいと機嫌ようしんさいや。せっかく生まれ故郷に帰ってきたんじゃけえ」

おじさんは声をせいいっぱい細くしてなだめたけど、シズコさんはそっけなく「死にに帰ってきただけじゃ」と言った。おじさんよりもっとしわがれた声だった。

「そげなこと言わんと、のんびり隠居しんさいや。苦労のしどおしじゃったんじゃけえ。これからは、もうユウユウジテキじゃ、のう？」

「この歳で長生きしてどげんなる言うんなら」

「おばちゃん、そげん大きな声出さんと。ふうが悪いわ」

「耳が遠いんじゃけえ、しょうがなかろうが」

怒鳴るみたいに声を張り上げたシズコさんは、ぼくに顎をしゃくり、まるで物のように指差して「ヤス、こりゃあだれなら」ときいた。

「だれいうて、こないだも電話で話したでしょうが。隆之がたのヒロシじゃ」

ぼくは「こんにちは」とあいさつした。自分の声が遠く聞こえる。つま先立っているわけじゃないのに、踵《かかと》で地面を踏んでいる感触がなくなった。

顔を上げると、シズコさんはにこりともせずぼくを見つめていた。顔の皺にもぐりこんだような小さな目のまわりには、灰色の目やにがついていた。さわるとぬるぬるしそうな水っぽい目やにだった。

「あんちゃん、歳なんぼな」

「……七つ」

声と、指で答えた。

シズコさんは「ふうん」とうなずいて、それだけだった。「こんにちは」も返してくれなかったし、笑ってもくれなかったし、カバンからおみやげを出すこともなかった。

おじさんは決まり悪そうにぼくから目をそらし、「よっしゃ、まあ、あらたまったあいさつは家に着いてからじゃの」とカバンを肩にかついで歩きだした。

「乱暴にしちゃいけん！」

シズコさんが言った。キン、と耳が鳴るような甲高《かんだか》い声だった。

「カバン、ちゃんと提げて持てえ。だいじなもんが入っとるんじゃけえ」

「なにが入っとるんな。金庫か？」

「位牌《いはい》じゃ」

「……ほうか」

「ダンナの位牌やら、子供の位牌やら、おしゅうとさんやら、おしゅうとめさんやら、ようけある。乱暴にして、ばちが当たっても知らんで」

シズコさんはそう言って、おじさんからもぼくからも顔をそむけ、「車、どこに停めとるんなら」と一人で駅の外に出た。腰が少し曲がっている。右足を引きずっているみたいだ。息があがってしまうのか、何度も襟元《えりもと》に手をやりながら、ロータリーに停めたトラックに向かって歩いていく。

「おばちゃんは一人暮らしが長かったし、えっと苦労してきとるけえ、ひとと仲良うするんが不得手《ふえて》なんじゃ」

おじさんはぼくに小声で言って、苦笑いを浮かべた。「なんとかなるじゃろ」ではなく、「しょうがなかろうが」というつぶやきがこぼれ落ちそうな笑い方だった。

居間の隣の四畳半――両親が寝室に使っていた部屋が、シズコさんの部屋になった。いままでそこに置いてあった家具は、シュンペイさんがぜんぶ別の部屋に移した。鏡台と整理だんすはぼくの部屋、洋服だんすは居間、本棚は廊下。寝室を追いだされた父は居間に、母はぼくの部屋に布団を敷いて寝ることになった。

家族が一人増える、とヤスおじさんは言っていた。

そんなの違うよ、と思う。

家族はいままでどおり三人。よけいなひとが、一人。

ぼくはシズコさんが家に来たその日のうちに、心の中で「チンコばばあ」と呼ぶことに決めた。

あんなひとを好きになれるわけがなかった。

3

チンコばばあは、ほとんどしゃべらない。自分の部屋に閉じこもって、朝から晩までテレビを観ている。家から持ってきた小型の白黒テレビにイヤホンをつなぎ、母が毎日買ってくるお菓子を食べ、魔法瓶のお湯でお茶をいれて、ときどきキセルで煙草を吸う。いつもコタツに入っていた。スイッチは切っていたけど、厚手の布団を掛けて、その中にもぐりこむような格好でテレビに見入っている。母がつくる三度の食事も、コタツでとる。最初の何日かは父が「いっしょに食べん？」と声をかけたけど、チンコばばあは「一人でええ」とぶっきらぼうに答えるだけだった。

コタツは万年床の代わりにもなっていた。布団に煙草の焼け焦げがあった、と母は心配顔で父に言った。短いやり取りのあと、父はやっぱり最後に「しょうがなかろうが……」と言った。

居間に家族の集まる時間が減った。たとえチンコばばあに関係ない話でも、隣の部屋が気になって、なにもしゃべれなくなってしまう。イヤホンを使っているので、かえってやっかいだった。テレビを観ているのか居間の話し声に聞き耳を立てているのか、わからない。コタツで寝起きしているので、布団を敷く物音もしない。まるで透明人間に見張られているみたいだ。

二年生の新しいクラスのこと、テレビのこと、通学路で舗装工事が始まったこと、学校の近くの公園にユウカイ魔が出るというウワサがあること、校門の脇で赤や青のひよこを売っていたおじさんと五年二組の担任の須藤先生がケンカをしたこと……父や母に話したいことはたくさんあるのに、なにも話せない。

夏休みは、ほんまに万博に連れてってくれるんでしょ？

何度もきこうとしたけど、きけなかった。チンコばばあのことも気になったし、あまり楽しいことをしゃべっちゃいけないんじゃないかという気も、なんとなく、した。

チンコばばあは、外出はめったにしない。出かけても、家の近所を散歩するぐらいのものだった。生まれ故郷に帰ってきたというのに、なつかしんでいる様子はない。ともだちや知り合いは、もうみんな死んでしまったのかもしれない。

部屋の隅に置いた座り机の上には、古びた位牌がいくつも並んでいた。おもちゃのように小さな位牌もあった。毎朝その位牌にお菓子を供《そな》えているんだと、母から聞いた。

チンコばばあがいままでどんな暮らしをしていたのか、母はもちろん、父でさえほとんど知らなかった。

「わしが生まれた頃には、もうじいさんは死んどったけえの、法事のときぐらいしか顔を見とらんのよ。まあ、きょうだいの上の二、三人はよう知っとるじゃろうが、わしゃあ末っ子じゃけえ……」

そんな父がチンコばばあを引き取ることになったのは、生まれ故郷に住んでいるきょうだいがヤスおじさん以外では父しかいないからだ。

損だ——と思う。

母も「おにいさんに押しつけられたんよ」と言う。

「しょうがなかろうが」父は、いつだって、これだ。「兄貴がたは子供が三人もおるし、ねえさんも会社の経理をせにゃいけんのじゃけえ」

「そんなん言うんなら、ウチじゃって子供は一人でも、そのぶん家も狭いんよ？」

「じゃけえ言うとろうが、とにかく老人ホームに空《あ》きが出るまでのしんぼうじゃ。すぐよ、すぐ」

「その前に、わたしが出ていくかもしれれんよ」

「なに言いよるんな」

「あんたは昼間おらんけん、わからんのよ。ほんまに息が詰まりそうなんよ」

「もうええ、言うとろうが」

「イヤホンもコタツも、わたしを困らせよう思うてわざとしよるんよ」

「考えすぎじゃ」

「なんでわたしがあのひとに嫁扱いされにゃいけんのん。味付けが薄いやら、風呂が熱いやら、たまにしゃべったら文句しか言わんのじゃけん」

「まあ、かんべんしちゃれえや。十年も二十年も一人暮らししとったら、自分の流儀いうもんができてしもうて、どうにもならんのじゃろう」

「頭下げてお礼言うてほしいとは言わんけど、世話になっとるんじゃけん……」

「そげん言い方するな」

明かりを消したぼくの部屋で、父と母は毎晩のようにひそひそ声で話す。でも、二人の姿は、寝たふりをするぼくには見えない。暗闇の中で、声だけが、すれ違ったりぶつかったり小突き合ったりする。父も母も手を伸ばせば届く近さにいるはずなのに、ぼくはひとりぼっちだった。

四月の終わり、夜遅く帰ってきた父は、背広のままぼくの部屋に入ると、「かなわんのう……」とため息交じりに母に言った。

ヤスおじさんとお酒を飲んできたらしい。おじさんは春先からずっと、チンコばばあが早く老人ホームに入れるようシカイギインやケンチョウの知り合いのひとにお願いしていたらしい。六月から入れるということで話がまとまりそうだったけど、秋まではどうしても部屋が空《あ》かないんだという。

おじさんはがっくりしていたという。それを母に伝える父の声も元気がなかった。でも、いっとう落ち込んだのは、母だ。

「わたし、どうせ無理じゃ思うとったよ」笑いながらの声だから、よけいかなしそうに聞こえる。「おにいさんの言うこと、調子はええけど、それだけじゃもんねえ」

「まあ、そげん言うな。兄貴もいろんなところ回って頭下げたんじゃけえ」

「頭下げるだけなら、だれでもできるん違う？　おにいさんも、あのひとの前でだけええカッコして、帰ってきんさい面倒見ちゃるけえ言うて、けっきょく、ウチに押しつけるだけなんじゃけん……」

母は布団ごとぼくを抱き寄せて、「なあ、ヒロシ、つらいなあ、こげん狭いところでおかあさんと寝るんはつらいなあ」と歌うような細い声で言った。

「子供は関係なかろうが、起こすな」

「ヒロシ、今度おとうさんに好きなもの買うてもらおうなあ。なんがええ？　遠慮せんでええけんな……」

地球儀が欲しい。大きな地球儀の、陸地がでこぼこになったやつ。でも、たとえ買ってもらっても、ぼくの部屋には、もうそれを置く場所がない。

母は、なかなか腕をどかせてくれない。重みとも堅さとも温《ぬく》もりともつかないものに包まれて、ひどく息苦しい。ぼくは布団の中で身を縮める。ぼくはここにいるのに、居場所がどこにもない。両手で自分の胸を強く抱いた。背中を丸める。このまま体がぎゅっと縮んで、消えてしまえばいいのに。


朝になって服を着替えながら、ふと思った。

チンコばばあが秋までウチにいるのなら、夏休みも泊まりがけでは遊びにいけない。万博も、無理だ。

ともだちは何人も夏休みに行くと言ってるのに。ゴールデンウィークに出かけるともだちもたくさんいるのに。同級生の女子の細野さんなんて、休みの日はひとが多いからと、連休明けに学校を三日も休んで行ってくるらしい。

山根くんが学校に持ってきたサイン帳には、いろんな国のひとのサインが書いてあった。金子くんは森永の空中ビュッフェに乗った記念に、角度によって絵が変わる写真のついたカードをもらっていた。伊藤くんはフジパン館でロボットといっしょに記念撮影できなかったのをくやしがっていたけど、夏休みにもう一度出かけるんだと張り切っている。

どうして、ぼくだけこんな目にあうんだろう。すごく損で、すごく不幸だ。くやしくて、かなしくて、泣きたくなる。

夏休みになる前に、チンコばばあがいなくなってくれればいいのに——思った瞬間、背中がひやっとした。

そこから先は考えるのをやめた。

4

庭の水まきをしていたら、チンコばばあの部屋の濡《ぬ》れ縁《えん》に植木鉢が置いてあることに気づいた。五月の連休明け、曇り空の、夕方のことだ。

まだ新しい素焼きの植木鉢だった。土は入っていたけど、なにも植わっていない。

ジョウロを持ったまま近づいていくと、濡れ縁に出るガラスの掃き出し窓がガタガタと音を立てて開き、チンコばばあが這《は》いずるような格好で顔を出した。

ぼくは「ひゃあっ！」と声をあげ、跳ねるように後ずさった。

「臆病《おくびょう》な子じゃのう、あんた」

チンコばばあはそう言って、おかしそうに笑った。初めて見る笑顔だった。

「水、やってくれるんか」ときかれた。

黙っていたら、もう一度、「水やろう思うたんじゃろ？」ときいてくる。

正直に答えたら怒られそうな気がして、うん、まあ、と口の中でぼそぼそ言ってうなずいた。ジョウロを持っていないほうの手が、知らず知らずのうちに口にいく。不安になったり気まずくなったりすると、つい爪を嚙《か》んでしまう。一年生の頃はそんな癖はなかったと思うけど、自分では気づかなかっただけなのかもしれない。

「ほうか、ほうか」

チンコばばあはゆっくりと何度かうなずいた。ほめてくれたんだろうか。ぼくよりももっと小さなこどもに話しかけるような優しい声だった。これも、初めて。

「せっかくじゃけどな、今日はもうええんで。さっき、ばあちゃんが水やったけえ。せえでも、ありがとなあ、ほんま、ありがと」

チンコばばあは部屋から濡れ縁に出てきた。腰から下が思うように動かないのか、腕の力だけで体を引きずるようなしぐさだった。濡れ縁に足を投げ出して座ると、戸口の木枠に背中を預けて「ああ、しんど」とつぶやく。骨の形がくっきりと見える足には、青い染みや黒ずんだ染みがいくつも浮いていた。

「今日、ヒロシが学校行っとる間に買うてきたんよ。土は重いけえ、お母ちゃんに言うてな、ほかの植木鉢から分けてもろうた」

「これ、なにが咲くん？」

「なんじゃ思う？」

「さあ……」

「種をまいたばあじゃけえ、いまはなんも出とらんけど、夏になると、きれいな花がぎょうさん咲くんよ」

夏に咲く花をぼくは二つしか知らなかった。あさがおと、ひまわり。当てずっぽうで「あさがお」と言ったら、正解だった。

「よう知っとるなあ、ヒロシは賢いんじゃなあ」

チンコばばあは目やにのついた目を指でこすった。ぼくはまた爪を嚙む。うまく嚙みきれなくて、インスタントラーメンのスープの袋を歯で破るときのように無理やりちぎり取ったら、深爪になってしまった。

チンコばばあはもっと話したそうだったけど、ぼくは「宿題しとらんかった」とつぶやいて、家の中に駆け戻った。

母は台所で夕食のしたくをしていた。

「水まき、すんだん？」

「すんだ」とぼくは言った。チンコばばあのふだんの口調がうつったような、ぶっきらぼうな言い方になった。

母の知らないところでチンコばばあとしゃべるなんて、裏切り者かスパイになったみたいだ。

でも、母は野菜を切りながら「あさがおの植木鉢にも今度から水やったってな」と言った。

ぼくはなにも答えなかった。

切った野菜をまな板から鍋に入れた母は、ぼくをちらりと見て、すぐにまた流し台のほうを向いて言った。

「万博、行けんようになってごめんなあ」

べつに、そんなのどうでもええよ——笑って言いたかったけど、胸が詰まって言えなかった。声のかわりに涙が出そうになる。

あした同じクラスの木村くんに『ニャロメの万博びっくり案内』を持っていってやろう、と決めた。四月頃から「だれか持っとったら貸してくれえや」と言っていた。あいつはものを借りるとなかなか返さないし、お菓子を食べながら本を読むので、みんな貸すのをいやがっているけど、ぼくのなら、いいや。破かれても、汚されても、返してもらえなくたって、もういいや。

その週の土曜日、夕方になってヤスおじさんから「あした釣りに行かんか」と電話がかかってきた。

いつもなら、「迷惑じゃけん」とか「おとうさんにきいてみんと」とか、あまりいい顔をしない母が、珍しく「せっかくじゃけえ、泊まってきんさい」と言った。一人でも人数が減れば家が広くなる、と考えたのかもしれない。

造船所に荷物を届けにいったウシマルさんのトラックが、帰りにウチに寄ってくれた。シュンペイさんもいっしょにいたので、空《から》っぽの荷台に二人で乗った。幌のかかった荷台は薄暗くて蒸し暑いし、油と埃のにおいがたちこめているし、舗装していない道路を走るときは座っていてもお尻が跳ね上がるほど揺れるけど、助手席にいるよりおとなっぽくなった気がする。

シュンペイさんとテレビの話をした。テレビや歌の大好きなシュンペイさんは、先月始まったばかりの『あしたのジョー』の主題歌をもうおぼえていた。お返しに、ぼくは巨泉のコマーシャルの「みじかびの、きゃぷりてとれば、すぎちょびれ、すぎかきすらの、はっぱふみふみ」を教えてあげた。万博の話はシュンペイさんが一人でしゃべった。会社のみんなといっしょに八月のお盆に出かけるんだという。連れていってほしかったけど、いちばん下っ端のシュンペイさんにお願いしてもだめだろう。ヤスおじさんに頼んでみようか。ちらっと思って、やっぱりだめだよな、と打ち消した。おじさんはきっと「おお、ええど」と言ってくれるだろう。でも、そうしたら父や母を裏切ったみたいになるから、いやだ。

万博の話にぼくがちっとも乗らなかったから、シュンペイさんは「まあ、盆は混むけえ、行ってもつまらんかもしれん」とつぶやいて、幌を少しめくって風を入れた。

チンコばばあのことを思いだした。座り机に並んだ位牌のこともいっしょに。チンコばばあはお盆に墓参りに行くんだろうか。お墓はどこにあるんだろう。小さな、おもちゃのような位牌は、こどものものだと思う。だれのだろう。いくつで死んだんだろう。ぼくも病気になったり交通事故に遭ったりユウカイされたりしたら、死んでしまうんだろうか。死んだら、どうなるんだろう。おばけになるんだろうか。

チンコばばあの部屋に、真夜中、ひとだまがいくつも浮かんでいる様子を思い浮かべた。コタツに入ったチンコばばあはちっとも怖がらずに、ひとだまをぼんやり眺めている、そんなのも想像して、ぞくっと背筋が縮んだ。

初めて、チンコばばあのことがかわいそうになった。「よう知っとるなあ」と言ったときのチンコばばあは笑っていたんだと、いまになって気づいた。

チンコばばあがぼくに話しかけてきたのはあの日だけで、次の日からはまたムスッとした顔しか見せなくなっていたけど、今度話しかけられたら、もうちょっとたくさんしゃべってみよう、と決めた。

ヤスおじさんは、ぼくがチンコばばあとおしゃべりしたことを話すと、「ええこっちゃ、人間、しゃべる相手がおらにゃいけんのよ」とうれしそうに言ってビールを飲んだ。

「ヒロシもあれじゃ、ばあさんのともだちになったってくれえや、のう？」

黙ってうなずいたけど、こんなに歳が違うのに、ともだちなんてヘンだと思う。

「せえでも、あのばあさんも、かわいらしいところあるんじゃのう。あさがおじゃて、ほんま、ひとは見かけによらんもんじゃ」

「見かけもなんも関係ありゃあせんでしょうがね」

食卓を片づけていた妙子おばさんが、あきれて笑った。

「あさがおって、何色《なにいろ》のあさがお？」

優子ちゃんがきいた。

「さあ……」とぼくは首をひねる。

優子ちゃんは草花が好きだ。いつも植物図鑑を読んでいる。いっしょに外を歩くときも、道ばたや庭に咲く花を見つけるたびに、あれはなに、これはなに、と名前を教えてくれる。

「ヒロちゃん、今度きいといて。ね？」

自信はなかったけど、うなずいた。

「のう、ヒロシ」おじさんが言った。「ばあさんは、おかあちゃんとは仲良うしよるんか？」

答えに迷っていたら、妙子おばさんが「そりゃあ美佐子さんも難儀よなあ、一つ屋根の下に他人が入ってくるんじゃけん」と口を挟んだ。

おじさんは、急にビールが苦くなったみたいな顔になった。

「隆之がちゃんと間に立ってくれりゃあええんじゃが、アレものう、どげん言うか、理屈は立っても……」

おばさんは「あんた」と強く言っておじさんをにらみ、ちらりとぼくを見た。

ぼくはうつむいてポテトサラダを頰張った。

おじさんと父は、きょうだいなのに仲が悪い。いくらおばさんがごまかしても、それくらいわかる。でも、どうして仲が悪いかがわからない。父が東京でクミアイをやっていたから、なんだろうか。胃かいようになって会社をやめてこの町に帰ってきたから、なんだろうか。おじさんと父のことを考えると、吸い込んだ息を途中で止めて吐き出すような、苦しいというほどじゃないけど胸が重い、そんな気分になってしまう。

食卓には、房枝ねえちゃんと和美ねえちゃんのぶんのお皿も並んでいる。でも、二人ともまだ帰ってきていない。おじさんはさっきから時計を何度も見て、そのたびに舌打ちしたり咳払《せきばら》いしたりする。母から聞いた。房枝ねえちゃんは家を出て一人暮らしをしたがっている。いま高校二年生の和美ねえちゃんは、大学か短大を卒業したら東京の会社に入りたいんだという。おじさんはどちらにも猛反対している。理由は知らない。母にきこうとしたら、横で聞いていた父が「そげなこと、ヒロシにべらべらしゃべるな」と母を叱って、けっきょく話はそれで終わってしまった。

ぼくは、自分の家族やおじさんの家族のことを、目と耳だけで知っている。目に見えず、耳に聞こえないものは、なにもわからない。

「まあ、あのばあさんもヘンクツじゃけど、さびしいひとなんじゃけえ、仲良うしたってくれや。のう、ヒロシ」

おじさんはコップに残ったビールを飲み干して言った。

ヘンクツの意味は知らない。

ただ、さびしいひと――という言葉を聞いたとき、座り机の上の位牌がまた思い浮かんだ。

5

その夜、二階の優子ちゃんの部屋で寝ていたら、玄関でおじさんが怒鳴る声が聞こえて、目が覚めた。若い男のひとの声もした。なにかしゃべっていたけど、おじさんはすぐにそれをさえぎって、「能書きはええんじゃ！　このクソガキが！」と怒鳴る。

女のひとの泣き声――房枝ねえちゃんだった。和美ねえちゃんとおばさんがおじさんを止める声も聞こえた。

「ヒロちゃん、起きとる?」

隣の布団から、優子ちゃんが小声で言った。ぼくが返事をする前に「最近、いっつもなんよ」とつづけ、「かなわんちゃね」とつまらなそうに短く笑う。

「房枝ねえちゃん、ともだちと遊んどったん?」

「コイビト」

「……ほんま?」

「なあん、ヒロちゃん、そげな言葉知っとるん? エッチやねえ」

玄関から大きな物音が聞こえた。おばさんが叫び声でなにか言ったけど、言葉は聞き取れなかった。かわりに、暗がりのなかで優子ちゃんがびくっと肩を震わせるのがわかった。

「ヒロちゃん、手ェつないで寝ん?」

学校では女子と手をつないだりすると「デキとるで、デキとるで」とみんなにからかわれるけど、優子ちゃんなら、いい。

優子ちゃんのてのひらは思ったより冷たかった。

外で、車の走りだす音が聞こえた。玄関は静かになって、階段をのぼる足音がした。和美ねえちゃんの部屋のドアが開いて、閉まる。房枝ねえちゃんも部屋に戻ってきた。鼻水をすすりながら、「ああ、もう好かんちゃ!」と大きな声をあげて、自分の部屋のドアを乱暴に閉める。

優子ちゃんは、ぼくの手をぎゅっと握ってきた。

「みんな、仲良しじゃったらええにねえ……」

ぽつりと言って、つくりものみたいなあくびをする。

ぼくは優子ちゃんの手を握り返した。「元気出して」と言いたかったけど、照れくさくて言えなかった。

翌朝早く、妙子おばさんに「すぐに服、着替えんさい」と起こされた。

ぼくはまだ半分眠ったまま、釣りのことを思いだして「おばちゃん、天気どんな?」ときいた。

「ええけん、はよ着替えんさい」

おばさんの声は怒っているみたいだった。ぼくはぼうっとした頭の中で、優子ちゃんといつ手を離したんだろうと考えていた。

「ヒロちゃん、ほれ、なにしよるん。早う起きて」

おばさんはぼくの体を乱暴に揺すって、早口につづけた。

「シズコさんが、目が見えん言いだして、いまおおごとになっとるんよ。おじちゃんが車で病院に連れていったけん、ヒロちゃんも朝ごはん食べたら家に帰りんさい」

「シズコさん」がチンコばばあに重なるまで、少し時間がかかった。

「目が見えん」「おおごと」「病院」……耳の途中でつっかえていた言葉が、チンコばばあの顔を思いだすのと同時に、いっぺんに頭に流れ込んできた。


優子ちゃんに送ってもらってバスで家に帰ったけど、玄関には鍵がかかっていた。

「庭で遊んで待っとればええよ。ウチも付き合うけん」

優子ちゃんは、サツキの植え込みの前にしゃがみ込んで、花や葉っぱの観察を始めた。去年まではオカッパだった髪を、五年生に進級してから伸ばしている。早く三つ編みにしたいのだという。スカートの丈も、去年より長くなった。もう、しゃがんでいてもパンツは見えない。


優子ちゃんは、ゆうべの房枝ねえちゃんのことはなにも話さなかった。ぼくもきかなかった。房枝ねえちゃんや和美ねえちゃんと歳の離れた優子ちゃんも、きょうだいのいないぼくと同じように、目と耳だけで家族のいろいろなことを知るのかもしれない。だから、ぼくと同じように、わからないこともたくさんあるんだろう。

ぼくはチンコばばあの部屋の濡れ縁に腰をおろした。あさがおの植木鉢には、淡い黄緑色の双葉が出ていた。まだ背中を丸めたような形で、葉も開いていない。土の中から、けさ出てきたばかりなのかもしれない。

「いやあ、もう、好かーん、毛虫がようけおるわ」

唇をとがらせた優子ちゃんが、こっちにくる。怒ったときの顔は、ヤスおじさんに少し似ている。

濡れ縁に並んで座った。チンコばばあの植木鉢を見せると、優子ちゃんはすぐに機嫌を直して「なんの色の花が咲くんじゃろうね」とわくわくした顔で言った。

「咲いたら見に来る？」

「うん。すぐに電話して教えて」

「あ、でも、老人ホームに入ったら、これも持っていくんかもしれん。困ったなあ、はよう出ていってもらいたいけど、あさがおも見たいしなあ……なあ、ユウちゃん」

返事はなかった。ぼくの声を聞き逃したふうでもない。どうしたんだろうと顔を覗《のぞ》き込んだら、優子ちゃんは、スッと目をそらしてた。

「ヒロちゃん」

「ん？」

「ヒロちゃんがたのおじさん、こないだ夜遅うにウチに来たんよ」

「ほんま？」

「おとうさんとお酒飲んで、あのおばあさんのこと話しとった。最後はケンカみたいになってしもうたんよ。おとうさんはいつものことじゃけどね、おじさんがあんなに怒ったん、初めて」

「ユウちゃんも起きとったん？」

「ううん、うち、寝たふりしとった」

ぼくと同じなんだ、やっぱり。

優子ちゃんはぼくに向き直った。最初は迷い顔だったけど、息を大きく吸い込むと「ねえ、ヒロちゃん。これ、ぜったいに言うちゃいけんよ、ええ？」と念を押して、言った。

「ヒロちゃんがた、ウチがたのおとうさんにシャッキンしとるんよ。シャッキンいうて、わかる？　お金借りとるんよ」

ハイソックスを穿《は》いた足を軽く振って、「ほんまよ」と付け加える。

「嘘《うそ》じゃ」

ぼくはうつむいて、言った。

「嘘じゃないて、ヒロちゃんがたがシズコさんの面倒見ることになったんも、おとうさんには逆らえんからやもん」

「嘘じゃ」

「ほんまやて言うとるやん。おじさん、病気になっとったろ？　そのときの手術のお金やら、ぜーんぶ、ウチがたのおとうさんが貸してあげたんじゃけん」

た。

「嘘じゃ、そげなん、ぜったいに嘘じゃ」

優子ちゃんは、もうなにも言わなかった。ぼくも唇をかたく結び、うつむいたままだった。

「うち、もう帰るね」

止めなかった。しゃべったり動いたりすると、涙が出てしまいそうだった。

「さっきのこと、ほんまにだれにも言うちゃいけんよ。もし言うたら絶交やけんね」

言う相手なんて、どこにもいない。

優子ちゃんが走って庭を出ていったあとも、ぼくは濡れ縁に座ったまま、自分の足元を見つめていた。

どれくらいいたっただろう、朝ごはんをほとんど食べなかったせいでおなかが空いて、ちょっと気持ち悪くなった頃、車が家の前で停まる音が聞こえた。

庭から勝手口のほうに回って、そっと外を見た。ヤスおじさんの車だった。運転席からおじさんが、助手席から父が、そして後ろのドアから、両目を包帯で覆《おお》ったチンコばばあが母に肩を抱かれて降りてきた。

四人が家に入っていったあと、庭に戻った。さっきと同じように濡れ縁に座って、あさがおの植木鉢に手を伸ばした。

ざらついて少し湿った土の表面をしばらく指でなでてから、息を詰め、土をわしづかみにした。指の間に、土の冷たさが染みていく。

「ヒロちゃん？　帰っとるの？」と玄関のほうから母の声がする。聞こえないふりをした。てのひらをいっぱいに広げ、深く爪を立てて、何度も何度も、土のかたまりをつかんでは落としていった。

6

チンコばばあは、ハクナイショウという病気だった。「白内障」と、漢字を父が教えてくれた。目がぜんぜん見えなくなったわけじゃないけど、なにを見ても黒いインクが溶けているようになってしまったんだという。

「気を張って生きとったけえ、これでガタガタッとなるかもしれんど」

ヤスおじさんの言うとおり、チンコばばあは急に老け込んでいった。日を追って――じゃない、同じ日の朝と夕方を比べても、皺が増え、体が縮んでいるようだった。

テレビも観られない。明かりの点《つ》いていない四畳半で、チンコばばあはなにをするでもなく、ただ黙ってコタツに入っていた。

「寝たきりになるのがいちばん怖いんです」とお医者さんに言われた母は、毎日チンコばばあを散歩に連れ出した。

でも、もうチンコばばあの足腰はそうとう弱っていた。右足を引きずり、腰もほとんど伸ばせない。家の近所をひと回りするだけで三十分以上かかってしまい、帰りはほとんど母がおぶって歩いているようなものだと、藤井さんのおばあちゃんが教えてくれた。

散歩はいつも午前中だったので、母とチンコばばあが歩きながらなにを話し、なにを話さなかったのか、ぼくは知らない。

ただ、母は父にぐちをこぼさなくなった。少しずつチンコばばあに優しくなっていった。チンコばばあも、夕食をぼくたちといっしょに食べるようになった。べつにおしゃべりをするわけじゃなかったし、茶碗半分のご飯を食べきれずに残してしまう日も多かったけど、チンコばばあは「おいしい、おいしい」と言って、ごはんのあともちゃぶ台の前に座ったまま、なかなか自分の部屋に戻らなかった。

夕方、庭に出て植木に水をやっていると、必ずチンコばばあは部屋の中から窓を叩《たた》いてぼくを呼んだ。窓の鍵は昼間はいつもはずしていたけど、もうそれを開ける力はなかった。コタツを出て窓辺に来るのでさえ、四つん這いになって、息をするたびに肩や背中が大きく揺れた。

外から窓を開けると、目やにでまぶたがふさがりかけた目をしょぼつかせて、「あさがおに水やってくれえのう」と言う。

「やっとるよ」

ぼくは爪を噛みながら答える。

「だいぶ大きゅうなっとろうが？」

「うん。もう、本葉になっとるよ」

「ありゃあ、ほいじゃったら、もうじき竿《さお》を立てにゃいけんが」

「今度、買うてくるけん」

そんな会話を毎日のようにくりかえしているうちに、指の爪は十本ともぎざぎざになってしまった。

植木鉢は、濡れ縁の端、窓から身を乗り出さないと見えない位置に置いてある。表面がかわいて白くなった土には苔《こけ》のような小さな雑草が何本か生えていたけど、あさがおの双葉はもう出てこなかった。

チンコばばあは、母にあさがおの話をすることもあった。母もぼくと同じように嘘をついていた。「かわいそうで、よう言えんわ」とため息をつき、買い物のついでにチンコばばあが種を買った花屋に寄って、「なんで芽の出んような種を売ったん？」と店員に文句を言った。

チンコばばあは、母には「花が咲くまでに、元気になって目を治さにゃあなあ」と言っていたらしい。

でも、いつだったか、ぼくにはこんなふうに言った。

「花が咲くまで、ばあちゃん、生きとれんかもしれんのう」

顔の皺が波打っていた。泣きだしそうな顔のようにも、笑っているようにも見えた。


六月に入って間もない頃、ぼくは夜中に腹痛をおこした。

父と母は正露丸《せいろがん》を出してくれただけだったけど、居間の話し声で目を覚ましたのか、最初から起きていたのか、チンコばばあは壁を伝うように部屋から廊下に出てきて、「これをのみんさい、よう効くんじゃけえ」と紙に包んだ粉薬を差し出してきた。

「ええよ、おばちゃん、寝冷えか食べ過ぎじゃけえ」と父が言うと、チンコばばあは、ウチに来たばかりの頃のような強い口調で父を叱った。

「なに悠長《ゆうちょう》なこと言うとるんなら、梅雨《つゆ》どきのこどもの腹下《くだ》しは怖いんど。ええけえ、この薬をのませちゃれえ、よう効くんじゃ、ほんま、よう効くんじゃ……」

ぼくは母に目配せされて、「ありがとう」と薬を受け取った。

「こどもがこげなときに礼やこう言わんでええんじゃ。ええけえ早うのみんさい、ちぃと苦いけどがまんせないけんで」

チンコばばあは少し怒ったように言って、また廊下の壁を手で伝って部屋に戻った。

でも、ぼくがのんだのは、やっぱり正露丸のほうだった。チンコばばあは目が不自由なので間違えて別の薬を持ってきたかもしれない、と母が心配したからだ。

「おばあちゃんには、もろうた薬をのんだらすぐ治ったで、言うとこうな」

布団に戻ったあと、母は言った。「あのひと」が、いつの頃からか「おばあちゃん」になっていた。

ぼくは寝返りを打って、母の布団に入った。母も「また寝冷えするよ」と布団を掛け直しながら、ぼくの肩を抱いてくれた。

母の腕は、やわらかく、温かかった。あんたはここにおるんよ、ちゃんとおるんよ、と教えるみたいに、少しだけ重かった。

「おかあさん、今度、地球儀買うて」

「どしたん、急に」

母はおかしそうに笑った。


梅雨に入ると、何日も雨がつづいた。散歩に出かけられないのが悪かったのか、チンコばばあの体は目に見えて弱っていった。父が買ってきたリクライニングの座椅子《ざいす》の背を倒して、いつもうつらうつらしている。

ぼくは学校から帰ってくるとすぐにチンコばばあの部屋に入り、夕食の時間までずっとそこで過ごすようになった。

なにも話さない。明かりも点けない。部屋の隅に膝を抱いて座り、どこかを見るというんじゃなくて、部屋ぜんたいをぼんやりと眺める。家具や布団や天井や壁や窓と同じ厚みになって眠るチンコばばあは、陽が暮れる頃になると暗がりにほとんど溶けて、まばたきをする隙に消えてしまうんじゃないかという気もした。

チンコばばあは、もうすぐ死ぬ——。

父も、母も、ヤスおじさんも、そう言っていた。老人ホームの順番待ちは八月の終わりにはなんとかなりそうだったけど、おじさんはそれをキャンセルして、かわりに大学病院のベッドが空《あ》いたらすぐに入院できるよう手続きをとった。

チンコばばあは眠りから覚めても、ほとんど身動きしない。ぼくに気づいているのかどうか、まぶたを半分閉じたまま、口をもごもご動かして、なにか話しかけられるだろうかと思っているうちに、また寝息をたててしまう。

それでも、たまに目を開けて「やにを取ってくれんか」とぼくに言うこともある。ぼくは脱脂綿を水にひたして、両目のまぶたに貼りついた目やにをていねいにぬぐう。汚いとは思わなかった。灰色ににごった目を覗き込むと、チンコばばあは「ありがとなあ」とか細い声で言ってくれる。でも、その目にぼくが映っているのかどうかは、わからない。

母はあさがおの鉢の雑草をきれいに抜いた。ぼくも毎日、水をやった。チンコばばあはときどき思いだしたように、あさがおのことをきいてくる。ぼくは図鑑であさがおの成長の様子を調べて、つるを巻きはじめたとか、本葉にうぶげのような毛が生えたとか、ずっと嘘をつきつづけた。母もきっと同じようにしていたんだと思う。

小さな植木鉢は、双葉のまま死んでしまったあさがおの墓だった。

六月の終わり、母はつるを巻きつけるための棒を買ってきた。植木鉢に立てる前に、わざわざチンコばばあにそれをさわらせて「棒を立てたら、花が咲くまでもうちょっとじゃけえね」と言った。チンコばばあは泣いていた。目やにの交じった涙は、目の横の皺に吸い込まれて、そこから先へは流れていかなかったけど。


七月の初め、いつものように学校から帰ってすぐチンコばばあの部屋に入ったら、チンコばばあはぼくを待っていたように、座椅子の背を起こしてくれと言った。言われたとおりにすると、今度は位牌を持ってきてくれと、こどもみたいに小さくなったてのひらでぼくを拝む。

座り机の上の位牌が、そっくりコタツの上に移った。位牌にさわるのは初めてだ。どれも古びていて、書いてある字もほとんど読みとれなかったけど、いちばん小さな位牌に書いてある名前の最後の二文字はわかった。童話の「童」に、子供の「子」。女の子の名前だけど、なんとなく、ほんとうは男の子なんじゃないかという気がする。ぼくと同じくらいの男の子。子供か孫か知らないけど、チンコばばあはその子を、すごくかわいがっていたんだと勝手に想像した。

チンコばばあはぼくが順番に手渡す位牌を、小さな声でお経《きょう》を唱えながら、ていねいにハンカチで拭いていった。

埃を取った位牌は、チンコばばあの横に並ぶ。「童子」の位牌は最後に渡した。チンコばばあは位牌を持つと、なにか楽しいことを思いだしたみたいに頰をゆるめて、ゆっくりと時間をかけてハンカチで拭いた。

チンコばばあは笑っているのに、ぼくが、かなしい。いつもとは逆――黙っていたら泣きそうになるから、しゃべった。

「おばあちゃん」初めて、そんなふうに呼んだ。「この位牌の子、男の子？」

チンコばばあは「そうじゃ、男の子なんじゃ」と、きれいになった位牌を両手で持って、見えるわけないのに顔の高さまで上げた。

「その子、病気で死んだん？」

返事はなかった。

いつかのヤスおじさんの話を思いだして、「ゲンバクで死んだん？」ともきいた。

「昔のことじゃけえ、忘れてしもうた」

チンコばばあは笑い顔のまま目をつぶって言って、位牌を横に置いた。

「あったところに戻す？」ときくと、「ええけん、押し入れからばあちゃんのカバン出してくれえ」と言う。

これも、言われたとおりにした。「ごめんなさい」を言いそびれてしまったような気がして、でも、なにが「ごめんなさい」なのかよくわからなくて、わざとばたばた音をたてて、ウチに来たときに提げていたカバンを出した。

チンコばばあは位牌を手探りでカバンに入れていった。

ぼくはチンコばばあがこのままどこかに行ってしまうんじゃないかと思って、もうがまんできないぐらいかなしくなって、走って部屋を出ていった。

母は台所で、チンコばばあのためのおかゆをつくっていた。背中に抱きついた。顔をこすりつけて泣いた。あさがおのことを話したかったけど、やっぱりだめだった。

母はぼくの泣いている理由は尋ねなかった。

そのかわり、やわらかく、細い声で言った。

「おばあちゃん、明日、大学病院に入院するけん」

7

学校から走って帰って、ぎりぎり間に合った。チンコばばあはシュンペイさんに背負われて玄関から出たところだった。「おばあちゃん！」と声をかけると、チンコばばあはゆっくりとぼくを振り向いて、「おう、おう」と喉を鳴らした。

車に乗り込む前に、かさかさの薄っぺらなてのひらを握った。

「早う退院してちょうだい、言わにゃあ」とヤスおじさんにうながされても、ぼくはうつむいて、チンコばばあの手の甲をさするだけだった。

チンコばばあが、ぼくを呼んだ。「ヒロシ」じゃなかった。「ユウジ」だったか「ヨウジ」だったか、はっきりとは聞き取れなかった、とにかくチンコばばあは、だれか別の男の子の名前で、でもたしかに、ぼくを呼んだ。

「あさがおに水、やっといてえな」

ぼくは黙ってうなずいた。母とおじさんも、なにも言わなかった。シュンペイさんだけ「はあ?」とけげんそうに言って、おじさんに頭をはたかれて口をつぐんだ。

車が走り去ったあと、ぼくは部屋に駆け込んで貯金箱の底の蓋《ふた》を開けた。半パンのポケットを十円玉と五円玉で一杯にふくらませて、また走って玄関に戻った。母に留守番を頼まれていたけど、あとで叱られてもかまわない、鍵もかけずに家を飛び出した。

近所の花屋をすべてまわった。

でも、どこにも鉢植えのあさがおは置いていなかった。売り切れだった店もあるし、来週から店に出すと言った店もある。来週だと遅い。あしたでもだめだ。今日のうちに、あさがおを買って、濡れ縁の植木鉢に移し替えなくちゃいけない、そう心に決めていた。

最後の店を出たときは、もう夕暮れ近かった。駅前の商店街まで行けば買えるかもしれないけど、ぼくはまだ一人でバスに乗ったことがない。

とほうに暮れて、とぼとぼと歩いていたら、通りの先の電話ボックスが目に入った。助けてくれるひとが、一人だけいる。ぼくはポケットから十円玉を一枚出して、てのひらに強く握り込んだ。

だれもいない家に帰り、ポケットの中のお金をまた貯金箱に戻して、チンコばばあの部屋に入った。家具も、コタツも、布団もそのままだった。でも、チンコばばあは、もういない。座り机の上の位牌もない。

チンコばばあがいつもいた場所に座った。座椅子の背をいっぱいに倒して、コタツに肩までもぐり込むと、すっぱいような、苦いような、かびているような、さびているような、ヘンなにおいがした。

ひとが死ぬにおいだと思った。

身の回りのだれかが死ぬのは生まれて初めてだけど、なんだか、ほんのりとなつかしいにおいだった。

陽の暮れかかった頃、玄関の戸がガラガラと開いて、「ごめんくださーい」と優子ちゃんの声がした。

優子ちゃんは、デパートの大きな紙袋を提げていた。「重かったあ、底が抜けたらいけん思うて、バス停から抱いてきたわ」と紙袋を右手から左手に持ち替えて、にっこり笑う。

「買うてきてくれたん？」

「ううん、ウチがたの庭から持ってきた。ちゃんとおかあちゃんにも言うてきたけん、だいじょうぶ」

紙袋の口から、細い竹竿に巻きついたあさがおのつるの先っぽが覗いていた。

「赤《あこ》うて、ピンクのすじの入った花が咲くんよ。つぼみもできとるけん、もうすぐ咲く思うわ」

「ありがと、ユウちゃん、ほんま、ありがと」

「ええって、そんなん言わんでも。それより、おかあちゃんも言うとったけど、このままでええん違う？　植え替えたら、枯れるかもしれんよ」

少し迷ったけど、首を横に振った。あの植木鉢じゃないといけない。

庭に出て、優子ちゃんと二人であさがおを植え替えた。土ごと植木鉢から抜き取ったあさがおは、びっくりするぐらい深く、広く、根を張っていた。

「ヒロちゃん」

小さなスコップを動かしながら、優子ちゃんがぽつりと言った。

ぼくは優子ちゃんの腕にとまりそうになったヤブ蚊をてのひらで追い払って、「なに？」と聞き返した。

「こないだ、ごめんね。あれぜんぶ嘘じゃけん、気にせんといて」

「……うん」

「おとうさんもおじさんも、きょうだいなんじゃもんね。ケンカしとっても、ほんまは仲ええよね」

「……うん」

「うちね、うちの知っとるひと、みーんな仲良しやったらええ思うよ」

ぼくもそう思う。それはたぶんむずかしいことなんだろうと目と耳で知っているから、「仲良しになるて、ぜったいに」と口を動かした。


学校が夏休みに入る少し前に、あさがおの最初の花が咲いた。優子ちゃんの言っていたとおり、花びらのくぼみに沿ってピンク色のすじが通った、赤いきれいな花だった。

チンコばばあに見せてあげたかったけど、大学病院のベッドに横たわったチンコばばあは、もうぼくがお見舞いに行っても目を開けなかった。細い棒っきれのようになった腕には、いつも点滴の針が刺さっていた。

八月に入ってすぐ、ヤスおじさんがぼくの家に来て、お葬式をどっちの家で出すか父と相談した。長い話になった。帰るおじさんを父は見送らなかった。

次の日の朝、父が「万博に行ってみるか？」と言ってくれた。ウシマルさんやシュンペイさんたちに連れていってもらえるよう、おじさんに頼んでくれたらしい。

でも、ぼくは丸一日考えてから、断った。理由はうまく説明できなかったけど、父は最初からぼくがそう答えるのを知っていたみたいに「そうじゃの」とうなずいた。

母は旧盆の休みに喪服を洋服だんすの上の桐箱から出して、風を通した。

あさがおの花は、いくつも咲いた。ぼくは毎朝、濡れ縁に座って、花を眺めた。

ともだちと遊ぶときは、必ずだれかが万博のおみやげを見せびらかした。「ええのう、ええのう」と言うともだちもいたけど、ぼくは不思議なくらいうらやましくなかった。

『少年マガジン』や『少年サンデー』のグラビアで、ぼくは知っている。万博のパビリオンみたいな建物は二十一世紀にはどこの町でも見られるようになる。月にだって旅行に行ける。地球の町はぜんぶカプセルで覆われて、ぼくたちはチューブの中をリニアモーターカーで行き来する。医学が進歩して、人間は二百歳まで生きられる。引き算をしたら、二十一世紀までは、あと三十一年だった。ぼくは三十八歳になっている。カプセルの中でもあさがおは咲くんだろうか。グラビアの絵には、花は描いていなかった。

八月の終わり、チンコばばあは死んだ。付き添いで泊まり込んでいた母と手をつないで、眠るように静かに息を引き取ったんだという。

お葬式はウチであげた。だれも訪ねてこない、小さなさびしいお葬式だった。でも、棺の中のチンコばばあは、母が化粧をしてあげたので、ハクナイショウになる前よりも元気そうに見えた。ヤスおじさんの一家とウチの一家がそろったので、にぎやかじゃねえ、と笑っているようにも。

長いお経の途中で、足のしびれが切れてもぞもぞしていたら、「外で遊んどってええど」と父がささやいてくれたので、自分の部屋に入った。

チンコばばあの家具は、ぜんぶ処分することになっていた。あと何日かすればぼくの部屋も元通りの広さになる。「一段落ついたら、地球儀買いに行こうな」と母と約束していた。

机の上に、画用紙がある。あさがおが描いてある。前の日に仕上げたばかりの、夏休みの宿題の自由画だ。濡れ縁のあさがおは、もうほとんど花をつけなくなっていたけど、ぼくは七月の、盛りの頃の花を思いだしながら描いた。

お経の声が消えた。

「ヒロちゃん、出棺だって」

よそゆきのワンピースを着た優子ちゃんに呼ばれ、ぼくは丸めた画用紙を手に居間に戻った。母の背中をつついて、あさがおの絵を見せた。なにも話さなかったけど、母は泣き腫《は》らした顔でうれしそうに笑い、「入れてあげんさい」と言ってくれた。

チンコばばあの足元に、あさがおの赤い花が咲いた。絵を覗き込んだおじさんはぼくを振り向いて、最初は、ええんか？　という顔で、それから、そうじゃのう、というふうに何度かうなずいた。

　優子ちゃんが「霊柩車、来たよ」と小声で教えてくれた。

　二人で庭に出ると、金色の家を載っけたような霊柩車の前のほうだけ見えた。

「うち、火葬場行くの初めて」と優子ちゃんが言った。

「途中で生き返ったら熱いじゃろうね」

　わざとふざけて言うと、優子ちゃんは「そんなん、あるわけないやん」と笑い、「ヒロちゃん、好かんこと言わんといて」と少し怒った。

　葬儀会社のひとが棺に蓋をして、父とおじさんが石で釘を打った。母が声をあげて泣きだした。母の泣き顔を見たくなくて、濡れ縁の植木鉢に目をやると、しおれて、枯れかけたあさがおの根元に、雑草が生えていた。いつもはそんなことぜんぜん思わないけど、雑草の葉っぱの緑が、すごくきれいだった。

　優子ちゃんの手を握った。優子ちゃんも握り返してくれた。温かくやわらかで、ちょっと汗ばんだ優子ちゃんのてのひらを、ぼくはいつまでも握って離さなかった。

第四章　二十日草《はつかぐさ》

1

シュンペイさんの右腕に、小さな、赤い、ぼたんの花が咲いていた。半袖《はんそで》のシャツの、袖で隠れるかどうかのところ。最初は絵の具で描いたのかと思い、次にハンコをおしたんじゃないかとも思ったけど、どちらも違った。

「イレズミじゃ」

シュンペイさんは、ひょろりとした体を揺すって、得意そうに言った。

「高倉健やら鶴田浩二やらが背負《しょ》うとろうが、映画で。カラジシボタンの、ぼたんじゃ」

映画は観たことがなかったけど、名前や言葉は知っていた。高倉健の言う「死んでもらいます」のせりふは、学校でもみんなよくつかっている。

「そこいらのヤー公やら、これ見せりゃあ一発よ」

肩をそびやかしたシュンペイさんは、その直後、事務所から飛び出してきたヤスおじさんに腰を蹴《け》られて一発で地面に倒れてしまい、「こらえてつかあさい、すんません、すんません」と半べそをかいてトラックの陰に逃げ込んでいった。

「アホなもん、こどもに見せるな。バンソウコウ貼《は》って隠しとけ言うたろうが、このクソボケが」

おじさんはだみ声で言って、ぼくを振り向くと、陽に焼けた顔をほころばせた。

「ヒロシ、よう来たの」

ぼくははにかんで阪神タイガースの野球帽のツバを下げた。おじさんの家に一人で遊びに来たのは、今日が初めてだった。バスに一人で乗ったのも初めてだし、駅でバスを乗り換えたのも、もちろん初めて。思ったよりかんたんだった。ぼくはもう三年生なんだからなあ、とバスの中でこっそり自慢していた。

「ヒロシ、どうじゃ、今年も元気よう泳いどろうが」

おじさんは空に顎《あご》をしゃくった。事務所の屋根の上に、鯉《こい》のぼりが泳いでいる。緋鯉《ひごい》と真鯉と吹き流し。身をくねらせ、しっぽをもつれさせて、ポールがぎしぎしとなる音がかすかに聞こえてくる。土曜日の午後――青く晴れ渡った空がまぶしい。

まだ四月になったばかりだったけど、おじさんは「こげなものは早め早めに出すんがええんじゃ」と胸を張る。せっかちな性格で、怒りっぽくて、乱暴なひとだ。でも、ぼくのことはいつもかわいがってくれる。自分の子供は三人とも女の子なのに、ぼくのために毎年鯉のぼりを立ててくれる。今年で三年め。この町に引っ越してきてもう三年めになるんだと、あらためて実感した。

事務所から若い男のひとが顔だけ外に出して、「おやっさん、お電話入っとります」とおじさんを呼んだ。初めて見る顔だった。

「おう、すぐ行くけえ」

怒ったような声で答えたおじさんは、さっきシュンペイさんが逃げていったトラックのほうに向かって、「シュン、カバチたれよるひまがあるんじゃったら車でも洗《あろ》うとれ、ええの」と、もっとすごんだ声で言った。

いつものことだ。声はおっかないけど、怒ってるわけじゃない。これがおじさんの普通だ。本気で怒ったら、声なんか出ない。ものも言わずに相手を殴《なぐ》って、蹴って、土下座させた頭をまた蹴り上げて……若い頃は、ブロックやレンガで相手の頭をかち割ったこともあるという。

「ほな、おじちゃん仕事してくるけえ、家で遊んどれや、の?」

声は、ぼくに向くと急にまるくなる。これもいつものこと。

「優子も、もう帰っとるけん」

「うん……」

「あしたは釣りに行こうで。おじちゃん、ええ場所見つけたんじゃ」

最後にぼくの野球帽のツバをちょっと持ち上げて、事務所に戻っていく。がっしりとした体は、正面より、むしろ後ろ姿のほうが大きく見える。座ると大きな岩になり、立っているときは壁になる。

でも、おじさんは、イレズミもヤクザも大嫌いだ。

おじさんの家は事務所のすぐ裏だけど、ぼくはトラックの並ぶ駐車場にたたずんだまま、鯉のぼりを眺めていた。

いとこの優子ちゃんは、この四月に六年生になった。春休みに泊まったとき、背が急に伸びていたので驚いた。お正月には優子ちゃんの部屋で布団を並べて寝たけど、春休みのときはぼく一人、客間で寝た。妙子おばさんが台所で優子ちゃんに「そろそろヒロちゃんとは別の部屋で寝んといけんね」と話していたのも立ち聞きした。優子ちゃんと会うのはそれ以来で、だから、なんとなく家に入りづらい。

後ろのほうで水音が聞こえた。シュンペイさんが、トラックの運転台にホースで水をかけていた。目が合うと、照れくさそうに「また叱《しか》られてもうたがな」と笑って、「ヒロシもやってみるか？」と言ってくれた。

「ええの？」

「おう、手伝《てつど》うてくれりゃ、すぐすむわ」

シュンペイさんは歳もまだハタチになるかならないかだし、大型運転免許を持っていないのでトラックの運転もできない。下っ端《したっぱ》だから、仕事は荷物の積み降ろしや洗車ばかりで、おじさんや先輩の運転手さんにしょっちゅう怒鳴られているけど、ぼくは会社のひとのなかでシュンペイさんがいっとう好きだ。

ぼくにホースを渡したシュンペイさんは、物置からデッキブラシを持ってきた。

「わしがこすって洗うけえ、タイヤのまわりやらバンパーの下やら、泥のついたところに水かけてくれえや」

ホースの先端を指でつぶして水に勢いをつけ、泥が白くこびりついた場所をねらった。ホースは太く、重く、なかなか思いどおりに水をかけられなかったけど、シュンペイさんは「そうじゃそうじゃ、ええど」と歌うように言いながらブラシを動かしていった。腕を曲げ伸ばしするたびに、シャツの袖からぼたんの花のイレズミが出たり入ったりする。

イレズミを見るのは初めてじゃなかった。この町は造船所と魚市場のある港町で、父に言わせれば「昼間からぶらぶらしとるガラの悪い者《もん》がようけおる」町だった。さっき駅前のロータリーで乗り継ぎのバスを待っているときも、襟をはだけた黒いシャツの胸から桜のイレズミが覗《のぞ》くおにいさんや、ランニングシャツの背中に竜のイレズミが透けるおじさんを見かけた。

だから、ハンコのようなイレズミを見せても、ヤクザが怖がるとは思えなかった。ぼくたちの学校の番長だというウワサがある六年生の富元くんも、そんなのじゃビビらないかもしれない。もしかしたら、三年生でいちばんいばっている吉野くんだって。

「ねえ、背中にはイレズミせんかったん?」

シュンペイさんはブラシを動かす手を少しゆるめて、「まあの」と言った。「最初はこれぐらいでええんじゃ」

「またするの？」

「ゼニが貯まったらの。高《たけ》えんじゃ、こげなもんでも半年ぶんの貯金つこうてもうた。背中にモンモン入れよう思うたら、ヤー公にでもならにゃおえんわい」

ブラシが止まる。ぼくもホースの水を足元に向けた。

「のう、ヒロシ、わし先輩になったんで。さっき若《わけ》え者《もん》がおったじゃろ、あんなん、新入りじゃ。ナカザワいうての、歳は向こうが上じゃけどの、新入りは新入りじゃけえ」

「シュンペイさん、出世したん？」

「……することは、なーんも変わりゃあせん」

へヘッと笑い、またブラシを動かした。しぐさが少し乱暴になったような気がした。「出世」という言葉がよくなかったんだろうか。父はこの四月に市役所の係長になって、それを母が「出世」と呼んでいたから、つかってみたんだけど。

「ヒロシ、早《はよ》う水かけてくれや、今度は上のほう頼むわ」

あわててホースをかまえ直した。フロントガラスをねらって水をぶつけた。飛び散るしぶきが陽射しを浴びて、小さな虹ができた。

シュンペイさんは運転席に上るステップに片足をかけてブラシを動かした。ときどき右腕のぼたんに目をやって、うれしそうに頬《ほお》をゆるめていた。

おやつのカステラを食べながらシュンペイさんのイレズミのことを話すと、妙子おばさんは「そうなんよ」とため息をついた。

「あの子もなあ、あげなことして、おばちゃんも困っとるんよ」

「ええが、自分で気に入っとるんやったら」

優子ちゃんが言うと、おばさんは「そげなこと言わんの」と軽くにらんだ。

「田舎《いなか》のおかあさんにも申し訳ないやろ。うちらが見とって、なにしよったん言われるわ」

「シュンペイさんのおかあさん？」とぼくはきいた。

「そう。会《お》うたんは、あの子がウチに来るときのあいさつで、いっぺんだけじゃけど、盆暮れにはなんやかや送ってくれて、義理堅いひとなんよ。じゃけえ、一人息子がなあ、イレズミやこうなあ……」

初めて知った。シュンペイさんもぼくと同じ一人っ子なんだ、と少しうれしくなった。

「なんでイレズミ入れたんかなあ」とぼくは言った。

おばさんは考える間もなく「あげなんがカッコええ思うとるんよ」と答え、「アホじゃアホじゃ」と手で追い払うみたいに言った。

「イレズミって消せるん？」

「消せんのよ、じゃけん、考えなしでしてしもうたら一生後悔することになるんよ。シュンちゃんは腕だけじゃけど、背中にでも入れてみんさい、もうお風呂屋さんにも行けりゃあせんのじゃけんね」

ぼくは黙ってうなずいた。

「ほんま、あの子はアホじゃ」

おばさんの機嫌はどんどん悪くなる。でも、怒っていても、おばさんがシュンペイさんを心配していることはよくわかる。

カステラを食べ終えた優子ちゃんが、「人生ゲームしようや」とぼくに言った。ぼくはまだ途中だったけど、「早う行こうや」とせかす。一度その気になったら待つということができない。そういうところがおじさんにそっくりだ。

ぼくはうつむいてカステラを頬張った。喉《のど》が詰まりそうなくらい口一杯に入れて、「ごちそうさま」もそこそこに席を立った。そんなぼくを見て、おばさんはあきれたように笑う。

ほんまにヒロちゃんは気ィ弱いなあ——と声が聞こえてきそうだった。

カステラをごくんと呑《の》み込んだら、もう優子ちゃんはいなかった。台所から二階の優子ちゃんの部屋まで、板張りの廊下をスケートみたいにソックスを滑らせ、階段を一段飛ばしで駆け上がって急いだ。

ドアを開けると、優子ちゃんは椅子《いす》に座って待っていた。

「ゲーム、せんの？」

「するよ。するけど、あのね……」声をひそめ、耳を寄せるよう手招きした。「これ、ぜったいにだれにも言うちゃいけんよ」

「うん……」

「おとうさん、シュンペイさんのことクビにするかもしれんよ」

「ほんま?」

「腹が立ってかなわんし、ほかの者《もん》にも示しがつかんけん、言うとった。おかあさんは反対しとるし、おとうさんもほんまはまだ迷うとるみたいなんやけど、イレズミはもう消えんけえね」

優子ちゃんはぼくの耳元から口を離して、「シュンペイさんって、アホやね」とさびしそうに笑った。

窓の外に目をやると、プラットホームに停まったトラックの荷台から、シュンペイさんが段ボール箱を降ろしているのが見えた。

アホ——と、ぼくも思った。おじさんがヤクザとイレズミが大嫌いなことぐらい、シュンペイさんだって知っているはずなのに。知っていても、イレズミを入れたかったんだろうか。怒られても、殴られても、蹴られても、会社をクビにされても、かまわない。そう思っていたんだろうか。

シュンペイさんは、ほんとうに、どうしてイレズミなんか入れたんだろう……。

2

翌朝、まだ外が暗いうちにヤスおじさんに起こされて、海に出かけた。ライトバンを運転するのはシュンペイさんで、おじさんは助手席、ぼくはシュンペイさんの後ろ。日曜日に釣りに行くときの、いつものメンバーだ。

でも、車の中は静かで、重苦しかった。おじさんはシュンペイさんにほとんど話しかけない。シュンペイさんも黙って車を運転していた。

シュンペイさんは襟のない、七分袖の黒いシャツを着ていた。みんな「ダボ」と呼んでいるシャツだ。父の言う「昼間からぶらぶらしとるガラの悪い者《もん》」が、よく着ている。おじさんがその服を気に入っていないことは、家を出るとき、シュンペイさんを見た瞬間の舌打ちでわかった。

町なかを抜ける少し手前で、ナカザワさんを拾った。シュンペイさんは小さく頭を下げて、「おはようございます」とナカザワさんにあいさつをした。ナカザワさんは新入りだけど、歳はシュンペイさんより二つか三つ上だし、ゆうべおじさんが教えてくれた、去年の秋まで東京の大学に通っていたんだという。

車は海岸沿いの国道を目指して、また走りだした。

おじさんは、ぼくの隣に座ったナカザワさんと釣りの話を始めた。ナカザワさんが「むずかしそうですねえ」と言うたびに、おじさんは「こんなんは仕事の覚えも早《はえ》えんじゃけえ、じきにコツをつかむわい」と笑った。

シュンペイさんは黙って車を運転していた。おじさんも道順を教える以外は、シュンペイさんにはなにも話しかけなかった。ぼくは窓側に顔を倒して、寝たふりをしていた。おしゃべりに加わるとシュンペイさんに悪いような気がした。

海岸沿いに伸びる国道を東へ、大学病院のある岬《みさき》を越えて、さらに東へ。車は舗装していない狭い道に入った。道路のでこぼこに合わせて、車も大きく跳ねる。

「シュン、もっとていねいに運転でけんのか、このへたくそが」

また怒られた。

両側から岬に深く抱かれた、岩だらけの小さな入り江に着いた。ここならアブラメがねらえる。おじさんは「潮もええけえ、チヌがかかるかもしれんど」と言った。そういうときには必ず「ほいたら、わしゃあチヌねらい一本でいきますわ」と張り切るシュンペイさんが、今日は黙ってクーラーボックスを車から降ろした。

釣りを始めてからも、おじさんはナカザワさんにつきっきりだった。ときどきぼくを振り向いて「危ねえけえ先のほうに行っちゃいけんど」と声をかけたけど、岩場の隅のほうに座ったシュンペイさんにはなにも言わない。

釣りは、なかなか思うようにいかなかった。当たりが来るのはフグばかりで、一時間ほどたっても、チヌどころかアブラメすら釣れない。おじさんとナカザワさんは小さなアブラメを一尾ずつ釣り上げていたけど、シュンペイさんとぼくはまだボウズだった。

「どうも調子が出んのう、ちょっと休憩じゃ」

おじさんはクーラーボックスから飲み物を出した。缶ビールは、おじさんとナカザワさん。ぼくはコーラ。おじさんはもう一本コーラを出してぼくに渡し、「持ってっちゃれや」とシュンペイさんの背中に顎をしゃくった。

「呼んでくる？」

「呼ばんでもええ、竿《さお》もあるんじゃし。それより、ナカザワのあんちゃんも東京におったんど。なつかしかろうが。ちょっと東京の話でもしてもらえや」

ぼくは小さくうなずいて、野球帽をまぶかにかぶり直した。

「……あっちで飲んでくる」

おじさんは「うん？」と喉を鳴らし、少し黙って、「おお、まあ、好きにせえ」とにごった声で言った。

帽子のツバをさらに下げる。空も海も、ほとんど見えなくなった。

シュンペイさんの隣に座ってコーラを差し出すと、シュンペイさんはくわえていた煙草《たばこ》を海に捨ててぼくを振り向き、「ちいとも釣れんのう」と言った。

釣りに出かけたときのシュンペイさんの飲み物は、いつもコーラだ。帰りの運転がある。ナカザワさんのいる今日も、ビールは飲ませてもらえない。新入りがいても、シュンペイさんはやっぱり会社でいちばんの下っ端だった。

おじさんの笑い声が聞こえた。振り向くと、ナカザワさんが海藻のかたまりを釣り上げたところだった。おじさんは「おうおう、大物が釣れたのう」とおかしそうに笑い、ナカザワさんも照れくさそうに肩をすくめていた。

「最初の二、三日はちっとも笑やあせんかったんよ、ナカザワも」

シュンペイさんはおじさんたちを肩越しに振り向いて、ぽつりと言った。

「ほんま?」と聞き返すぼくの声は少しかすれてしまった。

「ほんまじゃ。みなで歓迎会してやっても、愛想も言やあせんかったんじゃけえ」

「みんなのこと好かんのん?」

「好かんいうか、あんなんはインテリじゃけえの」

「インテリって、ガリ勉のこと?」

「おお、まあ、そんなもんかの。わしらとは人種が違うんじゃ。あんなんも、まともじゃったらエリートよ、こげな運送屋にやこう入るこたァなかったんじゃ」

よくわからない。インテリはどうしてシュンペイさんたちと人種が違うんだろう。エリートというのは秀才と同じ意味でいいんだろうか。エリートは運送会社には入らないものなんだろうか。

おじさんの会社には、いろんなひとがいる。孤児院で育ったヨシドミさんや、少年院帰りのウシマルさんや、遠洋漁業の船乗りだったテラオカさん、韓国から来たキムさん、小指の先がないゴトウさん……。会社のみんなでお花見やお祭りに行くと、よくイレズミをしたひとからあいさつされる。みんな顔やしゃべり方はおっかないけど、ぼくのことをかわいがってくれる。インテリやエリートのひとは、そういえば一人もいないんだなと、いま気がついた。

「ほいでも、さすが、おやっさんじゃ」

シュンペイさんはまた二人に背中を向けて、コーラをごくごくと飲んだ。

「ナカザワは、ゼンキョートーじゃ。去年『よど号』をハイジャックしたアホタレどもがおったろうが、あんならの連れよ。大学を中退して田舎に帰ってきたんを、おやっさんが拾うてやったんじゃ」

ハイジャック事件を起こしたのは、たしかセキグンハだったような気がしたけど、まあいいや、と黙ってうなずいた。シュンペイさんは新聞を読まないので、世の中のことにあまりくわしくない。テレビやマンガのことは、クイズ番組に出ればいいんじゃないかと思うくらいよく知ってるんだけど。

「わしの最初の頃もそうじゃった。おやっさん、ほかの者《もん》のことはほっといて、わしの面倒ばあ見てくれたんじゃ」

シュンペイさんはそう言って、「ほいじゃけえ、いつものことじゃ、わしゃあもう先輩なんじゃけえの」と無理やり自慢するみたいに付け加えた。

シュンペイさんは中学を卒業してすぐ、おじさんの会社に入った。中学の頃は、万引きやカツアゲやシンナーで何度も補導されていたらしい。「おやっさんに拾われんかったら思うと、ぞっとするよ」と、いつかそんなことも言っていた。

だから——ぼくには、わからない。

「ねえ、なしてイレズミ入れたん?」

シュンペイさんは黙っていた。

「カッコええから?」

シュンペイさんは少し笑って、でも黙ったままだった。

ぼくは膝《ひざ》を右手で抱え直し、左手に持ったコーラを一口飲んだ。

「シュンペイさんって、一人っ子なん?」

今度は「おう」と答えてくれた。「母一人子一人じゃ」

「母子家庭?」

おとうさんのいない母子家庭は給食費を払わないでもいいんだと、クラスのだれかに聞いたことがある。

「まあ、そうじゃけど……そげな言い方、すんなや」

昨日の「出世」と同じ、ぼくはまた、よくない言葉をつかってしまったのかもしれない。

急に居心地が悪くなった。そろそろあっちに行こうかと思いかけたとき、シュンペイさんがふと思いだした声で言った。

「海の色が違うんよ、ぜんぜん」

煙草をくわえ、火は点《つ》けずにつづける。

「わしの田舎、日本海側じゃけえ、瀬戸内の海とは色が違うんじゃ。こげな明るい色はしとらん、もっと暗《くろ》うて、波も荒いし、風もよう吹いて、寒いんじゃ」

「ふうん……」

おかあさんはそこに一人で住んでいるんだろうか。離ればなれになってさびしくないんだろうか、おかあさんも、シュンペイさんも。

「のう、ヒロシ」シュンペイさんはダボの右袖をめくって、イレズミをぼくに見せた。「ぼたんの花はのう、わしの田舎の花なんよ」

シュンペイさんのふるさとには、海の水と真水が半々の湖があるんだという。湖の真ん中に小さな島がある。島では、ずっと昔からぼたんの花の栽培が盛んだった。四月の終わりになると、島じゅうが色とりどりのぼたんの花で埋めつくされ、舟に乗って観光客がたくさんやってくる。

「一週間ほどのことじゃけど、きれいなんじゃ、ほんま。ヒロシにも見せてやりてえわ……夢か思うほどきれいなんじゃけえ、見せてやりてえのう……」

声は途中から、ひとりごとみたいにくぐもった。火を点けないまま唇に挟んで振っていた煙草が、ぽとりと足元に落ちた。

ぼくに見せたいんじゃなくて、ほんとうは自分がいちばん見たいんだろうな、と思った。シュンペイさんはふるさとに帰りたいんじゃないだろうか、という気もした。

口には出さなかった。そのかわり、野球帽のツバを、鼻に触れるぐらい下げた。春休みに母が間違えてサイズの一つ大きな帽子を買ってきて以来、ツバを下げるのが癖になってしまった。

3

週が明けても、シュンペイさんのことがずっと気になっていた。

母は妙子おばさんと同じように「あの子もつまらんことしたなあ」と困り顔になって、父は「悪い連中と付き合《お》うて、なんぞ問題起こさにゃええがのう」と舌打ち交じりに言う。

「シュンペイさん、会社クビになるんかなあ」

「おにいさんも情の濃いひとじゃけえ、どうかなあ」

母は、できればクビにならないほうがいい、という様子だったけど、父は「早う追い出しといたほうがええんじゃ、どげん猫かぶっとっても、最後の最後は本性が出るけえの」と吐き捨てるように言った。

父は、ヤスおじさんの会社のひとのことがあまり好きじゃない。おじさんのことも、しょっちゅう「兄貴は考えが甘いけえ」と言っている。

それを聞くたびに、ヘンなの、と思う。なぜって、おじさんも父とお酒を飲んで酔っぱらうと、よく「隆之は考えが甘かったんよ」と言っている。父が東京の会社に勤めていた頃のひとで、おじさんにはゲンジツの話になったときには、たいがいそうだ。おじさんから見れば父はリソウロンのひとで、おじさんにはゲンジツの厳しさが身に染みているんだというけど、父はおじさんのほうこそゲンジツをなにもわかっていないユメミガチなひとなんだと言い返す。こっちは体をこわすまでやってきたんだから、とも。

どっちが正しいんだろう。というより、二人がなにについて話していて、どこで意見が分かれているかが、さっぱりわからない。母にきいても「おとうさん、おじさんとは気が合わんのよ」としか教えてくれない。

母は、シュンペイさんの家におとうさんがいないことを知っていた。また妙子おばさんと同じように「息子がそげなことしたの見たら、おかあさんもつらがるじゃろうなあ」と言った。血のつながっていない妙子おばさんと母のほうが、おじさんと父より、ずっと気が合っている。

父は初めて知ったらしく、「ほうじゃったんか」と少し驚いた顔になって、「まあ、やっぱり母子家庭はのう、そういうんが多いんじゃ」と納得したふうにうなずいた。

「そういうって、なにが？」とぼくがきくと、母は「ちょっとあんた、ヒロシにヘンなこと教えんといて」と父をにらんだ。

「ヘンなことじゃありゃせんわい」父もムッとして返す。「ちゃあんと数字に出とるんじゃ。それがゲンジツなんじゃけえ」

父と母の間が気まずくなりかけたので、あわてて話を変えた。ナカザワさんのことを、インテリの、まともだったらエリートになっていたはずの、ゼンキョートーのひとだと教えてあげた。

父は「なんじゃ、兄貴はそげなんまで入れたんか」と、もっと不機嫌になってしまい、「学生になんがわかるんじゃ」と吐き捨てるように言った。

「違うよ、ナカザワさん、もう大学やめてるから、学生じゃないんだって」とぼくは言い忘れていたことを付け加えた。

でも、父はなにも答えず、母はちょっと怒った声で「ヒロシ、もう寝んさい」と言った。

学校の図書室で地図帳を広げ、シュンペイさんの話していた湖と島を見つけた。

　この町から北東に、茶色く印刷された山地を越えて、だいたい二百五十キロ。おとうさんが国鉄に勤めている藤村くんに時刻表を調べてもらったら、特急を使っても、乗り継ぎ三回で半日近くかかるらしい。

　海の水と真水が交じりあった湖は、汽水湖という。地図帳に書いてあった。シュンペイさんの故郷の湖は、二本の半島が三角形の斜めの二辺みたいにぶつかって、でもぎりぎりのところでくっつかず、その隙間から海の水が入り込んで汽水湖になっていた。

　今度は家にある百科事典で、ぼたんの花について調べた。原産地は中国北西部で、日本には平安時代に持ち込まれた。別名は〈二十日草〉。ハツカグサ、と読む。花が咲くと二十日間は散らないということから名づけられたらしい。

　次は、百科事典の巻を替えて、島について。面積は約五平方キロメートル。約二十五万年前の噴火によってできた島で、全体が〈玄武岩〉という、よくわからないけど、とにかくその石でできている。ぼたんの花と薬用ニンジンが特産品。ぼたん栽培は江戸時代から始まって、最近は海外にも輸出するほどだという。

　百科事典の説明をノートに書き取っていたら、洗濯物を取り込んで濡《ぬ》れ縁《えん》から部屋に入ってきた母が「どうしたん？　張り切って勉強しとるねえ」と笑いながらノートを覗き込んできた。「学校の宿題？」

「そういうんじゃないけど……」

「自分で興味持ったこと調べとるん？　えらいえらい、やっぱり三年生になると違うねえ。読めん漢字があったら言いんさい」

その島のことをいままで知らなかった母は、ノートと百科事典を見せると「ふうん、いっぺん行ってみたいねえ」と言った。

「四月の終わり頃から一週間ほど、島じゅう花だらけになるんて」

「そしたら、もうすぐやん」

「うん……」

一年にたった一週間だけ。四月は、もう半ばを過ぎた。この時季を逃すと、また一年待たなくちゃいけない。

「おかあさん、行ってええ？」

「うん、そりゃあまあ、ええけど……おとうさんの都合もあるけんね、いま年度初めで忙しいし、係長になって仕事も増えたし」

「べつにおとうさんがおらんでもええよ」

「なに言うとるん。泊まりがけになるんじゃろ？　おかあさん一人じゃあ、よう連れていかんわ」

「おかあさんも、いらん」

「はあ？」

「シュンペイさんといっしょに行くけん。ここ、シュンペイさんの田舎やから」

最初はきょとんとしていた母の顔に、ゆっくりと淡い影が射した。ぼくの視線を避けるように座り込んで洗濯物を畳みながら、「やめときんさい」と言う。ぽつりとつぶやく声だったけど、口答えを許さないような強い響きがあった。

ぼくは黙って百科事典のページをてきとうにめくった。〈耐火レンガ〉の項目が目に入った。耐火レンガは、原料によって〈酸性耐火レンガ〉と〈中性耐火レンガ〉と〈塩基性耐火レンガ〉に分けられるらしい。

「ヒロちゃんなあ、シュンペイちゃんは、もういけんで」

「いけんて、なんが？」

「仕事もよう休むようになって、昼間から駅の裏のボウリング場で遊んどる。ゴロツキみたいなんと連れンなってな、夜中にバイク乗り回しとるて。妙子おばさんも往生しとるいうて、こないだ電話で言いよりんさった」

百科事典を、またためくる。〈大韓民国〉――キムさんの生まれ故郷。お金は〈ウォン〉で数えるらしい。

「まあ、遊びたい盛りじゃいうんはわかるよ。運送屋の仕事も、そげんカッコええもんとは違うわ。でもなあ、やっぱり人間、コツコツまじめに働かんといけんのよ。みんなそうやって、地道に生きていきよるんよ」

さらに百科事典をめくる。その巻の最後の項目は、〈大公トリオ〉。漫才師かなにかの名前かと思ったら、ベートーベンの作曲した〈ピアノ三重奏曲変ロ長調・作品97〉の通称だった。全部で九曲あるベートーベンのピアノ三重奏曲の中の最高傑作らしい。

「そのことが、シュンペイちゃんもなんでわからんかなあ、ほんま、ヤスおじさんらも歯がゆい思うわ」

違う——と思った。シュンペイさんはわからないんじゃない、わかってるんだ。

みんな地道にコツコツがんばっている。シュンペイさんだってずっとそうやってきて、イレズミを入れたり会社をサボったりしたらどうなるかもちゃんとわかっていて、でも……。

「おかあさん、シュンペイさんと行っちゃいけん?」

顔を上げてきくと、母はきっぱりと「いけん」と言った。

ぼくはまたうつむいた。もし野球帽をかぶっていたら、ツバを思いきり深く、前が見えなくなるまで下げただろう。

ニヌキ——という言葉が居間から聞こえてきたのは、ゴールデンウィークの始まる何日か前の夜のことだった。

父の声だ。少し怒っていた。母も「ほんま、かなわんなあ」と嘆くような相槌《あいづち》を打っていた。

薄い壁越しに漏《も》れる声をつなぎ合わせた。「ニヌキ」は、きっと「荷抜き」と書くんだろう。ヤスおじさんの会社の話だ。隣の県にある電器メーカーの工場から夜中に運んできたカラーテレビが、翌朝、別のトラックに積み替えるときに確かめてみると、数がたりなくなっているんだという。かんたんに言えば、どろぼうだ。テレビだったらいくらでも売りさばく先があるだろう、と父は言っていた。ここは港があるから外国にも運べる、とも。

「それで、おにいさん、警察に言うたん?」と母がきく。

父は短く笑って、「自分で犯人つかまえるんじゃと」と言った。

ぼくは息苦しくなって壁から耳を離した。肩で大きく、でも息づかいが聞こえないように、深呼吸をくりかえす。

この家では二つのおしゃべりが同時に聞こえることはない。三人家族だ。三人そろったときの話題は一つだし、三人ばらばらになったらおしゃべりなんかできない。それ以外の組み合わせは、父と母、父とぼく、母とぼくの三種類だけだ。二人が話しているとき、余った一人は静けさのなかにいる。そのつもりはなくても話し声が聞こえてくることがある。こんなふうに盗み聞きすることだって。

壁に耳をつけた。父の話がつづいていた。荷抜きのことは、さっきぼくが風呂に入っているときに、おじさんが電話をかけてきて教えてくれたらしい。

「電話をひいたらひいたで、兄貴もやっかいごとを気軽に持ち込んでくるけん、かなわんで」

「身内なんじゃろうか、犯人」

「おそらくの。荷物の入ってくるスケジュールやら、積んである場所やら、知らん者《もん》にはできんじゃろ」

「おにいさんもおねえさんもつらかろうなあ」

「まあ、兄貴も面倒見がええんはけっこうじゃけど、客の荷物を預かる信用商売なんじゃけえ。働く者《もん》の素性《すじよう》も、これからはもうちいと考えにゃいけんのじゃ」

「で、どないするん？　土曜日。おにいさんのところ行くん？」

「わしは行かん。身内をだますようなこと手伝えるか」

「でも、そうせんとおにいさんが困るんでしょう？」

「まあ……そげなことで、嘘《うそ》に真実味が出るかどうか、わしゃ知らんがのう」

おじさんは荷抜きの犯人を捕まえる作戦をたてていた。今度テレビが工場から届くのは、次の土曜日の夕方。その日、おじさんは泊まりがけで大阪の得意先に出張に出かける。女だけで留守番をするのは物騒だから、父に泊まりに来てもらう。そこまでの話を、おじさんは会社のひとや行く先々で会ったひとに触れ回っていた。そして、停めてあるトラックの中に隠れて、一晩中プラットホームを見張るんだという。

「兄貴はヒロシでもええ言うとったけえ、泊まりに行かせたれや」

胸がドクンと高鳴った。

「まだこどもじゃが。そげなことに使わんといて」

母はすぐさま反対したけど、父は「しょうがなかろうが、兄貴がそげん言うんじゃけえ」と声を少し荒らげた。「ヒロシには細かいことはなんも言うなよ。妙子おばちゃんが泊まりにおいで言うとったよ、て」

「それはもちろん黙っとるけど……犯人が捕まるところやこう、ヒロシには見せとうないなあ……」

息が苦しい。咳《せき》が出そうだ。

シュンペイさんの顔が浮かんだ。

「だいじょうぶじゃ、そげん計画どおりにはいかんわい」と父は笑い、「とにかくヒロシにはなんも言うなよ、ええの」と念を押した。

居間から母が出ていく気配がして、ぼくは勉強机に戻る。宿題のつづきにとりかかるふりをして、なにも聞かなかったふりをして、なにも知らないふりをして、「ほんま？　泊まりに行ってええん？」なんて声をはずませて……。

シュンペイさんの顔が、また浮かんだ。顔を知らないシュンペイさんのおかあさんのことも思った。二人暮らしの家族だと話し声を盗み聞きするのもできないんだ、と気づいた。家族二人が離ればなれになったら、どっちもひとりぼっちになってしまうんだ、とも。

4

土曜日の午後、バスを乗り継いでヤスおじさんの会社に行くと、キムさんとウシマルさんが駐車場でキャッチボールをしていた。

「おう、用心棒のお出ましじゃのう」とウシマルさんがぼくを見て笑った。おじさんの作戦はうまく進んでいるようだ。でも、荷抜きの犯人はウシマルさんかもしれない。日本語があまり得意じゃないので、いつもにこにこ笑っているだけのキムさんかもしれない。

プラットホームでは、ゴトウさんがコンテナを載せたフォークリフトを運転している。プラットホームの荷物についていちばんくわしいのは、ゴトウさんだ。事務所に目をやった。ナカザワさんがいた。荷抜きが起きるようになったのはナカザワさんが会社に来てからだと思うと、あのひとにだって可能性がないわけじゃない。

あたりを見回していたら、ウシマルさんが「シュンなら、あそこじゃ」と駐車場の奥まったところにあるトラックを振り向いた。

ガラスが半分ほど下がった運転席の窓から、黒く汚れたソックスを穿《は》いた足の裏が覗いていた。

トラックに向かって歩きだすとすぐ、ウシマルさんが言った。

「ヒロシ、シュンに言うといちゃれ、横道《おうどう》するんもええがのう、そんときゃそれなりにハラあくくれえよ、いうて」

トラックに近づくにつれていやな予感がして、シュンペイさんが運転席のドアを開けたとき、思わず声が出そうになった。

シュンペイさんは、いつもの——いままでのシュンペイさんじゃなかった。

顔が赤紫に腫《は》れあがっていた。真新しいケガだ。顎や頬にこびりついた血は、表面がまだ濡れているみたいだった。ケガだけじゃない、髪にパーマをかけ、眉を細く剃《そ》って、銀色の鏡になったサングラスをつけた格好は、町をうろつくチンピラと同じだ。

「しばかれたんじゃ、ウシさんに」

つまらなそうに笑う。どう返せばいいかわからず野球帽のツバを下げたら、「わしが横着《おうちゃく》なけえ、胸くそが悪うなるんじゃて」と、もっとつまらなそうに笑った。

手をひっぱってもらって助手席に上がり、シュンペイさんと並んで座った。シュンペイさんは読みかけだった週刊誌を運転席の後ろの仮眠ベッドに放り投げた。マンガじゃない雑誌だった。折り込みのヌード写真が広がった。おっぱいが風船みたいにふくらんだ金髪の女のひとが、あそこをリンゴで隠して笑っていた。

「シュンペイさん、痛い？」

「こげなもんケガのうちに入るか」

シュンペイさんはハンドルに両足を載せて、窓の外に吐き捨てた唾《つば》といっしょに「今度、倍にして返したるわい」と言った。でも、それは無理だろう。ウシマルさんは空手の黒帯だし、少年院に入る前はこの町の高校生をたばねていたという。

「ぼく、シュンペイさんの田舎のこと、百科事典で調べたよ」

シュンペイさんは「ふうん」と気のない相槌を打った。

「ここからやと、遠いんやね」

「おう……外国みたいなもんじゃ」

「帰りたい？」

シュンペイさんは前を向いたまま、「そげなこと、べらべらきくなや、のう」と、おとなのひとと話すような低い声で言った。ぼくはまた、よくない言葉をつかってしまったのかもしれない。

肩を小突かれた気がした。

あわてて話を変えた。

「ぼたんの花のことも調べてみたんよ。ぼたんって、二十日草ともいうんて」

「なんじゃ？　それ」

やっと話に乗ってくれた。ぼくは勢い込んで「いっぺん花が咲くと二十日も咲いたままなんよ、ぼたんは」と言った。

でも、シュンペイさんは「そげなことか」とつまらなそうに返し、作業服の右袖――ぼたんのイレズミのあたりを指で掻《か》きながら「わしのは一生咲いたままじゃ」と笑って、口をいやいや開けるみたいにあくびをした。

「おやっさん、もう大阪着いた頃かのう。おやっさんがおらにゃいけんよ、ウシさんがいばるけえの」

そう言って、先月ウシマルさんがおじさんに叱られたときのことを教えてくれた。ウシマルさんはおじさんの前では直立不動になって、言い訳をするときも声が震えていたらしい。

「おやっさんはすげえ、ほんま、すげえひとじゃ……」

言葉を噛《か》みしめるように、小さく何度もうなずきながら言った。

「尊敬しとるん？」とぼくはきいた。おぼえたての言葉だ。学級会の時間に「尊敬するひと」をクラス全員で挙げたばかりだった。ぼくは〈おかあさん〉と書いて、みんなに笑われた。

シュンペイさんは初めてぼくのほうを見た。今度もまた、よくない言葉だったんだろうか。サングラスにぼくが映る。それを見たくなくて、ぼくは帽子のツバをもっと下げた。

「尊敬いうか……」

シュンペイさんはそこまで言いかけて、喉を低く鳴らし、少し黙ってからつづけた。

「ちょっと違うんじゃ、そげな体裁《ていさい》のええもんじゃのうて、一生かかっても追いつけんのじゃ、おやっさんには。追いつけんのがわかっとるけえ、もう……どない言うたらええんかのう……」

そして、顔の向きをまたフロントガラスのほうに戻して、「わしゃあ、しょせんカスじゃけえ」と息だけの声で言った。

さびしそうだった。かなしそうでもあった。くやしさも溶けているみたいだったし、それから、自分のことをすごく嫌っているようにも聞こえた。

「シュンペイさん」

「うん？」

「あのね、ヤスおじさん大阪に行ったん違うよ、それ嘘なんよ」

「なに言うとるんな」

「荷抜きの犯人をおびき出すんよ、おじさんはずうっと隠れて、見張っとるんよ。じゃけん、今夜、荷抜きの犯人が来たら捕まるんよ、ぜったいに捕まるけん……」

ぼくは大きく息をついて、つづきの言葉を呑み込んだ。しゃべっているときにはぜんぜん平気だったのに、一度途切れてしまうと、胸がドキドキして、喉が詰まって、もうなにも言えなくなった。汗が出そうで出ない。身震いしてしまいそうなのに、体は堅くこわばって、ふだんより肌が分厚くなったみたいだった。

シュンペイさんは黙っていた。

ぼくも黙った。

不意に視界が広がって、まぶしさが目に染みた。野球帽のツバが持ち上げられた――と気づくと、なんだか耳の覆いまで取れたみたいに、「前が見えんじゃろうが」と言うシュンペイさんの声がくっきりと聞こえた。

「サイズが大きすぎるんじゃのう、これ」

笑いながら言った。ぼくも「おかあちゃんが間違《まちご》うて買《こ》うてきたけん」と答えて、笑った。

広くなった視界のてっぺんのほうに、鯉のぼりが見えた。風がほとんどないせいで、真鯉も緋鯉も吹き流しも重なり合って、くたん、としっぽを地面に向けていた。

「じゃあ、ぼく、もう降りる」

「おう、一人でだいじょうぶか？」

「うん……」

ドアを開けて、ステップの途中から飛び降りた。すぐに振り向いて見上げると、シュンペイさんも窓から顔を出していた。

「ヒロシ、わしゃあ、おやっさんが好かん。でかすぎるけえ、ほんまは好かんのじゃ」

笑いながら言った。本気なのか冗談なのか、よくわからなかった。なにか聞き返したかったけど、シュンペイさんはヘヘッと笑って、すぐに顔をひっこめてしまった。

夜中に目を覚ました。家の中も外も、しんと静まりかえっていた。しばらく耳をすましたけど、話し声も、揉《も》み合う物音も、荷物を運ぶ音も聞こえない。少しほっとして、でもまだ夜は明けていないんだと思うと、眠気はすっかり消えうせてしまった。

頭からかぶった布団の中で、『少年マガジン』の今週号のマンガはどんなお話だったか、順番に思いだしてみた。知っているひとの顔を思い浮かべたくなかった。

『男おいどん』のストーリーをたどっているとき、車がどこかから来て停まる音が聞こえた。

妙子おばさんは客間の雨戸をすべてたてていたので、足音を忍ばせ、襖《ふすま》をそっと開けて、廊下に出た。廊下の窓は中庭に面しているのでプラットホームの様子はわからないけど、なにかあれば音ぐらいは聞こえてくるだろう。

怖くはなかった。むしろ、うれしかった。やっぱりシュンペイさんは犯人じゃなかったんだ、シュンペイさんが荷抜きなんてするはずないじゃないか。だれでもいい、だれかに言ってやりたかった。

しばらく静けさがつづき、さっきの車の音は関係なかったんだろうか、と拍子抜けしかけた、そのときだった。

怪獣が吠《ほ》えるような音が響き渡った。

トラックのエンジンだ、と気づくのと同時に、窓の外がほんの少し明るくなった。プラットホームを照らすヘッドライトの明かりが、中庭にも回り込んだ。

「ヒロちゃん、外に出ちゃいけんよ！」

廊下の先のほうから妙子おばさんの声が聞こえた。それを追いかけるように、二階で寝ていた房枝ねえちゃんと和美ねえちゃんと優子ちゃんも階段を下りてきた。

怒鳴り声――ヤスおじさんだ。向こうは何人いるんだろう。おじさん一人でだいじょうぶだろうか。おじさんなら、だいじょうぶだ、ぜったい。

走る足音が聞こえた。悲鳴をあげて走っている。数人いる。車のドアを開ける音。すぐにエンジンがかかる。急発進したんだろう、タイヤが甲高《かんだか》い音をたてた。

「おかあさん、犯人、逃げたんかなあ……」と房枝ねえちゃんが不安そうに言った。

でも、プラットホームのほうからは、まだおじさんの怒鳴り声が聞こえてくる。「一人、捕まえたん違う？」と和美ねえちゃんが言うと、暗がりのなかでおばさんもうなずいた。

「なあ、おかあさん、やっぱり警察呼んだほうがええん違う？　もし犯人が刃物とか持っとったら……」

房枝ねえちゃんの声をさえぎって、優子ちゃんが「シーッ」とみんなを黙らせた。

おじさんの怒鳴り声が、言葉になって届いた。

このバカタレが、ボケが、クソ外道《げどう》めが、なしてこげなことするか、おう、うとうてみい、シュン——。

聞き間違いじゃなかった。妙子おばさんを先頭に二階に上がり、細く開けた窓を順番に覗き込んで確かめた。

おじさんの前で土下座をして、「こらえてつかあさい、こらえてつかあさい」と泣きながら謝っているのは、シュンペイさんだった。

5

シュンペイさんは会社をクビになった。

でも、ヤスおじさんは、シュンペイさんを警察には突き出さなかった。荷抜きの共犯の遊び仲間のことも、「まあ、ウシマルがどげんかカタをつけるじゃろ」と放っておいた。盗難届を出さなかったので、荷抜きされたテレビの保険はおりなかった。損害はかなりの金額になったらしいけど、おじさんはシュンペイさんに弁償しろとは言わなかった。

そのかわり、この町を出ていけと言った。さっさと荷物をまとめて田舎へ帰ってしまえ、と。

「退職金はやらんけど、汽車の切符と、おかあちゃんへのみやげはわしが買うちゃるけえ」

おじさんがそう言った直後、正座して話を聞いていたシュンペイさんはワッと泣きだして、「しばいてつかあさい、死んでもええですけえ、わしのこと、もっともっと、ぶちまわしてつかあさい」とおじさんの膝にむしゃぶりついたんだと、あとで妙子おばさんから聞いた。

「おにいさん、ほんまは最初からシュンペイちゃんじゃて知っとったん違うかなあ」

壁越しに母の声が聞こえる。「なんか、そげな気がするけどなあ」とつづけ、父に「どない思う？」と振った。

父は黙っていた。お茶をすする音だけが、した。

「まあ、でも、おにいさんもつらいやろうねえ、シュンペイちゃんのことかわいがっとったし、最後はだまし討ちのような格好になったけん……」

ぼくは壁から耳を離し、勉強机に戻った。

だまし討ちなんかじゃない。シュンペイさんは、おじさんが見張っているのを知っていた。ぼくの話を信じなかったんだろうか。そんなことはない、と打ち消した。信じたはずだ。きちんと信じて、ちゃんとわかっていて、なのに夜中に荷抜きをしようとしたんだ。

おじさんがいても逃げられると思っていたんだろうか。それとも、捕まるのを覚悟して——捕まりたくて、捕まえてもらいたくて、やって来たんだろうか。

あの夜から一週間たっても、まだわからない。あしたはこどもの日なのに、そのことが頭から離れず、ちっともうきうきしない。おとなになればわかるのかどうかも、わからないいまだ。

机の上に広げたノートをぼんやりと見つめた。シュンペイさんのふるさとの汽水湖と、島と、ぼたんの花のことが書いてある。ぼたんの花はいまが盛りだ。シュンペイさんは、ふるさとがいっとう美しい季節に帰ることになる。

電話が鳴った。応対する母の声がしばらくぼそぼそと聞こえ、「ちょっと待っとってくださいな、ヒロシにきいてきますけん」と母は部屋に顔だけ覗かせた。

「ヒロちゃん、ヤスおじさんがなあ、あしたシュンペイさんの見送りに駅まで行こう、いうて」

「あした？」

「荷物は今日送ったけん、あした、身一つで田舎に帰るんやて」

「そう……」

「シュンペイちゃんが、ヒロシに会いたいて言うたんやて。まあ、最後はいろいろあったけど、あんたもシュンペイちゃんにはかわいがってもろうとったけんなあ」

黙って小さくうなずいた。母が居間に戻ったあとで、もう一度、今度は大きくうなずく。

ノートを閉じた。

ぼくはきっと——おとなになってもきっと、シュンペイさんのふるさとを訪ねることはないだろう。そんな気が、ふと、した。

翌朝、おじさんは自分でライトバンを運転してぼくを迎えに来た。

助手席にはシュンペイさんが座っていた。髪を短く刈り上げて、サングラスはかけていなかった。服も、ダボじゃない。ぶかぶかの背広だった。

「わしのお古を着せてやったんじゃけど、丈《たけ》はええが肩幅がおえんのよ、こんなんカンロクがねえけえのう」

おじさんはおかしそうに笑い、「背広は歳をくうたら似合うようになるけえ、それまでのしんぼうじゃ」と、これは真顔《まがお》で付け加えた。

駅までの道中、おじさんは一人でしゃべりつづけた。シュンペイさんがおじさんの会社に入ってからのいろいろな出来事を、思いだすままに話していた。楽しい思い出ばかりだった。「あんときはおかしかったのう」と笑い、「あれはもう何年前になるんかのう」とつぶやき、「まあ、あの頃から思やあ、シュンもおとなになったわい」と自分の言葉に自分でうなずく。

シュンペイさんはほとんどしゃべらなかった。相槌もめったに打たない。〈ワレモノ注意〉の荷札がついた荷物を運んでいるときのように背筋をピンと伸ばして、フロントガラスの先の景色をじっと見つめていた。

ぼくも自分からはなにもしゃべらなかった。シュンペイさんと話したいことはたくさんありそうな気がしたけど、いつもみたいに軽く話しかけることができず、でもあらたまってしゃべるとなんだか嘘っぽくなってしまいそうで、どんなふうに切りだせばいいのか考えているうちに、なにを話したかったのかわからなくなってしまう。

車が国道の交差点を曲がると、正面に駅ビルが見えた。それまでテンポよくしゃべっていたおじさんが、口に出しかけた言葉を初めて、もごもごと呑み込んだ。

駅前の通りは空《す》いていて、三つある信号もぜんぶ青だった。おじさんは車のスピードを少しゆるめたけど、すぐにアクセルを踏み込んだ。小さく舌を打って、お風呂に浸《つ》かったときみたいに、ふーう、と肩で息をつく。何度もハンドルを握り直して、そのたびにてのひらで頰をこすった。

車はロータリーに滑り込み、停まった。おじさんはテレビドラマの刑事みたいに素早く車を降りた。つづいてシュンペイさんが、パトカーで連行されてきた犯人のように、のろのろとしたしぐさで外に出る。

ぼくが車を降りたときには、もうおじさんは一人で駅の構内に向かって歩きだしていた。

シュンペイさんは、車のそばでぼくを待ってくれていた。目が合うと、か細い声で「元気でやれよ」と言った。

「田舎に帰ったら、ぼたん見に行くんでしょ？」

ぼくの声も、自分でもびっくりするぐらい震えていた。

シュンペイさんはちょっと困った顔で首をかしげたけど、すぐに「行ってみるけん」と言って、笑った。

ほんのそれだけの言葉を交わしていた間に、おじさんはずいぶん先のほうまで行ってしまった。すれ違うひとたちを、どかんかい、と左右に押し分けるように大股に、肩を怒らせて、歩く。きっと顔も、おっかない形相《ぎょうそう》になっているだろう。でも、壁のような背中は、いつもより一回りも二回りもしぼんで見えた。

「ヒロシ、この前、ぼたんの名前がどうのこうの言うとったのう。あれ、もういっぺん教えてくれえや」

「二十日草。花が二十日間咲くけん、そない呼ぶんて」

「そりゃ嘘じゃ」あきれたように言う。「二十日も咲いとりゃせんよ、ぼたんは」

「ほんま？」

「おう、そりゃあ無理じゃけど……まあ、花が長《なご》う咲くんはええことよな、うん、パッと咲いてパッと散るんじゃしょうがないけん、花は長う咲くんが勝ちよ。わしも、おやっさんみてえな花、咲かせにゃいけん」

シュンペイさんは力《りき》んで言って、「のう？」ときいた。ぼくはシュンペイさんの履いた新しい革靴の、つやつや光って白くなったところを、ぼんやり見つめる。今日にかぎって野球帽をかぶってこなかったことをくやんだ。

おじさんが立ち止まり、振り向いて、早う来んか、と手招いた。顔はやっぱりおっかなかったけど、小走りになったぼくたちとは目を合わせなかった。

特急電車が着くまでにはだいぶ時間があった。シュンペイさんは待合室をちらりと見て、ぼくは売店の横の喫茶店に目をやって窓際のテーブルが空《あ》いているのを確かめた。

でも、おじさんは立ち止まらない。改札口の前までまっすぐに歩いていって、「シュンはグズなんじゃけえ、そろそろホームに入っとれ」と仕事のときみたいな口調で言った。

直立不動の姿勢をとったシュンペイさんが「あの……」とあいさつしかけたら、おじさんはうっとうしそうに「そげなんせんでええ」と顔をしかめた。「能書きはどがいでもええけえ、帰ったら、おかあちゃんに親孝行しちゃれ」

シュンペイさんはかすれた声で「はい」と答えた。

「こんなんは根性のたりん男じゃけど、おかあちゃんのためじゃ思うてしんぼうするところはしんぼうせえ。わかったの」

シュンペイさんは、今度は声を出さずにうなずいた。

「モンモン入れて、荷抜きまでしたんじゃ、落ちるところまで落ちたんじゃけえ、あとは這《は》い上がっていきゃええんよ。それでも、どがいもこがいもならんようになったら……」

おじさんはそこで言葉に詰まった。シュンペイさんから目をそらし、何度か咳払いをして、天井を見上げて大きく息を吸い込んだ。

そして、吐き出す息といっしょに、言った。

「早う行け、もう汽車が来るけえ」

手で追い払って、そのまま外のほうに歩きだした。シュンペイさんは顔をゆがめてなにか言いかけたけど、口がわななくだけで声にはならなかった。

おじさんは外に出るまで一度も立ち止まらず、振り返りもしなかった。シュンペイさんもおじさんの背中に深々と頭を下げて、改札を抜けた。ホームに出たとき、ぼくをちらりと見て、泣きだしそうな顔で笑って、跨線橋《こせんきょう》に向かって駆けだして……それきり、だった。


次の日、ぼくは母にねだって真っ赤なぼたんの花の鉢植えを買ってもらった。花屋のおばさんにきいて、けさ花が咲いたばかりのものを選んだ。

十一日めに散った。

同じ日に、おじさんの家にシュンペイさんからの葉書が届いた。

「『前略』まで、ひらがなで『ぜんりゃく』なんじゃけえ、かなわんで。運送屋の仕事より、読み書きを教えたったほうがよかったかもしれんのう」

おじさんはうれしそうに、何度も何度もそのことを話した。

でも、葉書になにが書いてあったかは、だれがきいても教えてくれなかった。

第五章　しゃぼんだま

1

タッちんは、ラ行をうまく発音できない。舌を思いどおりに動かせないから、ア行とヤ行の中間、ちょっとア行に近い、そんな音になる。

ぼくの名前を呼ぶときは、「ヒオシ」。

「ヒオシ、ヒオシ、ヒオシ……」

何度も呼ぶ。ぼくが振り向くまで、呼びつづける。途中で必ず吹き出して笑う。なにがおかしいのかは知らない。白目をむき、口の中をよだれでいっぱいにして笑う。笑いすぎて床や地べたに座りこんでしまうこともある。

タッちんは「気をつけ」の姿勢もとれない。夏休みの宿題でつくるモビールみたいに、体がしじゅう、くねくねと動く。右手は女のひとがハンドバッグを気取って持つときのように胸のほうに曲がり、手首も内側に折れてる。

タッちんは転入生だった。一年生の二学期に、ぼくのクラスにやってきた。担任の佐賀先生といっしょに、おかあさんに左手をひかれ、ウルトラマンのビニール人形を右手と胸で挟むように抱きかかえて、ドアから教卓までのほんの何メートルかを歩く途中で何度も転びかけた。右足をまっすぐ伸ばせずに内股になってるせいだ。

教卓の横に立ったタッちんは、おかあさんにぴったり寄り添って、泣きだしそうな顔になった。教室は、しんとしていた。隣どうしでちらちらと目配せしたり、机に落書きしたり、天井の蛍光灯を見上げたりして、きっとどんな顔をしたらいいのかわからなかったんだろう、みんな。

佐賀先生は黒板にタッちんの名前を書いて、ぼくたちを振り向いて言った。

「森安達也くんです」

タッちんは、マンガでよくある電気ショックを受けたひとみたいに体をぶるっと震わせて、「ひゃいっ！」と大きな甲高《かんだか》い声で返事をした。

みんな思わず笑いそうになったけど、こらえた。

「これから、仲良くいっしょに勉強しましょう」と佐賀先生がつづけると、タッちんはまた「ひゃいっ！」と答えた。

身震いしたはずみに、ウルトラマンが足元に落ちた。

いちばん前の席だったぼくは、拾ってあげなくちゃと思って、あわてて椅子《いす》をひいて席を立った。あわてすぎて、教壇の角に向こうずねをぶつけてしまい、四つん這《ば》いの格好で転んだ。

クラスのみんなは声をあげて笑った。なにかほっとしたみたいに、しばらく笑い声がつづいた。

タッちんも笑っていた。

照れくさかったけど、ぼくも笑った。

あとになってから、いろんなともだちに「ヒロシ、わざとこけたんじゃろ」と言われた。そんなことはないけど、でも、もしかしたらそうかもしれないという気もして、自分のことなのに、いまでもよくわからないままだ。

小児マヒなのか脳膜炎なのか、話すひとによって病気の名前は違っていたけど、病名なんてどうだっていい、とにかくタッちんは、ぼくたちと同じ教室で違う時間を過ごしていた。

タッちんはクラスの人気者だった。タッちんをいじめるような奴はいなかった。休憩時間になるたびに、教卓のすぐ前のタッちんの席に集まり、みんなでタッちんを奪い合うように手助けをした。昼休みや放課後もいっしょに遊んだ。タッちんのための特別ルールはたくさんあった。タッちんは缶蹴《かんけ》りで鬼にならなくてもよかったし、鬼がタッちんを追いかけるときにはケンケン跳びが決まりだった。

タッちんが左手で書くひっかき傷のような文字はだれも読めなかったけど、佐賀先生はテストの答案になにが書いてあっても◯をつけた。タッちんは百点満点の答案を先生から返してもらうと、それをうれしそうに胸に抱いて、本人は畳んでるつもりなんだろう、すぐにくしゃくしゃに丸めてしまう。

タッちんがうれしそうに笑うと、ぼくたちもうれしかった。だれがいちばんタッちんに親切にしているか、口に出すことはなくても、いつも競争していた。タッちんの笑顔は、ぼくたちの親切を計る目盛りのようなものだった。

二年生、三年生と別々のクラスだったタッちんとぼくは、四年生のクラス替えで、また同級生になった。担任は佐賀先生。これも一年生のときと同じだった。

でも、すべてがあの頃と同じわけじゃなかった。

始業式の日、教室に入ったときにわかった。

まだ席が決まっていないのに、タッちんは教卓のすぐ前の席に座っていた。まわりにはだれもいなかった。他のともだちは教室の後ろや廊下でがやがや騒いでいた。

「おう、ヒロシ、また同級生じゃのう」

吉野くんが声をかけてきた。「こんなんも野球チーム入るじゃろ?」とつづけ、ぼくが答える前に、「内野は無理じゃけど、外野じゃったら試合に出しちゃるど」と言う。

吉野くんもタッちんと同じように、一年生のとき以来の同級生ということになる。いばってるところも、強引に話を決めるところも、ちっとも変わっていない。去年この学校に転勤してきた保健室の先生は、吉野くんのおかあさんだ。すごく優しい先生だという評判で、息子とはぜんぜん違う。

ほんとうは、吉野くんのことはあまり好きじゃない。一年生の頃も、最後まで気が合わないままだった。でも、どうもこの様子だと、クラスの野球チームは吉野くんがキャプテンにおさまりそうだ。試合に出たかったら、くやしいけど、あまり逆らわないほうがいいだろう。

ぼくは吉野くんの肘《ひじ》をつつき、教壇のほうにそっと顎《あご》をしゃくって言った。

「タッちん、同級生じゃの」

吉野くんは一瞬きょとんとした顔になって、それから「おお、そうみたいじゃの」と軽くうなずいた。

「タッちんも練習に呼んじゃる?」

「アホか」そっけなく返された。「ケガでもしたらおおごとじゃが」

それはそうだ。あたりまえのことに、いま気づいた。

一年生の頃とは違う。ぼくたちはもう、やわらかいゴムボールを素手で捕る野球からは卒業した。みんな自分のグローブとバットを持っている。デッドボールをくらっても、めったに泣かなくなった。

タッちんはバットで打つかわりにゴムボールを手で放り、守備についたぼくたちは一塁へゴロで送球する——そんな特別ルールがあったことも、忘れかけていた。

吉野くんはどうだろう。特別ルールを決めたのは自分だということ、おぼえているだろうか。

始業時間が近づいても、タッちんはまだひとりぼっちだった。まわりの席には男子も女子も何人かいたけど、だれもタッちんに話しかけていない。

ぼくは野球チームの話に一区切りつくとみんなから離れ、タッちんの隣の席に座った。

なにも書いていない黒板をぼんやり見つめていたタッちんは、ぼくを振り向いて、最初ちょっと驚いた顔になった。「おぼえとるか」と言うと、白目をむき、あふれるよだれを手の甲でぬぐいながら、うれしそうに笑った。

「ヒオシ、ヒオシ、ヒオシ」

ぼくの名前を三度つづけて呼んだ。

「タッちん」

歌うような抑揚をつけて返した。喉《のど》が自然とすぼまって、吉野くんとしゃべるときとはぜんぜん違う声になる。

タッちんは、また笑う。一年生の頃をなつかしんでいるんだろうか。タッちんには、昔をなつかしむことができるんだろうか。三年前には大柄なほうだったタッちんの体が、いまは、比べなくてもわかる、クラスでいちばん小さくなっていた。

「タッちん、なんか困ったことがあったら言えよ。手伝《てつど》うちゃるけえ」

「あい」声といっしょに左手もひょいと挙げる。「わかいまいあ」

「担任、佐賀先生じゃけえ、よかったの。あのおばちゃん、優しいけえ」

「あい」

「今日、いっしょに帰ろうや」

「あい」

「帰る前に、ちゃんとションベン行くんど」

「あい、わかいまいあ」

タッちんは唇の端に溜《た》まったよだれをすすりあげて、筆箱を開けた。新学期だからだろう、筆箱の中の鉛筆はどれも新しく、キャップもついていた。

タッちんは左手と顎を使ってキャップをひとつ鉛筆から抜き取って、ぼくに差し出した。透明な赤い色をした、プラスチック製のキャップだった。

「ヒオシ、こえ、やう」

ぼくにくれる――？

「ええよ、そんなん」

「やうけん」

「なに言いよるんな、おまえのもんじゃろが」

少し怒った声になった。

一年生の頃のタッちんは怒った声や顔に敏感だったけど、それは四年生になっても変わってなかった。ビクッという音が聞こえそうなくらい身をすくめて、左のてのひらからキャップを落とした。

「ほらあ、割れてまうど」

ぼくは舌を打ち、かがみこんだ。新学期でワックスをかけたばかりの木の床は、少しべとついて、臭かった。拾い上げたキャップを陽の光にかざすと、赤い色がキラッと輝いてきれいだった。三年生の終わり頃から、いろいろな形や色をしたキャップを集めるのが学校で流《は》行《や》っていた。赤のキャップを、ぼくはまだ持ってない。

体を起こすと、タッちんはもう筆箱の蓋を閉じていた。ぼくを見て、「やうけん」と念を押すように言った。

「ほんまに、ええんじゃの」

「あい」

ぼくはまた舌打ちして、キャップを半パンのポケットに入れた。

教室の後ろで、笑い声があがった。ひょうきん者の三上くんがギャグをとばしたようだ。

ぼくは席を立ち、最後にもう一度、「なんでも手伝うちゃるけえの」と言った。

タッちんは椅子に座ったまま、「あいがとごじゃいまいあ」と頭を下げた。おじぎが深すぎて、体つきの割には大きな頭が半パンの股の間に入ってしまいそうだった。

教室の後ろに戻って「なんな、なんかおもしろいことあるんか」と吉野くんたちに声をかけると、すぼまっていた喉がやっと開いた。

「優しいのう、ヒロシ」

吉野くんがからかうように言った。

「どこがや」

照れ笑いを返しながら、キャップのことも見られたんだろうか、と少し心配になった。でも、吉野くんはなにも言わなかった。胸がざらついたような気分だったけど、それもやがてみんなとのおしゃべりに紛《まぎ》れてくれた。

吉野くんはクラス対抗のリーグ戦を開こうと張り切っている。ぼくは七番・レフトのレギュラーになれそうだった。

2

「ヒロシ、いっぺん森安くん、ウチに呼んであげんさい」

四月の終わり、家庭訪問に来た佐賀先生が帰ったあと、母が言った。

「ええよ、そんなん」

ぼくはうつむいて首を横に振り、先生が手をつけなかったシュークリームを頬張《ほおば》った。

「先生、ほめてくれとったよ、ヒロシのこと。森安くんの面倒よう見てくれとるて」

「なんもしとらんよ、ぼく」

「いっしょに帰ってあげとるんてね」

「……うん、まあ」

「国道を渡らんといけんのじゃろ、森安くんがた。トラックがぎょうさん走りよるけん、先生もおかあさんも心配しとったんやて。朝はおかあさんが横断歩道渡るまで送っとるらしいけど、帰りは時間もわからんけん、ヒロシが送ってくれてほんまに助かる、いうて」

「べつに、それほど遠回りでもないし」

「そない怒ったふうに言わんでもええが」

母はおかしそうに笑って、洗い物のつづきにとりかかった。鼻歌が聞こえる。テストで百点をとったときよりも、ずっと上機嫌だった。一学期のクラス委員に選ばれたときにも母は大喜びしていたけど、ひょっとしたらそれよりも。

心の優しいこどもになってほしい。母はいつも、口癖のように言う。勉強は人並みでいいから、正直で、たくましくて、そして思いやりのある子になってほしい。

ぼくが一人っ子だから。一人っ子は、わがままでひ弱な甘えん坊だから。そんなの、どこかのだれかが勝手に決めつけただけなのに。

母は洗い物の手を休めず、顔だけこっちを振り向いて、「途中でやめたりしたらいけんよ」

と言った。

「なにを？」

「森安くんを送ってあげること。途中で飽きて放りだすぐらいやったら、最初からせんほうがええんよ、そういうのは」

「……わかっとるよ」

「先生も言いよりんさったよ、一年生や二年生の頃はクラスみんなで森安くんのこと面倒見てあげとったのに、三年生頃からちっともかもうてあげんようになったて。おかあちゃんやこう上級生になればいろんなことがわかるようになる思うんじゃけど、やっぱりあれなんかね、こまい頃のほうが、そういう優しさや親切いうんがスッとできるんかもしれんねえ」

そんなん知らんよ、と声に出さずにつぶやいた。「親切」という言い方が、耳にひっかかった。バスに乗っているときにお年寄りに席を譲るのと、タッちんを送って帰るのは、同じなんだろうか。よくわからない。一年生の頃は、そんなの考えたこともなかった。

ぼくは「宿題するけん」と言って自分の部屋に入った。

机の引き出しの奥のほうに隠してあるキャンディーの缶を取り出して、蓋《ふた》を開けた。鉛筆のキャップ、フルーツ消しゴム、『ウルトラマンA《エース》』の絵がついた三角定規《じょうぎ》、金色の絵の具、ユニの鉛筆、金色にコーティングされたシャープペンシルの芯、バラの透かし模様と香りのついたちり紙……。いろいろなものが、ぎっしり詰まっている。

ぜんぶ、タッちんからもらったものだ。

タッちんは、毎日、筆箱やランドセルやポケットの中から一品選んで、ぼくにプレゼントをくれる。ぼくから欲しがったことは一度もないし、最初は必ず「そんなん、いらんわ」と断る。それでも、タッちんは「やうけん、こえ、やうけん」とくりかえして、手を引っこめようとしない。根負けしてプレゼントを受け取ると、タッちんはほっとしたように笑って、唇から垂れるよだれを手の甲でぬぐいながら、「あいがとごじゃいまいあ」と言う。

タッちんを送ってから家に帰り、その日のプレゼントを缶にしまうたびに、いやな気分になってしまう。「あいがとごじゃいまいあ」の声を思いだすと、おしっこを途中で止めたときみたいに、おへその下がむずむずと落ち着かなくなる。

三年生のときからタッちんと同級生の森本くんに、タッちんは去年もそんなふうだったのか、さりげなくきいてみた。

森本くんはべつに驚きもせず、「わしらも、ようもろうたで」と軽く返した。

「じゃけど、ええんかのう……」

ぼくが首をかしげて言うと、「心配いらんて、どうせ自分の使《こ》い古しばあじゃろ？」と笑い、「タッちんは、なくした言うたら、なんでもかあちゃんに買うてもらえるんじゃけん」と付け加えた。

「そげん金持ちじゃったかのう」

「金やこう関係なかろ。フビンな子じゃけえ、かあちゃんも甘《あま》うなるんじゃろ。ウチがたのかあちゃんは、そげん言いよるけどな」

フビン——という言葉の意味は知らなかったけど、森本くんの表情と口調から、だいたい見当はついた。タッちゃんは一年生の頃もフビンだったし、いまもフビンなままだ。でも、なにかが変わってしまった。タッちゃんも、ぼくたちも。

昔のようにクラスのみんなが世話を焼いてくれなくなったことは、たぶんタッちゃんの、ぼうっとゆるんだ頭でもわかっているだろう。

だから——なんだろうか。

こうすれば相手にしてもらえるとだれかに教わったのか、自分で考えたのか、どっちにしても、そんなのだめだ。

「そげなプレゼントくれんでも、ちゃんと送っちゃるど」と言ってやればいい。

どうしてそれを言わないのか、自分でもよくわからない。

3

五月に入っても、ぼくはタッちゃんと毎日いっしょに帰った。プレゼントも毎日もらい、机の引き出しに隠す箱は二つめになった。

今日はぜったいに断ろう、と心に決めていてもだめだ。タッチんがにこにこ笑いながら「これ、やうけん」と左手を差し出してくると、なにも言えなくなる。そっぽを向いてプレゼントを受け取り、もらったんじゃない、預かってるだけなんだ、と自分に言い訳するのがせいいっぱいだった。

タッチんを送っていくのは、国道の横断歩道を渡るところまで。タッチんの家は、そこから最初の角を曲がればすぐだけど、国道の横断歩道は赤信号が長い。タッチんの手をひいて横断歩道を渡り、信号が青のうちに走って国道のこっち側に戻る。早く家に帰って、すぐに自転車で学校に向かわないと、野球の練習に間に合わない。

クラス対抗のリーグ戦で、ぼくたち四年三組は連戦連敗だった。負けず嫌いで、しかもリーグ戦の言い出しっぺの吉野くんは、このところずっと機嫌が悪い。試合が終わるたびに、「おまえがあそこでエラーしたけん負けたんじゃ」「なんであそこでヒット打てんかったんか、ボケ」とミスをしたともだちを名指しで責めたてて、エースで四番の自分以外のレギュラーメンバーをしょっちゅう組み替えた。ぼくの打順も七番から八番に下げられた。試合で活躍しないと、補欠になってしまうかもしれない。

タッチんは、ぼくに家まで来てほしいんだろう。送ってもらうだけじゃなくて、いっしょに遊びたいんだろう。「バーイ」と言うときは、いつもさびしそうな顔になる。

でも、ぼくだって、ぼくのやりたいことがある。ともだちと遊びたい。たくさん練習して、もっともっと野球がうまくなりたい。

横断歩道を引き返すと、いつも一度だけ振り向いて、タッちんが家のほうに歩きだすのを確かめることにしている。

国道は昼間から大型トラックがひっきりなしに行き交い、ときどきひどい渋滞もして、車と車の間からランドセルの黄色いカバーしか見えないときもある。

タッちんのランドセルは、右に傾いている。うまく動かない右手を通せるように、ストラップをいっぱいに伸ばしているからだ。

ランドセルの蓋には、交通安全の黄色いカバーがかかっている。入学式のときにもらったカバーを、タッちんだけ、毎年新しいやつに交換して、いまも使っている。

側面には、お守りが結《ゆ》わえてある。住所と電話番号と名前と生年月日と血液型を書いたプレートも。お守りには鈴《すず》がついていて、なにを話しているかよく聞き取れないタッちんのおしゃべりに生返事で付き合うとき、ぼくはいつも鈴の音を数える。

何度かに一度、タッちんもぼくを振り返っているときがある。タッちんは左手を振って笑いながら、なにか言っている。でも、車の音に紛れて、それが聞こえることはめったになかったし、たとえ聞こえても、なにをしゃべっているのか、どうせ意味なんてわからないだろう。

もう、やめよう——いつも思っていた。

タッちんといっしょにいても楽しくない。タッちんが喜べば喜ぶほど、なにか放課後になってまで授業を受けているような気分になる。

いつだったっけ、雨の日にタッちんを送っていった帰り道、傘を差して犬を散歩させていた同じクラスの三上くんと出くわした。

おとうさんにねだって飼ってもらったのはいいけど、朝晩の散歩は自分がやると約束させられて、それがめんどうくさくてたまらない、という。

「嫌いじゃないんど、タローのことは。じゃけど、こんなん、雨の日でもキャンキャン鳴いて散歩したがるけん、かなわんで。ほんま、飼わんかったらよかったかもしれん」

同じかもしれない。同じにしてしまってはいけないことはわかるけど、似ている、とは思う。

最初から、いいカッコしなければよかった。みんなと同じように、タッちんを遠くから見ていればよかった。

タッちんだって、だれでもよかったはずだ。ぼくじゃないといけない理由なんてどこにもない。声をかけてくれる同級生がいれば、いっしょに帰ってくれる同級生がいれば、プレゼントを受け取ってくれる同級生がいれば、それでいいんだから。

たまたまその相手になっただけのぼくは、タッちんのともだちなんかじゃない。

でも、三上くんは別れ際にこんなことも言っていた。

「散歩が終わるとタローがしっぽ振るんよ。やっぱ、そういうんを見たら、こっちもうれしゅうなるわ。よっしゃ、あしたからも散歩に連れてっちゃるけえのう、いう気分になるんよ」

これも、似ている。

ともだちなんかじゃないタッちんのことを、ぼくは嫌いにはなれなかった。

母は晩ごはんのとき、まるで日課のように「今日、森安くんどうじゃった？」ときいてくる。といっても、タッちんの様子を知りたいというわけじゃない。「べつに、どうもないよ」と答えるだけで満足そうにうなずいて、おしまい。佐賀先生に家庭訪問のときにほめられたのが、よっぽどうれしかったんだろう。

でも、父はタッちんのことは一度もきいてこない。ほめてもらったこともない。母とぼくが話していても、口を挟むどころか相槌《あいづち》すら打たない。黙ってごはんを食べたりテレビを観たりしている父を見ていると、ぼくがタッちんを送って帰っているのを怒ってるんじゃないかという気もしてくる。

もしかしたら、父はぼくのほんとうの気持ちを見抜いてるんだろうか。タッちんから毎日もらうプレゼントのことも、ばれてるんだろうか。

それが不安でしょうがなくて、父の帰りの遅い夜、どうでもいいんだけどという顔をつくって、母に「おとうさん、ほんまは怒っとるん違うんかなあ」と言ってみた。

母はきょとんとした顔で「なんで？」と聞き返す。

「ようわからんけど……」

「そげなことあるわけないが。ヘンな子じゃねえ、ヒロちゃんも」

ぼくの心配をあっさりと打ち消した母は、壁の時計を見て、テレビのスイッチを入れた。

「もう十時じゃけん、寝んさい。あした、また起きれんよ」

「うん……」

のろのろと腰を上げると、母はそれを待っていたようにぼくを振り向いて、「おとうさん、ほんまはヒロシがともだちに親切にしてあげとるんがうれしいんよ」と言った。「うれしいけん、ヒロシには、よう言わんの」

「……なして？」

「おとうさんも、いろんなひとのお世話しとったんよ。東京におった頃のことおぼえとる？お客さん、よう来とったでしょう、アパートに」

たしかにそうだった。顔も名前も忘れたけど、みんな同じ会社のひとで、それから——。

「クミアイのひとでしょ？」

会社とクミアイの違いがよくわからないまま言うと、母は「ヘンなこと、ようおぼえとるねえ」とちょっと困った顔で笑った。

「親切でお世話しとったん？」

「親切いうか、まあ、そういうお世話をするんがクミアイじゃけえね。おとうさんもいろんなひとに相談されたり、面倒を見てあげたりしとったんよ」

「それで胃かいようになったん？」

半分あてずっぽうだったけど、母はぼくから目をそらして「忙しかったけんね」と言って、「最初なに言おうと思うとったんか、おかあさん、わからんようになったわ」と、ぼくにもわかるぐらいぎごちなく笑った。

話はそのまま中途半端に終わった。父が帰ってきたからだ。母は「ほら、早《はよ》う自分の部屋に行って寝んさい、十時過ぎて起きとるいうたら、おとうさんに叱《しか》られるよ」と立ち上がり、早口に「いまおかあさんが言うたこと、おとうさんにはないしょやけんね」と付け加えた。

けっきょく、父がぼくをほめてくれない理由はわからずじまいだった。でも、「わかる」とまではいかなくても、なんとなく「そうなんだろうな」と納得《なっとく》できるような、できないような……やっぱり、よくわからない。

4

タッちんは、放課後、学校を出る前から様子がおかしかった。プレゼントは、水色の鉛筆のキャップ。ぼくが受け取ると、いつものように「あいがとごじゃいまいあ」と頭をぴょこんと下げたけど、プレゼントはそれで終わりじゃなかった。タッちんは、筆箱からメロンの香りのついた消しゴムも出して、「やう」と言った。一日に二つももらうのは初めてだったし、消しゴムはまっさらで、まだ表面にうっすらと粉をふいていた。

「タッちん、こっちはええよ。いっぺんも使《つこ》うとらんじゃろ」

「やうけん」

「ええって。かあちゃんに叱られるど」

「やう、ヒオシにやう」

タッちんは左手を伸ばして、消しゴムをぼくに押しつけてくる。こんなに強引なのも初めてだった。

少しムッとして「いらんて言いよろうが」と声を強めた。タッちんは一瞬ひるんだように肩をすくめたけど、左手は伸ばしたまま、「やうけん、やうけん」とくりかえす。

「なしてや、これ、おまえの消しゴムじゃろう。自分で使やあよかろうが」

「ヒオシにやう、ヒオシにやう」

「しつこいのう」

「やうけん、やうけん、やうけん……」

消しゴムを鼻先に突きつけられた。払いのけてやろうかと思ったけど、やめた。タッちゃんの声が半べそになっていたからだ。消しゴムを受け取ると、タッちゃんは「あいがとごじゃいまいあ」と笑った。目尻に涙がうっすらと溜まっていた。

学校を出てからも、タッちゃんはヘンだった。右足の不自由なタッちゃんはそうでなくても歩くのが遅いのに、途中で何度も足が痛いと言いだして立ち止まった。小石が入っているんだろうかと思って靴を脱がせてみたけど、なにも入っていない。

「タッちゃん、だいじょうぶじゃろ？　早う帰ろうや」

放課後は、また野球の練習だ。リーグ戦の最下位争いをしている五組との試合が、次の土曜日にある。早くタッちゃんを送って、早く家に帰って、早くグラウンドに行きたい。

「ランドセル、持っちゃるわ」

「あいがとごじゃいまいあ」

タッちゃんのランドセルを肩にかつぎ、ふだんより足を速めて国道に急いだ。タッちゃんが遅れそうになると左手をひいてやった。

横断歩道を渡る。車道のセンターラインをまたいだところで、タッちゃんはぼくの手をギュッと握り返してきて、渡り終えても離さなかった。

「ほいたら、またあしたの」と声をかけてランドセルを背負わせようとしたけど、タッちんは黙って、ぼくの手をさらに強く握った。

「どないしたんか、信号、変わってまうど」

「ヒオシ」

「なんな」

「ヒオシ、ウチ、あそびきて」

「今度の、今度行くけん、ちょっと離してくれえや」

「ヒオシ、ヒオシ、ヒオシ」

声に合わせて、ぼくの手を揺する。信号が赤に変わった。止まっていた車が、また走りだす。タッちんが、なにか言った。車の音で聞き取れなかった。また、口が動く。今度もだめ。いらいらしながら聞き返したけど、三度めも、なにを言っているかわからなかった。

「なんな！　ちゃんと言わな聞こえんじゃろうがや！」

怒鳴りつけると、タッちんは泣きだしてしまった。ぼくの手を握ったまま、言葉なのか、ただわめいているだけなのかわからない、でもたしかにぼくになにかを伝えようとしていた。

あんようい――と聞こえた。

あんようい、あんようい、あんようい、あんようい……？
ぼくはタッちんのランドセルを胸に抱えて、側面に結わえたプレートを覗《のぞ》き込んだ。
勘は当たった。きょうは、タッちんの満十歳の誕生日だった。

家まで送ってやるからと言うと、タッちんはやっと泣きやんだ。ランドセルを背負い直し、涙と鼻水とよだれでぐちゃぐちゃになった顔で、笑った。

「あいがとごじゃいまいあ」

ランドセルが頭の上に載っかってしまいそうな深いおじぎをした。

送るだけじゃからの、いっしょには遊ばんど——とは、どうしても言えなかった。

ぼくたちみんなランドセルに黄色いカバーをつけていた一年生のとき、タッちんの家でクリスマス会を開いた。部屋に入りきれないほど、集まった。おかあさんのつくってくれたカレーライスをみんなで食べて、タッちんのやりたい遊びを順繰りにやって、夜になるまで居残って遊んでいたぼくや吉野くんは、おとうさんの車で家まで送ってもらった。

家に着いた。庭で妹が遊んでいた。濡《ぬ》れ縁《えん》に座って、しゃぼんだまを吹いている。三年前はまだ赤ちゃんだった。ぼくたちが遊びに行くと、いつもおかあさんに抱かれていた。タッちんは赤ちゃんにさわれないし、おかあさんを独り占めもできないしで、ときどき不満そうな顔になってたっけ。そんなことをふと思いだして、ひょっとしたらおかあさんはタッちんに赤ちゃんをさわらせたくなかったのかもしれないな、とも思った。

「幼稚園か？」ときくと、タッちんは「あい」とうなずいて、妹になにか早口で言った。ぼくには聞き取れなかったけど、妹はタッちんに気づくと、帰りを待ちわびていたみたいにはずんだ声をあげた。

ぼくは「庭で遊ぼうや」と言った。家に上がりこんで、タッちんのおかあさんに会ってしまうとぜったいに帰れなくなるだろう。

タッちんが、またなにか妹に言った。あっちに行け、と命令しているようだ。

「ええよ、タッちん、三人で遊ぼうや」

タッちんは首を横に振った。笑っていないのに、目が白目だけになる。ふてくされているときの顔だ。

「なしてや、三人で遊んだほうがおもしろいじゃろうが。ええけん、遊ぼう。なにしようか、のう、好きなん言えや」

返事はなかった。タッちんは妹に近づいて、早くあっちに行け、と曲がったままの右手を振った。

「タッちん、ここにおってもええが、そげんこと言うちゃるな」

だめだった。タッちんはカンシャクを起こしてしまい、甲高い叫び声をあげながらじだんだを踏んで、妹を左手でぶとうとした。

妹は短い悲鳴をあげて濡れ縁から飛び降りて、しゃぼんだまのストローを放り捨てて家の中に逃げこんでいった。

タッちんは荒い息を肩で継ぎながら、ゆっくりとぼくを振り向いて、邪魔者はおらんようになったけん、というふうに笑った。

「ヒオシ、ヒオシ、ヒオシ……」

声をかけているうちはぼくがここにいると思っているんだろうか、何度も呼ぶ。呼びながらかがみこんで、しゃぼんだまのストローを拾い上げた。

「しゃおんわや、やおうや、やおう」

ストローを右手と胸で挟んで、妹が残していった石鹼水《せっけんすい》のカップを左手で取り上げて、ストローの先を窮屈そうなしぐさで石鹼水にひたす。

でも、タッちんはストローをくわえても、口をすぼめることができない。息を細くしてそうっと吹く、それもきっと無理だ。おまけにタッちんは、うれしそうに、照れくさそうに、くすぐったそうに、笑っている。

ストローの先から石鹼水のしずくが、ぽとぽとと落ちる。体を揺すって笑うと、その息がストローにも入るのか、しぶきが散る。どんなにしても、しゃぼんだまにはならない。

ぼくはタッちんから目をそらした。やっぱり来なければよかった、と思った。

タッちんにはわからないんだろうか、妹はタッちんのことが好きだ、いっしょに遊んでもらいたくてたまらないんだ、どうしてそれがわからないんだろう。タッちんは、バカだ。十歳になったのにバカだ。これからもずっとバカなままだろう。妹は、自分のおにいちゃんが、ほかのともだちのおにいちゃんと違うことを、もうわかってるんだろうか。いやだな、なんて思ったりしないいんだろうか。いやだと思っていても、きょうだいだから好きなんだろうか。妹もいつか、クラスのともだちのようにタッちんと遊ばなくなるんだろうか。ぼくは一人っ子だから、なにもわからない。もしもぼくにおにいちゃんか弟がいて、タッちんみたいなフビンなこどもだったら、ぼくは、そのきょうだいを好きになれるだろうか……。

濡れ縁に面した窓のカーテンが開いた。タッちんのおかあさんが、泣き顔の妹を抱いて立っていた。タッちんは気づいていない。一所懸命、ストローを吹いている。しゃぼんだまは、まだ、できない。

おかあさんがぼくを見た。あら、いらっしゃい、というふうに小さく会釈《えしゃく》をした。笑っていたかどうか、確かめる前に、ぼくは外の通りに向かって駆けだしていた。

国道まで全力疾走した。一度も後ろは振り返らなかった。

5

それから何日かは、いままでどおりタッちんといっしょに帰った。プレゼントをもらうのも、国道の横断歩道を渡ったらすぐにUターンするのも、同じ。あの日ぼくが帰ってしまったあと、タッちんがどうしたのかは知らない。ぼくはなにもきかなかったし、タッちんも黙っていた。

リーグ戦の最下位争いは、ぼくたち四年三組が負けた。惨敗だった。九番・ライトでスタメン出場したぼくは、平凡なフライをバンザイしてランニングホームランにして、ノーアウト満塁でまわってきた打席ではボール球を空振りして三振をくらい、試合の後半は吉野くんの命令で補欠の高野くんと交代させられてしまった。

六月最初の月曜日、学級会の前に吉野くんがぼくの席に来て言った。

「ヒロシ、もうタッちん送っていくの、やめえや」

「じゃけど……」

「はっきり言うて、練習に遅れてくるような奴、試合に出しとうないんじゃ。今日から遅れんと来いよ。それができんのじゃったら、これからずーっと補欠のままじゃ。ええの」

「そげなこと言わんでくれえや、のう、タッちんかわいそうじゃろが」

「同情じゃろ？　ええカッコすんなや」

とっさに「そんなん違うわ」と返したけど、つづく言葉が出ない。耳たぶが熱くなった。

「それともあれか？　わし、知っとるんで、ヒロシが毎日いろんなもんタッちんからもろうとるの。それが欲しいんじゃろ。乞食《こじき》と同じじゃがな、そげなん」

耳たぶの火照《ほて》りが、頬にも広がった。

吉野くんは耳を寄せるようぼくを手招いて、小声でつづけた。

「今度のう、ライダーカード持ってこい言うてみいや。スナックはいらんけん、カードだけじゃったら学校に持ってこれるじゃろ」

『仮面ライダー』のカードのことだ。四年生になってから学校中で流行っていた。もともとはスナック菓子につくおまけのカードだけど、カード目当てにスナックを買って、お菓子のほうは捨ててしまう奴がたくさんいた。下級生を脅《おど》してカードを取りあげる奴も。

「そしたら、わしもタッちんといっしょに帰ったってもええんじゃけどのう」

ぼくは黙って吉野くんをにらみつけた。

「嘘じゃ、嘘。冗談に決まっとろうが」

吉野くんはすぐに笑ったけど、ぼくは笑い返さなかった。

チャイムが鳴る。

「……カッコつけんなや、ヒロシ」

吉野くんはすごみをきかせた声で言って、自分の席に戻った。

もう昔とは違う。クラスのともだちは、タッちんのことをいじめたり嫌ったりしているわけじゃなくても、みんなタッちんがここにいるのを忘れているみたいに朝から放課後まで過ごす。

同じ教室にいても、ぼくたちとタッちんは、一年生の頃とは比べものにならないくらい離ればなれになってしまった。

算数がむずかしくなった。国語の教科書は文字が小さくなり、さし絵が減った。社会も理科も授業の進み方が早くなった。毎日、宿題が出る。サボったら、出席簿で頭をはたかれる。

タッちんは、授業中、なにもしない。あてられることもない。下敷きを曲げて遊んだり、ノートに落書きをするだけだ。

ときどき、授業中に「おいっこ」と言いだすことがある。一年生の頃は席が近くの男子が何人かでトイレに連れていき、佐賀先生も「森安くんが帰ってくるまでこっちも一服じゃね」と授業とは関係のないおもしろい話を聞かせてくれていたけど、いまは違う。トイレに行くのはタッちん一人。タッちんが教室にいない間も授業はどんどん進む。

テストの回数も増えた。一年生の頃はみんなが百点を取るのがあたりまえだったのに、いまは九十点以上だとみんなから「すげえのう」とほめられる。

タッちんはもう百点をとっていない。佐賀先生はタッちんの答案を返さなくなった。テストの時間に、退屈したタッちんが体をくねらせ、ぶつぶつとひとりごとを言いはじめると、図書室から持ってきた図鑑を「はい、これ読んどきなさい」と手渡す。

タッちんは、なんのために教室にいるんだろう。学校にいて楽しいんだろうか。

タッちんは、いつも笑っている。でも、それは、思いどおりに動かせない頬の筋肉がたまたま笑顔と同じ形をつくっているだけで、心の底から楽しくて浮かべる笑顔はそれほど多くないのかもしれない。

その日の学級会の議題は、七月におこなわれる合唱大会の自由曲選びだった。

司会は、クラス委員のぼく。最初から覚悟していたとおり、話はなかなかまとまらなかった。

みんな歌いたい歌を好き勝手に挙げていき、だれかが「そげな歌、知らんど」と言うと、知ってる奴が教室中に聞こえるように歌い、歌詞が違うだの歌い方が違うだのと横から口を挟む奴も出てきて、なんとか決まりそうになったら、ピアノで伴奏をする女子の田辺智子さんが「うち、そげんむずかしい歌、よう弾《ひ》けんわあ」と言いだして、話はまた振り出しに戻ってしまう。佐賀先生が教室の後ろに立っていた最初のうちはまだよかったけど、途中で職員室に出かけてしまってからは、休憩時間と変わらない騒がしさになってしまった。

ぼくはだれも聞いてくれない「静かにしてください」を何度もくりかえし、まいったなあ、と教卓に目を落とした。

ほんのちょっと顔を上げると、タッちんが見えた。机に半分突っ伏して、退屈そうに身をくねらせながら下敷きで遊んでいた。

わかってる。今日の学級会がひどいありさまなのは、クラスのみんな、優勝なんてできっこないと思っているからだ。

ぼくたちのクラスには、タッちんがいる。「気をつけ」のできないタッちんがいる。行進も整列も礼もできないタッちんがいる。耳ざわりなうめき声にしかならないくせに歌うことが大好きで、ピアノが鳴ればだれよりも大きな声を張り上げる、そんなタッちんがいるかぎり最下位ははなっから決まっていて、いくら熱を入れて曲目を話し合ったって、むだだ。

吉野くんが手を挙げて、『手のひらを太陽に』を提案した。みんな知ってる歌なのに、わざわざ大きな声で歌った。

「ミミズだーって、オケラだーって」

その次の歌詞は口をパクパク動かしただけ。

タッ・ち・ん。

「だーって、みんなみんな生きているんだともだちなーんだー」

吉野くんは、なんか文句あるんか？　というふうにぼくを見て、笑いながら歌った。まわりのみんなも息を詰めて笑った。

ぼくは吉野くんともタッちんとも目を合わさず、「他に意見はありませんか？」と話を先に進めた。

これからみんなは、タッちんをいじめるようになるのかもしれないな、と思った。四年生より五年生、五年生よりも六年生、中学生、高校生……。

タッちんは、いつまでも一年生のままでいたほうがよかったのかもしれない。そんなのよくないと思うけど、でも、そうかもしれない。

佐賀先生が職員室から戻ってきて、ようやく教室は静かになり、合唱大会の自由曲は『今日の日はさようなら』に決まった。

チャイムまではまだ五分ほど時間があったけど、教壇の脇に立つ佐賀先生が、もう終わっていいわよ、と目配せしてきた。

学級会が終わると、すぐに『終わりの会』、あいさつをして、放課後になる。今日も、ぼくはタッちんと帰る。あしたも、あさっても、しあさっても、これからずうっと。

いやだな——と思うのを無理に抑えていたら、胸のどこかで空気が抜けたみたいに、声が出た。

「あとひとつ、話し合いたいことがあります」

みんなびっくりした顔になったけど、いっとう驚いているのは、ぼくだ。

でも、もう、いいや。

教室がざわめきだす前に、おなかに力をこめて、一息につづけた。

「一学期の学年目標は『思いやりの心を持つ』ですが、じっさいには目標が守られていないと思います。特に、このクラスには森安くんがいるのに、みんな森安くんに思いやりの心を持っていないと思います」

だれの顔も見ない。自分の声をなるべく聞かないようにして、さらにつづける。

「同じクラスのともだちなんだから、みんなで助け合わないといけないと思います。だから、今度から、当番を決めて、毎日みんなで森安くんを手伝ってあげるようにすればいいと思います。賛成のひとは手を挙げて……」

さえぎられた。

「そんなん、決めんでもよろしい」

ぴしゃりと言った佐賀先生の声が、耳じゃなく胸に突き刺さった。こめかみが一瞬すうっと冷たくなり、入れ替わるように、頬がびっくりするほど熱くなった。

先生は、ぼくをにらんでいた。いままで見たことのないような怖い顔だったけど、かなしそうな顔のようにも見えた。

「はい、学級会、もう終わりでええね。チャイム鳴っとらんけど、トイレ休憩にしてあげる」

先生はぼくから顔をそむけて、クラスのみんなに言った。

教室はすぐに騒がしくなった。「アホじゃのう」と吉野くんの声が聞こえた。ぼくにぶつけた言葉じゃない。三上くんが口にしたダジャレを笑ったみたいだ。

ぼくは教卓の前に立ちつくしたまま、みんなのもとに戻っていけなかった。先生は女子のクラス委員の村田幸子さんと合唱大会の練習のことを話している。そっちにも行けない。

「ヒオシ、ヒオシ、えんよいおうや」

タッちんだけだ。便所行こうや、と誘ってくれる。さっきの話が自分のことなのだとわかっているのかいないのか、タッちんは白目をむき、口からよだれをあふれさせて、笑う。よだれ、汚いな、と思った。そう思う自分がいやになったけど、いやな自分も、ぼくだ。

親切、もうないよ、ぜんぶ使い果たしてしもうたんよ。

ぼくはタッちんに苦笑いを返し、そのままの顔で言った。

「今日から、おまえ、一人で帰れや」

タッちんは、きょとんとしてぼくを見る。ぼくを見る。ぼくを見る。ぼくを見る。ぼくを見て、また笑った。ふわっと、体が浮き上がるような笑い方だった。

6

放課後のグラウンドには、野球チームのメンバーはまだだれも来てなかった。ぼくはバックネット裏に自転車を停めて、前カゴからグローブを取り出し、サドルの下のフレームに挟んだバットを抜いた。

初めての一番乗りだ。吉野くんよりも早かった。拍子抜けした気分で、グラウンドの隅の練習場所に歩いていった。息がまだ荒い。自転車から降りたとたん、汗が噴き出してきた。『終わりの会』の「皆さん、さようなら」のあいさつとほとんど同時に教室から出た。ランドセルを背負う時間も惜しくて、片手に提《さ》げただけで廊下を走った。階段の途中でジャンプした。

逃げた。それでもいい。家に帰ると、居間でアイロンがけをしていた母に「今日は早かったんね」と言われた。タッちんのおかあさんが迎えに来たから、と嘘をついた。どうせ、すぐにばれる。かまわない。母に叱られても、父に言いつけられても、もうどうだっていい。おやつも食べずに自転車に飛び乗った。やっとみんなと同じように練習ができる。ちゃんと練習さえできれば、高野くんよりぼくのほうがぜったいにうまい。補欠になんか、なりっこない。

でも、ちっともわくわくしない。楽しくない。黒い排気ガスを吐き散らしながら国道を走るトラックが思い浮かぶ。タッちんのランドセルの黄色いカバーに印刷された親子連れのシルエットの絵を、そんなのいままで一度も気にしたことはなかったのに、はっきりと思いだしてしまった。お守りは、港を見下ろす丘にある金比羅《こんぴら》宮のものだった。それも不意に思いだしたことだ。プレートに書いてあったことがらでいちばん大切なのは電話番号と血液型だったんだと気づくと、自転車のハンドルがブルッと揺らいだ。

グラウンドに着いても、だめだった。気持ちがぜんぜんはずまない。登校する途中に忘れ物に気づいて、でも引き返す時間はないから学校に向かうしかない、そんな朝の気分に似ている。

小石をてきとうに拾って、ノックする要領でバットで打ってみた。空振りばかりだった。

ヒオシ――。

声が聞こえた。

違う、「ヒロシ！」と呼ばれた。

振り向くと、吉野くんがバットを肩にかついで、こっちに歩いてきていた。

まだだいぶ距離はあったけど、「これでええんじゃろ！」と怒鳴ってやった。「遅刻せんかったど、文句なかろ！」

へヘッと笑った吉野くんは、ぼくの前まで来ると地べたに座りこんで言った。

「ヒロシ、今日の帰り、逃げたじゃろ」

聞こえなかったふりをして、小石を打った。やっと当たった。思ったより遠くにライナーで飛んでいった。

「どっちにしても、今日はヒロシが送ってやらんでもよかったんじゃ」

「なんで？」

「かあちゃんが職員室に来とったけん、いっしょに帰ったじゃろ」

母についた嘘が、嘘じゃなくなった。

だいじょうぶ。おかあさんといっしょなら、タッちんも国道を渡れる。ほっとして、こわばっていた胸がやわらかくなると、逆にかなしくなった。

「タッちんがたのかあちゃん、さっき保健室にも来て、ウチがたのかあちゃんにあいさつしたんじゃ」

「あいさつって、なに？」

「タッちん、転校するんよ」

「……ほんま？」

「嘘ついてもしょうがなかろうが」

吉野くんはムッとして言って、ぼくの肩越しに大きく手を振った。森本くんと菅原くんが連れだってグラウンドに来たところだった。

「だらだら歩かんと、走れえや！」

怒鳴り声がいつもより湿っぽく聞こえたのは、気のせいだろうか。

「はよ来いや！　おもれえ話があるけえ！」

気のせいなんかじゃないな、と思った。

吉野くんがタッちんの転校のことを森本くんと菅原くんにしゃべるのを、ぼくは体育座りの格好で聞いた。そろえた両膝《りょうひざ》の隙間《すきま》のくぼみに砂を溜めたり、校舎の屋上の水道タンクをぼんやりと見上げたりしながら、質問もせず、相槌も打たず、ただ黙って話を耳に流しこんだ。

タッちんが転校していく先は、この町から鉄道で一時間ほどの、もっと大きな町にある養護学校だった。

四年生に進級する前にもその話はあったらしい。ほんとうは、転入してくるときから、校長や教頭は反対していたんだという。一年生のクラス担任の先生も、ほとんどそうだった。ぜんぶで六クラスあるのに、「ウチのクラスに入ってもらいます」と言ったのは佐賀先生だけだった。

でも、もう限界だ——と佐賀先生が言ったのか、タッちんのおかあさんが考えたのか、それともタッちんが自分で言ったのかは知らない。どっちにしても、これ以上ぼくたちの学校にいてもタッちんがかわいそうだ、ということになった。

「みんながもっと親切にしとったら、転校せんでもよかったんかのう」

森本くんが、ぼくの言いたかったことを代わりに言ってくれた。

「そんなん関係ないわい」吉野くんは間をおかずに返した。「ひとの手伝いがなけらにゃなんもできんのじゃったら、やっぱり無理なんよ」

「そうかのう……」

「ウチがたのかあちゃんも、おんなじようなこどもといっしょに勉強したほうがええかもしれん言うとったわ。養護学校は県立じゃけえ寮もあるし、そのほうがタッちんがたのかあちゃんも楽になるじゃろ、いうて」

吉野くんはぼくを振り向いて「ヒロシも楽になるじゃろ?」と笑い、すぐに真顔《まがお》に戻って、おとなびた口調で付け加えた。

「タッちんも、いつかは自分の力で生きていかにゃおえんのじゃけえ」

国道の横断歩道を一人で渡るタッちんの姿を思い浮かべてみた。あいつのことだ、信号が青になってからも右、左、右と確認して、左手を頭上に挙げて、行進するみたいに胸を張り、右足を引きずった、ひどく不格好な歩き方だけど、きっと笑いながら渡るだろう。

ぼくは立ち上がって、三人に言った。

「いまからタッちんがた遊びに行かんか?」

「アホ、練習どげんするんか」吉野くんが言う。「まだ、あと何人も来るんど」

「そんなん、どがいでもなろうが。ええけん、行こうや。わし、タッちんと遊びたい」

「転校いうても二学期からど。まだなんぼでも遊べようが」

「わし、いま遊びたいんじゃ。今日でなけらにゃおえんのじゃ」

「ヒロシ、おまえ、なに盛り上がっとるんなら。ようわからんで、わし」

ぼくにだって、わからない。ただ、むしょうに、いますぐタッちんに会いたい。遊びたい。この前言えなかった「誕生日おめでとう」を、きちんと言いたい。もしかしたら、タッちんの顔を見たらすぐ、謝るかもしれない。

森本くんと菅原くんも、なんとなくぼくといっしょに行きたそうな顔をしていた。でも、吉野くんは「行くんなら、ヒロシ一人で行けえや」とぶっきらぼうに言った。

「おう、行くわ、わし」

「そんかわり、次の試合は補欠ど。これからも、ずうっと補欠じゃけえの、ええの」

「おう、かまわんわい」

「ええカッコしたがるのう、こんなん、ほんま」

吉野くんは肩を揺すって笑い、早く行け、というふうに手の甲を払った。「今日は特別休暇にしといちゃる」と、ぼくの顔を見ずに言った。

ひきょう者かもしれない――と、自転車のペダルを力いっぱい踏みながら思った。あと何日、と終わりが見えたから親切にできる、そういうのはやっぱりひきょう者なんだろう。

いいや、それでも。

このまま、なにもしないでタッちんと別れるのは、もっといやだ。

国道を渡り、最初の角を曲がったところで、タッちんの家の庭から声が聞こえた。

タッちゃんと、あと一人――妹だ。

家の少し手前で自転車を停めた。生け垣に隠れるようにして、そっと近づいていった。ぼくの顔を見たら、タッちゃんはまた妹を邪魔者にしてしまうかもしれない。

「ほら、おにいちゃん、こないして、軽う吹けばええんよ」

頭半分だけ、生け垣の上に出した。

タッちゃんと妹は、濡れ縁に並んで座って、しゃぼんだまを吹いていた。ちょうどいま、妹がつくった、小さいけどたくさん数のあるしゃぼんだまが、ストローの先から出たところだった。

タッちゃんは座ったまま左手を上に伸ばして、しゃぼんだまをつかまえようとしている。しゃぼんだまは意外と速く、すうっとひっぱられるように宙に舞い上がり、なかなかさわれなかったけど、タッちゃんは口の中をよだれでいっぱいにして笑っていた。

タッちゃんもストローをくわえた。妹のとは別のストローで、切り込みを入れてある先端がラッパみたいに広がっていた。きっとおかあさんが工夫してくれたんだろう。こうすればしゃぼんだまをつくりやすい。

でも、とにかくタッちゃんは息を吹くのが強すぎる。石鹸水はぜんぶしずくやしぶきになって落ちてしまう。妹がお手本を見せるように大きなしゃぼんだまを一つつくったけど、ふくらみきる前にタッちゃんが指でつついて割ってしまった。妹のほっぺたが、割れたしゃぼんだまのぶんもふくらんだ。それでも、タッちんが「おえんあ、おえんあ」と頭を揺すって謝ると、妹のほっぺたはすぐに笑いではじけてしまう。

そんなことを何度も何度もくりかえして、やっとタッちんのストローの先に小さなしゃぼんだまができた。

「おにいちゃん、ゆっくり、ゆっくりよ、そーっと吹くんよ」

しゃぼんだまがストローから離れた。タッちんの笑顔と同じだ、ふわっと、宙に浮いた。

「やったあ！」

妹がはずんだ声をあげて、あわてて自分のストローを石鹼水にひたし、小さなしゃぼんだまをたくさんつくった。

タッちんは、揺れながら舞うしゃぼんだまを、今度はつかまえようとしなかった。初めてつくった自分のしゃぼんだまを、まるでそれが信じられないみたいに、不思議そうな顔をして目で追っていた。

そのまなざしが、ぼくに触れて止まった。

「ヒオシ！」

顔をくしゃくしゃにして、ぼくを呼んだ。

妹のつくったしゃぼんだまが鼻先をかすめ、まぶたにふれて、ぱちん、と割れた。石鹼水が目にしみて、まばたきができなくなった。

輪郭《りんかく》のないしゃぼんだまの中で、タッちんと妹は、小さく身震いしながら笑っていた。

第六章　ライバル

1

吉野くんなら、なんとかしてくれる。

口には出さなくても、みんなそう思っていた。

「おい、ヨッさん来たで」

だれかが言うと、グラウンドの隅の水飲み場に集まっていたぼくたちは、いっせいに吉野くんを振り向いた。

「おまえら、どげんしたんか」

自転車から降りる間もなくきいた吉野くんは、グラウンドをちらりと見て、それだけでいきさつを察したんだろう、自転車のスタンドを乱暴に蹴《け》ってロックした。

ぼくたち四年三組の野球チームがいつも練習している場所で、六年生がラジコンのバギーのレースをして遊んでいる。

十一月に入って最初の土曜日だった。十月までは学校のグラウンドで夕方五時まで遊んでいられたのに、十一月からは冬時間に切り替わって、四時に校門のフェンスが閉まるようになった。たっぷり練習ができるのは土曜日の午後しかない。その貴重な土曜日を、六年生に奪われてしまったのだ。

「先に取られたんか」

吉野くんがきくと、場所取り当番だった市川くんはあわてて首を横に振った。横から斎藤くんが「市やんが一人で待っとったら、あんならが来て、どかされたんじゃ」と説明し、渡辺くんが「わしらも文句言《ゆ》うたんじゃけど、ぜんぜんだめなんよ」と付け加えた。

「なにしよるんな、向こう三人しかおらんのに」と吉野くんは舌を打った。

「ほいじゃけえ、ヨッさんが来るの待っとったんじゃ」

永射《ながい》くんの言葉に、みんな、そうそうそう、とうなずいた。ぼくも、まわりよりワンテンポ遅れて、同じように。

「かなわんのう」

おおげさに顔をしかめた吉野くんは、「キャプテンじゃいうて、そげなことまでせにゃいけんのか」と、これもおおげさにため息をつきながら、ぼくたちを見まわした。

ぼくはすっと目をそらす。べつに待っていたわけじゃない。たまたま吉野くんより五分ほど早くグラウンドに来ただけだ。吉野くんが来るのがあとちょっと遅かったら、自分で六年生に文句をつけにいった、はずだ。

「のう、ヨッさん、頼むわ」山根くんが拝む真似《まね》をした。「あんならに一発ぶちかましたってくれえや」

みんなも「ヨッさんならだいじょうぶじゃ」「弱そうじゃもん、六年じゃいうて、どうせ根性なしよ」「なんじゃったら、わしらもついていくけん」と口々に言った。

みんな——ぼく以外の、みんな。

「わしゃあ用心棒違うんで」と吉野くんは笑った。困ったような声だったけど、顔は得意そうにゆるんでいた。いつものことだ。ぼくはまたそっぽを向いて、左手にはめたグローブに右の拳《こぶし》を軽く打ちつけた。

みんなが吉野くんを待っていたのは、キャプテンだからという理由だけじゃない。乱暴者でワガママな奴なのに「ヨッさん、ヨッさん」とみんなが集まってくるのも、怒ると怖いからだけじゃない。

親分肌——何日か前にクラス担任の佐賀先生が教えてくれた言葉だ。「吉野くんみたいな子のことを親分肌いうんよ」と、チャイムが鳴っても山根くんたちと廊下で騒いでいた吉野くんを叱《しか》っていたはずなのに、最後はなんだかほめるような調子で。

「まいったのう、どげんしようかのう……」

吉野くんは自転車のサドルの下に挟んだバットを取りながら言った。迷ったふりをしているだけだ。みんなから頼りにされるのがうれしくてたまらない奴だ。頼りにされればされるほど、いばる。なにをするにも自分の考えを押しつけてくる。

ぼくはあいつのことが好きじゃない。「嫌い」ほど強くはないけど、なにか気が合わない。口をきくたびに、ぎくしゃくしてしまう。あいつもきっと同じことをぼくに思っているんだろう、一学期の頃もそういう感じがあったし、考えてみれば一年生の頃からお互いにムッとしてばかりだったんだけど、二学期に入ると急にぼくと距離をおくようになった。ぼくに話しかけてくるのは、野球チームの練習のときと、あとは――。

「のう、ヒロシ」

目は一度も合わなかったのに呼ばれた。「こんなん、どげんすりゃあええ思う？」ときかれた。

ほら、来た。うんざりした気分で黙って首をひねると、吉野くんはへへッと笑い、とぼけた声でみんなに言った。

「おまえら、なんでヒロシに頼まんのか。ヒロシのほうが話をうもうまとめられる思うがのう」

答えはなかった。隣同士で脇腹をつつきあったり目配せしたりズックのつま先で足元の砂を均《なら》したりしながら、「そうじゃの、ヒロシに頼もうや」と言うともだちはだれもいなかった。

「考えてみいや、こんなんはクラス委員二連覇しとるんで？　わしが行くより、ヒロシじゃろうが」

笑い交じりの軽い声だったけど、違う、そういう声だからよけいに、胸を小突かれているような気がした。

ときどき、吉野くんはそんな意地悪なことを言う。

ぼくを引き立て役に使う。

二学期のクラス委員選挙で、吉野くんは一学期につづいて次点だった。教室では平気な顔をしていたけど、ほんとうはすごくくやしがっていたと、あとでだれかに聞いた。一学期の選挙ではぼくと吉野くんの差は十票以上あったけど、二学期には五票差に縮まった。三学期は、わからない。負けたくはないけど、負けたほうが楽になるかもしれないなとも思う。クラスの代表なのに勉強や学級活動のときにしか頼りにされない、いまと同じ居心地の悪さを、一学期から何度も味わってきた。

「しょうがねえのう。ほいたら、まあ、行ったるわ」

吉野くんは手の指の関節を鳴らし、膝《ひざ》の屈伸運動をした。グラウンドの三人組を見て、「六年じゃいうて、ラジコンで遊ぶようなオンナオトコじゃけえの、一発しばいたらキャン言いよるわい」と自信たっぷりに笑う。強がりじゃない。吉野くんは学年でいちばんケンカが強い。今日と同じようにグラウンドを横取りした五年生に勝ったこともある。

「わしらもいっしょに行ったほうがええ？」と山根くんがきいた。

「アホ、オトコのケンカは数とは違うんど。気合いと根性の入っとるほうが勝つんじゃ」

吉野くんの考えるオトコらしさの基準は、すごく単純だ。足が速かったりスポーツが得意だったりクラスの女子と口をきかなかったりするともだちは、みんなオトコらしい。休み時間や放課後にスポーツ以外のことをして遊ぶ奴らは、まとめてオンナオトコ。女子とぺらぺらおしゃべりをする奴もオンナオトコ。ピアノ教室に通っていてもオンナオトコ。石田くんなんて、名前が「邦彦」というだけで、「『彦』のつくんはボンボンのオンナオトコじゃけえ」とバカにされどおしだ。

ぼくは、どうだろう。オンナオトコなんだろうか。「一人っ子は甘ちゃんじゃけえの」といつか山根くんたちと話しているのを聞いたことがある。ぼくのことを言ってたのかもしれないし、そうじゃないのかもしれない。確かめるのが少し怖くて、かといって無視して聞き流すこともできなくて、そんなのをぜんぶ含めて、ぼくと吉野くんは気が合わないのだ。

「市やん、カタキとっちゃるけえの、待っとれよ」

みんなに見つめられて歩きだした吉野くんは、何歩か進んだところでこっちを振り返って、「オトコはつらいよ」と、渥美清の映画のタイトルにひっかけて、おどけた声で言った。

みんな、どっと笑った。ぼく以外のみんな、だ。

しらけてぼんやりしていたら、吉野くんと目が合ってしまった。

「のう、ヒロシ」

なにか言われる。覚悟を決めた。

「たまには、おまえも来んか？　クラス委員なんじゃけえ」

来ないのをわかっていて、言う。まわりのだれかが笑いをこらえている気配が伝わる。ヒロシには無理じゃろう、とささやく声が聞こえたような気がした。

ぼくは足を前に踏みだした。吉野くんは一瞬驚いた顔になり、ほおーっ、とからかって笑ったけど、すぐに唇をちょっととがらせて「ほな、まあ、ついて来いや」と歩きだした。

ぼくたちは横に並んで、しばらく黙って歩いた。話し声がクラスのみんなには聞こえない距離に来て、先に口を開いたのは吉野くんだった。

「しばき合いになるかもしれんど、ええんか」

「おう」と低く答えるつもりだったけど、口の中が乾いていて、うまく声が出なかった。

「学級会の司会とは、わけが違うんど」

「……そんなん、わかっとるわ」

「ヒロシ、おまえ、ひとをしばいたことあるんか? なかろうが」

図星だった。ケンカはもともと嫌いだ。言いたいことを言ってケンカになるぐらいなら、黙ったほうがましだと思う。ましてや、だれかを殴ったり、だれかに殴られたりするなんて。

でも、そんなふうに言うと、ぜったいに吉野くんにバカにされてしまう。オンナオトコになってしまう。

「のう、どうなんか、正直に言えや」

口の中を舌でなめて湿らせてから、「なんべんもあるわ」と答えた。「わし、見たことも聞いたこともねえど」

「ほんまかあ？」はなっから信じていないような声だった。

「学校じゃせんのじゃ、家に帰ってから、するんじゃ」

「一人っ子がどげんしてきょうだいゲンカするんか」

「……よその者《もん》とするんじゃ」

吉野くんはヘヘッと笑い、「まあええわ」とうなずいた。「わしも六年相手に一人じゃ、正直言うてちぃと荷が重かったんじゃ。助かったわ」

意外に素直に言われ、返す言葉に戸惑っていたら、六年生の三人組がこっちを振り向いた。

水飲み場からだと気づかなかったけど、近くで見ると三人とも体が大きかった。怖そうな顔をしていた。ウチの学校は各学年に六クラスずつある大きな学校なので、学年が違うと顔見知りはほとんどいない。三人組にも見覚えはなかった。でも、真ん中にいる太った奴は、先月の運動会で白組の応援団長じゃなかったっけ……。

その真ん中のデブが、ラジコンの操作機を動かしながら「こっち入ってくんな、じゃまじゃけえ」と言った。低くにごった声だった。もう声変わりしているのかもしれない。

ぼくは足を止めた。膝がブルッと震えたのがわかった。

吉野くんはかまわず歩きつづけた。

「聞こえんのか、ボケ」とデブの声はさっきよりさらににごった。ぼくはうつむいて、もう顔を上げられない。

「センパーイ」吉野くんの、とぼけた声。「六年じゃいうて、あんまりえげつないことせんといてつかあさいや」

「なんじゃあ？　こら」と、デブとは違う、もっと甲高《かんだか》くてキンキンした声。

「ここ、わしらが先に取っとったんですけえ、どいてつかいや」

「横着《おうちゃく》なこと言うな、四年生じゃろうが、こんなん」と三人め、鼻詰まりの声。

おそるおそる顔を上げると、吉野くんは三人組とすぐ近くで向き合っていた。つかみかかる気になればすぐできる、それくらいの距離だ。三人組の一人が、他の二人のぶんも集めてラジコンの操作機を自転車のカゴに置いた。やる気だ。でも、背丈《せたけ》が三人の肩までしかない吉野くんに、ひるむ様子はない。

「わしら練習しますけえ、早《はよ》うどいてつかいや」

「なんてやあ、こら、しごしたるど」

「先に来とったん、わしらのクラスですけん。早うラジコンやらどかして、去《い》んでつかあさい」

「なにカバチたれよるんな、わりゃ」

デブが吉野くんの肩を小突いた。吉野くんは足元をふらつかせ、二、三歩あとずさる。

胸が、ドクン、と高鳴った。ぼくがやられたわけじゃないのに、吉野くんといっしょにあとずさりそうになった。いや、気持ちは後ろに下がっていても足が動かない。地面に吸いついたみたいだ。

吉野くんは体勢を立て直し、「なにすんな、ボケが！」と怒鳴り返した。デブが「なんてやあ、こら、クソガキ」と距離を詰めてくると、吉野くんは姿勢をうんと低くして、デブのおなか目がけて体当たりした。

きれいに決まった。仰向けに地面に倒れたデブの上にのしかかった吉野くんは、一息つく間もなく顔を何発も殴りつけた。

拳が頰《ほお》を打つ音が聞こえる。マンガみたいな「ボカッ」という乾いた音じゃない。テレビドラマのような、いかにも痛そうな大きな音とも違う。もっと湿り気があって、もっとねばついて、くぐもって、耳よりもおなかに響いてくる。

胸がどきどきした。目に見えているのはほんものの光景なのに、なんだか透明な膜を隔てているみたいで、同級生が、いま、ここでケンカをしているという実感が湧かない。三人組の残り二人が、両側から吉野くんにつかみかかる。それも、遠くの、つくりものの場面みたいだった。

「ヒロシ！」

吉野くんの声に、やっと我に返った。

「ヒロシ！　なにしよるんな、早うせえ！　どっちでもええけえ、一人しばいたれ！」

吉野くんはデブのおなかから転げ落ちた。蹴られた。起き上がろうとしたところを、反対側から、また蹴られた。三対一だ。六年生対四年生だ。勝てるわけない。

「ヒロシ！　早うせえ、ボケ！」

動けない。

「なにしよるんな！」と叫びながら、吉野くんは三人組の一人の足に抱きついて、そいつを地面に倒した。今度はデブが吉野くんの小さな背中に馬乗りになって、押しつぶす。吉野くんはすぐに体を入れ替えて、デブの顔を何発か殴る。

ぜんぜん動けない。

身がすくみ、顎《あご》がガクガクと震え、体のどこにも力が入らない。

吉野くんは必死に闘っていた。どんなに殴られても、蹴られても、謝らなかった。頭突きをくらわせ、でたらめに両手を振り回して、一人のセーターの袖をひきちぎった。ぶち殺したる、ぶち殺したる、とうめき声でくりかえしていた。

五分五分でケンカができたのは最初のうちだけだった。少しずつ吉野くんの反撃の手数が減ってきた。おなかを蹴られ、地面に両膝をついてうずくまって、激しく咳《せ》き込んだ。見たくない。目をつぶりたいのに、それすら、ぼくにはできない。吉野くんは、また起き上がる。よだれでグチャグチャになった顔で三人組をにらみつけて、また体当たりしていったけど、かんたんにかわされて、お尻《しり》を蹴られ、顔から地面に倒れ込んだ。

デブがこっちを見た。「おどれも、こんなんの連れか」とすごんだ声で言って、近づいてきた。

闘え——どこからか、声が聞こえる。オトコじゃろうが。だれの声だろう、聞こえてくる。

でも、ぼくは「気をつけ」の姿勢になった。自分でもいつそうしたのかわからない。うつむいて、肩をすぼめ、か細く裏返った声で「すみません、こらえてください」と言った。考えて、選んだ言葉じゃない、勝手に口が動いていた。

「なんじゃや、こんなん、オンビンタレか」

デブはおかしそうに笑って、ぼくに背中を向けた。臆病者と呼ばれた。ケンカの相手にもしてもらえない、オンナオトコになった。

吉野くんは地面にうつぶせていた。両腕を枕のようにして顔を隠し、もう起き上がってこなかった。「四年のくせに六年につっかかるいうて、なめんなや、おう」

鼻詰まりの奴が言った。

「まあ、ほいでも、ええ根性しとるわい」とデブが、佐賀先生と同じだ、最後はほめるように言って、「もうええわい、去のうで」と三台並べて停めてあった自転車に顎をしゃくった。

三人組が立ち去ったあとも、吉野くんはうつぶせたまま顔を上げなかった。肩が波打つように大きく揺れていた。泣いているのかもしれない。

水飲み場にいたみんなが集まってきた。「ヨッさん、ヨッさん」と口々に声をかける。ぼくのことはだれも呼ばない。三人組に一発も殴られなかったぼくは、あいつらを殴ることもできず、ただここに立っていただけで——いやな言葉が浮かんだ、吉野くんを「見殺し」にしてしまった。もっといやな言葉が浮かぶ。ぼくは吉野くんを「裏切った」。

人垣の隙間《すきま》から、吉野くんが起き上がるのが見えた。泣き顔じゃなかった。笑っていた。

「かなわんのう、負けてしもうたわ」

張り詰めていた空気がふわっとゆるみ、みんな吉野くんを慰めたり励ましたりした。吉野くんは励ましの声には「おう、近いうちにぜったいに復讐《ふくしゅう》したるけん」と力強く答え、同情するような慰めの声には「えらそうなこと言うな」と本気で怒っていた。

だれかが保健室に行ったほうがいいんじゃないかと言っても、「アホか」と首を横に振る。吉野くんのおかあさんは、保健室の先生だ。だからなのか、体育の時間に転んで膝をすりむいても、授業中に虫歯が痛くなっても、ぜったいに保健室には行かない。そういうところもオトコらしさなのかもしれない。

「ほいでものう……なして三対一になったんじゃろうのう。わしら、二人でケンカしに行ったはずじゃけどのう」

こっちを見た。吉野くんと、みんな。

「のう、ヒロシ、教えてくれえや」

とぼけた声が、胸を小突く。でも、きっと、あのデブに小突かれたときの吉野くんのほうが痛かったはずだ。

黙りこくって、謝るつもりで頭を小さく下げた。

「こんなん、オトコのクズじゃ」

みんながうなずいた――かどうかはわからないけど、ぼくをかばってくれるともだちは一人もいなかった、それだけ確かめて、ぼくは水飲み場に向かって駆けだした。呼び止めてくれるともだちも、いなかった。

2

肘《ひじ》を左脇の下から離さない心がまえで、やや内角をねらい、えぐり込むように――。

「打つべし！」

声と同時に、拳を固めた左腕を前に突き出した。「打つべし！　打つべし！　打つべし！」

と小刻みにつづけ、それに合わせて左ジャブをくりかえした。

標的は、公園のイチョウの木の幹。腕をいっぱいに伸ばしてもぎりぎり届かない距離をとって、何発も打つ。マンガだと「シュッ」という風を切る音が聞こえてくるはずだけど、自分で見てもわかる、ふにゃふにゃとした弱いパンチだ。それがくやしくて、思いきりえぐり込んで腕をひねると、肘の筋が攣《つ》ったように痛くなった。

息があがるまで左ジャブの練習をして、ベンチに戻り、家から持ってきた『あしたのジョー』のコミックスをめくった。左ジャブは、〈あしたのために・その1〉——鑑別所に入れられたジョーに段平のおっちゃんが書き送ったボクシングの通信教育だ。

〈あしたのために・その2〉は、右ストレートだった。

〈左ジャブで敵の体勢を崩し、突破口を見いだせば、すかさず右ストレートを打つべし。これ、拳闘の攻撃における基本なり。右ストレートは右拳に全体重をのせ、まっすぐ目標をぶちぬくように打つべし。このさい、打ったコースと同じ線上を同じスピードで引き戻すこと。一発でKOを生む必殺パンチなり〉

マンガに出ていた説明を何度も読み返して、首をひねりながら、右ストレートを軽く一発打ってみた。全体重をのせたら、パンチを放つのといっしょに体ごと前につんのめってしまう。

あーあ、とため息をついて、ブランコに腰かけた。ブランコ板の真下のくぼみにイチョウの枯れ葉が降り積もって、足で踏むとクッションみたいなやわらかな感触が伝わる。

空を見上げた。いい天気だ。空のてっぺんは、まだ他の色をなにも混ぜていないようなくっきりした青。西のほうにいくにつれて夕暮れの茜色《あかね》が濃くなってくる。

朝の天気予報によると、あすの金曜日も快晴らしい。あさっての土曜日も、たぶん晴れ。天気予報のお姉さんは「週末は絶好のコウラクビヨリになりそうですね」と笑っていた。

いまごろ、クラスのみんなは学校のグラウンドで野球の練習をしているだろう。あさっては四年六組と試合だ。四時のチャイムが鳴るまで少しでもたくさん練習しようと、吉野くんがみんなに全力疾走を命令している姿が目に浮かぶ。エラーをしたともだちを「なにしよるんな、ボケが！」と怒鳴りつける声も、耳の奥でなぞることができる。

でも、そこにぼくはいない。これからずっと、ぼくのいないグラウンドの風景がつづく。

ぼくは四年三組の男子から追放された。

ともだちを裏切って、見殺しにしたから。

吉野くんが決めて、みんなもそれに従った。だれも口をきいてくれない。休み時間の遊びにも交ぜてくれない。月曜日から始まって、いつまでつづくかは知らない。

ブランコ板に立ち乗りして、軽く漕《こ》いだ。体が前に押し出されるときより後ろに引き戻されるときのほうが、おなかから重みがすうっと消えて、気持ちよかった。

一振りごとに膝を曲げたり伸ばしたりして勢いをつけ、漕いでいく。鎖《くさり》がキイキイと音をたてる。風が吹く。町に吹いているのとは逆向きの風だ。秋の終わりから春になるまで、風は町の北側の山から吹いてくる。ときどきみぞれも交じる冷たい風だ。ブランコは、南に向いている。怖くて身がすくむぐらいブランコを大きく漕いだら、いっとう高い位置に来たときに、ちらりと海が見えるらしい。いままではおっかないから試したことはなかったけど、やってみたい。

鎖を握り直した。指に力を込めた。ぷよぷよとやわらかくて小さな握り拳が、くやしくてたまらない。

ブランコ板は、どんどん高くなっていく。しっかり踏ん張っていないと、振り子のてっぺんで足が板から浮き上がってしまいそうだった。

謝れば、許してくれるだろうか。何度も思った。吉野くんの背中に声をかけようとしたこともある。ヨッさん、土曜日はすまんかったのう、わし怖かったんよ、ほんまはケンカやこうしたことなかったんよ、じゃけえ怖《こお》うて怖うてかなわんかったんよ、オンナオトコでええけえ、もうこらえてくれえやあ、わしも仲間に入れてくれえやあ。校内放送の原稿みたいに、謝る言葉も決めていた。

でも、言えなかった。言いたくなかった。そういうのはオトコらしくないから——なんてオンナオトコが思うのって、ヘンだけど。

海が見えた。ほんの一瞬、水平線のところが、ちょっと。

やった、と喜んだはずみに、足の裏から重みが消えた。ブランコ板が斜めに傾《かし》いで、鎖がよじれた。体が後ろに引き戻される。両手で必死に鎖をつかんだけど、足は揺れる板をとらえられない。振り子の後ろのてっぺんまで来たときには、足と板は離ればなれになってしまった。もう一度、振り子が前に。踏み切ることができないまま、両手を鎖から離した。

飛んだつもりで、実際にはほとんど真下に落ちた。背中に板があたった。着地は足からだったけど、バウンドするみたいに何歩か前につんのめって、最後は両手でかばう間もなく、顔から地面に倒れ込んだ。

おでこをすりむいた。鼻の頭をぶつけた。目をつぶった暗がりの中でまばゆい光がにじむようにまたたいた。

土曜日の吉野くんと同じように、うつぶせたまま、しばらく動かなかった。鼻をぶつけたときに出た涙が、止まらない。

月曜日から毎日、昼休みをひとりぼっちで過ごしてきた。教室に残っていると女子の目が気になって恥ずかしいので、五時限めが始まるまで校舎の中を歩きまわった。六年生の教室の並ぶ三階の廊下には足を踏み入れなかった。向こうから体の大きな上級生が来るのが見えたら、顔を伏せてすれ違った。

放課後もひとりぼっちだった。月曜日と火曜日は家にいたけど、水曜日に「野球の練習、今日もないん？」と母にきかれた。「あるよ、いま行こうと思うとったんよ」と答え、グローブを自転車のカゴに入れて、海まで出かけた。波打ち際の湿った砂を丸めて放って、ひとりでピッチング練習をした。母には言えない。ぜったい、なにがあっても。今日も、公園の門に停めた自転車のカゴにはグローブが入っている。あしたはどこで時間をつぶそう。あさっては、しあさっては、その次は……。

きょうだいのいないぼくは、ともだちがいなくなると、ほんとうのひとりぼっちになってしまう。それに気づくと、まぶたがもっと熱くなった。

すり傷は、おでこより鼻のほうがひどかった。風邪をひいて鼻水が詰まったときみたいに重く、そっと触るだけで目の奥にまで痛みが突き抜ける。公園の水飲み場には鏡がなかったので傷のぐあいはわからなかったけど、家に帰るなり母が驚いた顔で言った。

「どないしたん、鼻」

「うん……ちょっと、こけた」

「皮がペローッて、むけとるが」

「ほんま?」

「傷口に砂も入っとるし、膿《う》むかもしれんよ」

消毒のオキシフルが、ガンッと音が聞こえそうなほどしみて、また涙が出た。鼻の頭の皮は、傷口の上のほうでちょっとだけくっついていて、母がそれをはがすと、うめき声も漏《も》れた。

「おおげさなんじゃけえ。オトコの子じゃろ？　がまんしんさい」

母はオロナイン軟膏《なんこう》と、ふだんはめったに使わせてもらえないバンドエイドをぼくに渡すと、「いまカレイ煮とるけん」と立ち上がった。

「おかあさん」

居間を出る背中に声をかけた。振り向く前に、「オンナの子じゃったら、びいびい泣いてもええん？」ときいた。

母は「なに屁理屈《へりくつ》言いよるん」とあきれたように笑い、「オロナイン、ようすり込んどきんさいよ」と言って台所に戻った。

薬を塗って、ガーゼが傷口にくっつかないようバンドエイドを貼った。傷の痛みとオキシフルのツンとしたにおいまで、なんだかぼくを「このオンビンタレのひきょう者《もん》が」と叱っているようだった。

自分の部屋に入って、『あしたのジョー』のコミックスを本棚にしまい、さっきの復習のつもりで〈あしたのために・その1〉と〈その2〉をやってみた。

「シュッ、シュッ、バーンッ！」

口で音を出したけど、左ジャブ二発に右ジャブ一発、合計三発のパンチは、ちっとも風を切り裂かない。鼻が重くて、熱くて、バンドエイドを貼りつけたあたりがむずがゆい。

本棚には、『仮面の忍者赤影』のコミックスもある。忍者の技はボクシングより強いだろう、なんて。だったらウルトラマンのスペシウム光線やウルトラセブンのアイスラッガーのほうが強いだろう、なんて。ぼくはそこまでガキじゃない。

押し入れの襖《ふすま》を開けて、積み重ねた布団をサンドバッグ代わりにジャブとストレートを打ちつづけた。布団は意外と固い。何発か打つと握り拳がひりひりしてきた。でも、ひとの体はもっと固いはずだし、殴られたほうはもっともっと痛いはずだ。

後ろに少し下がって、助走つきで右ストレートを一発。布団と布団の間に手首までめり込んだ。助走の距離を延ばして、体当たりのつもりでもう一発。「全体重をかける」というのが、少しずつわかってきた。さらにもう一発、もう一発、もう一発……。

「ヒロシ、なにバタバタしとるん、うるさいよ」

台所から、母が言った。

3

翌日――金曜日の朝、昇降口で靴を履き替えていたら、同じクラスの田辺智子さんに声をかけられた。

「矢沢くん、鼻どないしたん？　紫色になっとるが。どっかにぶつけたん？」

まっすぐに切りそろえたオカッパの前髪の下で、左右の眉毛《まゆげ》が寄った。

「おう、ちょっとな、どげんいうことありゃせんわ」

『夕やけ番長』みたいにぶっきらぼうに言えた、はずだ。

でも、しゃべるそばから鼻はズキズキ痛む。昨日よりも今日のほうが腫《は》れがひどい。ゆうべ風呂に入ったあとでていねいに消毒したのに、朝バンドエイドを取り替えるときに見たら、黄色い膿《うみ》がガーゼに貼りついて、はがすと鼻ごとちぎれそうなほど痛かった。

田辺さんは二学期の女子のクラス委員だ。勉強はそんなにできないけど、ピアノと歌は女子の中でいちばんうまくて、男子を合わせてもいっとう背が高い。習字も得意で、たしか五段、県の書道コンクールで金賞を取ったこともある。太い眉毛と「タナベ」をひっかけて、男子は「ゲジベエ」とからかうけど、ぼくはけっこうかわいいんじゃないかと思っている。

「痛いん？」

下から鼻を覗《のぞ》き込んでくる。

ぼくは顔をそむけ、「べつに」とそっけなく返した。上履きをつっかけて、簀《す》の子《こ》につま先を蹴りつけて踵《かかと》を入れる。乱暴なしぐさになった。簀の子がガタガタと音を立てる。バレエシューズみたいな上履きがカッコ悪くていやだった。ズックも紐《ひも》付きのサッカーシューズみたいなのを履きたいけど、母は「紐がほどけたらめんどうくさいじゃろ？」と言って、買ってくるのはいつもマンガのついたゴムシューズだ。

「ケンカしたん？」

なにも答えなかったら、田辺さんはふと思いだしたふうに「矢沢くん、土曜日に六年のひととケンカしたんて？」ときいて、黙っていると「ヨッチといっしょに決闘したんてね」とつづけた。

吉野くんを「ヨッチ」と呼ぶのは、クラスで田辺さんだけ。二人は家が近所で、幼稚園の頃からの幼なじみだ。吉野くんは幼稚園の頃のあだ名をすごくいやがってるけど、田辺さんは平気でつかう。ときどき、からかうようにも言う。「ゲジベエ」は、吉野くんがその仕返しにつけたあだ名だった。

「ねえ、ヨッチ負けたんてね。矢沢くん見とったんやろ？　どんなふうに負けたん？」

「知らん」

「ほとんど引き分けみたいなもんやったって男子は言うとるけど、それ、ほんまなん？」

「知らんて言いよるが、せろしいけえ、あっち行けえや」

簀の子を踏みつけて廊下に向かった。

「ちょっと待ってよ。うち、なんかいけんこと言うた？」

田辺さんは小走りになって、すぐに追いついて横に並んだ。

「ねえって、矢沢くん……」

「うるせえのう、そげんヨッさんのことが心配なんじゃったら、本人にききゃあよかろうが」

「べつに心配やこうしとらんもん」

嘘《うそ》だ、そんなの。吉野くんと田辺さんは、しょっちゅう口ゲンカをしていても、ほんとうはお互いに好きなんだと思う。本人たちはぜったいに「違う」と言うはずだけど、ぼくにはわかる。クラスのみんなもうっすら勘づいていて、だから先月、運動会が終わった少しあと、黒板に相合い傘が落書きされたこともある。吉野くんのギャグにぼくがあまり笑わなくなったのは、その頃からだった。

田辺さんは歩きながら「ほんまにうち心配しとらんのよ、ほんまよ」と何度も念を押して、小刻みに息を継いだしゃべり方で言った。

「うちがたの集団登校の班長さん、ヨッチと矢沢くんとケンカしたひとと同じクラスなんよ。それでね、昨日聞いたんやけど、そのひとら、ヨッチのこと、もういっぺんしごしたる、て」

「それ、ほんまか？」

「あ、でも、そのひと矢沢くんのことは言いよらんかったけん、だいじょうぶなん違う？　どうせ矢沢くん、ヨッチに無理やり付き合わされたんやろ？　そんなんでとばっちり食うたら、アホみたいやん」

「……うん」

「六年だけじゃないんよ。五年のひともヨッチのこと、ぶち横着じゃ言いよりんさるけん」

「五年生じゃったら、ヨッさん、勝つ思うけどな」

「じゃけど、うち、ヨッチとケンカしたんは五年の中でも弱いひとじゃったて聞いたよ？　上級生やもん、ヨッチより強いひといっぱいおるわ、矢沢くんもそない思わん？」

黙って小さくうなずいた。同じ田辺さんの声でも、「ヨッチ」と「矢沢くん」は響きが違う。たとえこっちが頼んでも、田辺さんはぼくを「ヒロシ」とは呼んでくれないだろう。

階段をのぼりきったら、廊下の突き当たりで四年三組の男子が馬乗りをして遊んでいるのが目に入った。

吉野くんは馬になった三上くんの背中にまたがって、「山根、腰じゃ、野田ちんの腰の上に乗れえよ」と味方に指示を出していた。

何人かがぼくに気づいた。吉野くんに目配せして、なにか話しかける奴もいた。

吉野くんが振り返る。目が合った――と思う間もなく、そっぽを向いた。ぷい、という音が聞こえてきそうだった。みんなもそれを見て、ちょっと困ったような顔になったけど、やっぱり吉野くんと同じように目をそらした。

「ちょっとあんたら、廊下で馬乗りしたらいけんのん違うん？　先生に言うよ！」

田辺さんが、高い声で言った。

「やかましいど！」

吉野くんの声が号令みたいになって、男子のみんなはいっせいに「ゲジベエ！」「ブス！」

「ジャイアント馬場！」と田辺さんの悪口を言いはじめた。

「もう、好かーん……」

田辺さんは唇をとがらせて、でも本気では怒っていなかった。「矢沢くん、男子注意せないかんやん」とぼくに言う声も、いまにも笑いだしそうだった。

ぼくはまたうつむいた。

なにかしゃべらないといけない。黙りこくっているのはヘンだ。顔を上げないと、ぼくが男子から追放されたことが田辺さんにも知られてしまう。

あせって、胸がどきどきして、鼻がまた重くなって、みんなの嫌われ者なんてすごくカッコ悪いなあと思ったとき、口が勝手に動いていた。

「ほんまは、六年にしばかれたんよ」

「え？」きょとんとした顔で聞き返された。「ごめん、いま、なんか言うた？」

「……こないだの六年にしばかれたんじゃ、わし」

「それほんま？」

「そいじゃけえ、鼻、ケガしたんじゃ」

「なして？　ねえ、なして矢沢くんがそげなことされないかんの？」

「……知らん」

「ヨッチの身代わりなん？」

答えなかった。黙っていれば答えになる。ずるいところだけ、考えがよくめぐった。

田辺さんの太い眉毛が、また真ん中に寄った。ぼくはもうなにも言わず、足を速めて廊下を進んだ。背負ったランドセルの陰に頭ごと隠すみたいに深くうつむいて、立ち止まりも振り向きもせずに教室に入った。

席についてランドセルを降ろしたとき、初めて、自分がなにを言ったのかが胸に染みた。嘘つきだ。吉野くんにも嘘をついて、母にも嘘をついて、田辺さんにも嘘をついて、ぼくはどんどんオトコらしくなくなっていく。

4

五時限めと六時限めの間の休み時間も、ひとりぼっちで過ごした。たぶん放課後もだめだろう。月曜日から、これで丸五日、追放がつづいたことになる。女子ももう勘づいているかもしれない。休み時間になるたびに、女子のおしゃべりが気になってしょうがない。みんなちらちらとぼくを盗み見ているような、顔を見合わせて笑っているような、低い声で話している女子は、ぼくをあわれんで、同情しているのかもしれない。

田辺さんはどうだろう。ぼくの嘘を信じただろうか。最初から見抜いていただろうか。信じられても困る。でも、嘘がばれているなら、もう田辺さんの顔をまともに見られない。

後悔と恥ずかしさがぜんぶ鼻に溜《た》まる。重くて、熱くて、痛みはしびれるような輪郭《りんかく》のないものに変わっていた。

六時限めが始まった。得意な国語の授業だったけど、佐賀先生の声は耳をかすめるだけで、ちっとも頭に入らない。

四十五分の授業がほとんど終わりかけた頃、教室の後ろのほうで、ごそごそする気配がした。男子だ。先生が黒板に向かう隙を見て、こっそりメモを回している。なんのメモかは知らない。でも、だれの書いたメモかはわかる。授業中にそんなことをするのは吉野くんしかいない。

メモは男子限定だった。ものわかりのいい女子は前や隣の席の男子にメモを渡してくれるけど、そうでない女子が間に挟まっていると、先生に見つからないよう気をつけて席を立って、次の奴に回さないといけない。たったいま、前の席に女子が二人並んだ三上くんが、かがんで席から離れ、徳永くんにメモを回したところだ。

あと何人だろうと目で数えていたら、不意に気づいた。

男子限定のメモは、男子から追放されたぼくには回ってこないんじゃないか――。

ぼくを飛ばしてメモが回るのを、女子も見る。みんな見る。田辺さんだって見る。

「先生」

手を挙げた。黒板に漢字の書き順を書いていた佐賀先生が「うん？」と振り向くのと同時に立ち上がって、「ちょっと鼻のケガが痛いんで、保健室行ってきてええですか」と言った。

また、嘘をついた。

保健室の吉野先生——吉野くんのおかあさんは、学校でいちばん優しくて、いちばん人気のある先生だ。雨の日の昼休みは、遊びに来た六年生の女子で保健室が満杯になることもある。

「ちょっとがまんしんさいよ、膿みかけとるけんね」

傷口にオキシフルをつけてもらった。「痛《いと》うないよ、痛うないよ」と声をかけて塗ってもらったせいか、家で母につけてもらうときよりもしみなかった。消毒のあと、先生は黄色いチョークの粉のような薬を載せたガーゼを鼻にあてて、絆創膏《ばんそうこう》で留めた。オロナイン軟膏よりこっちのほうが、傷口が乾くので早く治るらしい。

「それでも、えらいところすりむいたんねえ、どないしてそげんなったん？」

少し迷ったけど、正直に答えた。

「あらあ、危ないなあ」と先生は笑いながら言った。性格はぜんぜん違うのに、笑った顔は吉野くんと似ている。

「鼻をすりむいただけですんだけんよかったけど、着地のときに足の骨の折れる子もおるんよ。ブランコいうて軽う見たらいけんよ、大ケガすることもあるんじゃけえ」

いっそ大ケガをして学校を休んだほうがよかった。一瞬思って、すぐに、アホ、と打ち消した。

「傷口がグチュグチュせんようになったら、なるべく風にあてて早うカサブタにしたほうがええけんね。まあ、二、三日のうちに楽になる思うわ」

先生はカードに日付や時刻や薬の名前を書き込みながら言った。

「……いつじゃったかなあ、ウチの子が矢沢くんのこと話しとったよ」

意外だった。ぼくは母に吉野くんのことなんて話していない。一年生の頃、海でケガをしたときに謝りに来た同級生だというのは、おぼえているだろうし、今年同じクラスになったのも知っているはずだけど、それだけだ。

「矢沢くん、ウチの子のライバルなんてね」

驚いて顔を上げると、先生はにっこり笑ってつづけた。

「おかしいんよ、オトコはライバルがおらにゃいけんのじゃ、いうてね、生意気なこと言うんよね」

また顔を伏せた。

ライバル——意味は知ってる。でも、自分でつかったことはない。『あしたのジョー』のジョーと力石徹、『巨人の星』の飛雄馬と花形満、『仮面ライダー』の本郷猛とゾル大佐は……違うかな、本郷猛と一文字隼人のほうがライバルなのかな、よくわからないけど、どっちにしてもマンガやテレビの世界の言葉だと思っていた。

ぼくと吉野くんがライバル？

なんで？

不思議で、奇妙で、納得《なっとく》がいかなくて、くすぐったくて、照れくさくて、うっとうしくて、ほっとした。「わくわく」なのか、「どきどき」だろうか、どっちにしても胸の奥が熱い。鼻から上でムッとした顔をつくったけど、鼻から下は自然に頬や口元がゆるんで笑いそうになって、ちょっとだけうれしくて、うれしいんだと気づくとさびしくなって、さびしさを感じる理由をたどったら、もっとさびしくなってしまった。

右足の半パンの裾《すそ》をほんの少しめくって、太ももの後ろ、一年生のときに海の岩場にぶつけてつくった傷痕《あと》をそっとさすった。たった三針の傷痕は、いまはもうこんなふうにわざと触らないと気づかないほどだ。ケガをしたとき、吉野くんはあせって、怒って、心配してくれていた。でも、「だいじょうぶか？」とは言わなかったっけ。ライバルらしい、よな。

授業の終わるチャイムが鳴った。

「矢沢くんのほうがよう知っとる思うけど、ウチの子、元気はええんやけどワガママなところもあるけんね、あんまり横道《おうどう》なことしたらビシビシ言うたって、ね？」

先生は、そこまでを吉野くんのおかあさんになって言って、「お風呂に入ってもええけど、傷口はあんまり濡らさんようにしんさい」と最後にまた保健室の先生に戻って、治療カードをファイルした。

教室に戻ったときには、もう『終わりの会』はすんでいた。佐賀先生のいなくなった教室は、帰りじたくをするみんなの声で騒がしい。それに紛れて後ろのドアからこっそり入ったら、山根くんに見つかった。

そっぽを向かれる――という覚悟は、空振りした。

山根くんはぼくが戻ってくるのを待ちかねていたみたいに、「ヒロシ、ヒロシ、おまえ、おおごとになったで！」と駆け寄ってきた。

その声に、教室の前のほうにいた三上くんや永射くんや市川くんも集まってきた。三人とも机の角に膝をぶつけたり、蹴つまずきそうになったり、ひどくあわてていた。

「どないしたん？　なんかあったん？」

山根くんにきくのと同時に、「やかましいわい、ボケ！」と怒鳴り声が教室中に響き渡った。教壇だ。女子に囲まれた、吉野くんの声だった。

「うち、先生に言うけん、そしたらええやろ？」と吉野くんに言い返しているのは、田辺さんだった。

「ぜんぜんようないわい、いらんことするな」

「なしてね、ケンカはいけんいうて、先生も言いよるが」

「先公やこう、関係あるか」

「あるよ、学校のことやもん。うち、いまからヨッチのおかあさんに言うてくるけん」

「ボケが、そげなことしたら、こんなん、ぶち殺したるど！」

吉野くんの顔は真っ赤になっていた。いままでに見たことがないくらい興奮している。

山根くんが早口にぼくに言う。

「ヨッさん、ヒロシのカタキじゃいうて、また六年のあんならとケンカするんじゃ」

背中を冷たいものが滑り落ちた。

市川くんが、山根くんよりもっと早口につづける。

「ヒロシ、ゲジベエに言うたんじゃろ、それゲジベエがヨッさんに言うて、ヨッさんぶち燃えたんじゃ」

渡辺くんが、もっともっと早口に。

「ハラくくっとるけえの、ヨッさん。さっきもおまえ、わしゃ涙出そうになったで、授業中に遺書書いての、みんなに読めいうて回したんじゃけえ」

永射くんが、もっと、もっと、もっと早口に。

「ヨッさん、わしに形見でライダーカードくれるんじゃ」

「アホ、こんなん、なにうれしそうに言いよるんな」と永射くんの頭をはたいた渡辺くんが、教壇に向き直り、てのひらをメガホンにして言った。

「ヨッさん、ヒロシ帰ってきたで！」

教室中の視線を浴びて、思わずたじろぎ、二、三歩あとずさった。

吉野くんは教壇からじっとぼくを見据《みす》えていた。

田辺さんも半べその顔でぼくを振り向いた。

ざわめきが消える。

吉野くんは興奮をしずめるように大きく息をついて、「ほんまにあんならにしばかれたんか」と言った。「ほんまに」のところを強めていたような気がして、ぼくの喉はキュッとすぼまってしまう。

「じゃけど、矢沢くん、べつに怒っとらんよね？　ね？」田辺さんがすがるように言った。

「うち、いらんこと言うたけど、ほんまは矢沢くん、六年のひとのこと怒っとらんよね？」

「うるせえんじゃ、オンナは黙っとれ！」

「ねえ、矢沢くん、ヨッチに言うたってよ。仕返しやこうせんでもええが。六年のひとら上級生なんやけん、ね？　ね？」

「オトコの話にオンナが口出しすんな！　しばくど！」

吉野くんは声を裏返らせて叫び、黒板消しをつかんで足元に叩《たた》きつけた。チョークの白い粉が勢いよく舞い上がる。女子の悲鳴が何重にも重なって、田辺さんはとうとう泣きだしてしまった。

自分より背の低い女子のともだちの肩に顔を埋めて泣く田辺さんを見ていると、ぼくまで泣きたくなってくる。

「ヒロシのために仕返しするんと違うで。ええか？　四年三組の名誉のためじゃ、こげん泥かけられて、ええようにされて、黙っとるほど、わしらオンビンタレ違うんじゃけえ」

吉野くんは田辺さんのすすり泣きの声を隅に押しやるように言って、教壇からみんなを眺め渡した。

目が合った。

「のうヒロシ、三人おるうちのだれにやられたんな。あのデブか？」

ぼくはまた一歩あとずさった。背中が壁にあたる。頭の中を言葉がぐるぐるめぐっている。でも、どんな言葉か自分でもわからない。

吉野くんがさらになにか言いかけたとき、教室の前のドアから井上くんと松永くんが駆け込んできた。

「ヨッさん、言うた、言うてきたで！」

息のあがった声で井上くんが言った。

「で、どげんてや？」と吉野くん。

「なんのこっちゃわからんけど、ケンカは買《こ》うたる、て」松永くんは額の汗をぬぐい、右手の指を親指以外すべて開いた。「四時に、公民館の裏にお宮さんがあるじゃろ、そこに来い、て」

教室がどよめいた。

吉野くんは「うっしゃあっ！」と一声吠《ほ》えて、田辺さんの代わりに口々に「やめとき」「先生に言うよ」と止める女子にかまわず、黒板に一発右ストレートを入れた。

山根くんが、ぼくの肩をつつく。

「なんのこっちゃわからん、いうて……あんなら、とぼけとる思わんか？」

喉がまたすぼまって、息苦しい。嘘ばかりついてきた。ぼくは嘘つきの、ひきょう者の、オンビンタレの、裏切り者の、オンナオトコだ。

いやだ、そんなの、ぜったいに。

「ヨッさん」

声が、口じゃなくて、こめかみから出たような気がした。

「なんな、ヒロシ」

「ヨッさんは行かんでええよ、いらんことせんでええけん」

「はあ？」

「わし、自分で行くけん」

アホ——頭の奥で、だれかが言った。なに考えとるんじゃ、こんなん。だれの声だろう。土曜日に聞こえたのと同じ。あーあ、かなわんのう、オトコはつらいのう。笑いながら、ぼくをほめてくれているのかもしれない。

5

自分の部屋に飛び込むと、ランドセルを放りだして、『あしたのジョー』のコミックスを大急ぎで読み返した。庭で落ち葉を掃いていた母に「ヒロシ、手ェ洗《あろ》うて、うがいしたん？」ときかれ、「した」と答えた。こういう嘘ならついていい、と思った。

〈あしたのために・その3〉は、クロスカウンターだった。

〈相手が全力で打ちこんでくる。その腕に十字型にクロス……交差させて、まったく同時に自分も打ち返す。相手の腕の上を交差した自分の腕がすべり、必然的にテコの作用をはたして、三倍……いやさ、四倍！　思うだに身の毛もよだつ威力を生みだす！〉

よくわからない言葉もあったけど、すごそうなパンチだ。じっさい、ジョーはそのクロスカウンターを必殺技にしていた。

でも、練習する時間はない。相打ちのパンチを打ってくる練習相手もいない。とりあえず、すごいパンチなんだとわかったことで、いい。

〈その4〉は、手首を鍛えること。少年院にいたジョーは片手でクワを振って畑仕事をしていたけど、そんな時間はない。四時まで、あと三十分たらずだ。

〈その5〉と〈その6〉は、フットワークと防御。マンガの絵をお手本に、スキップみたいに足を運んだり、上体をそらしたり、顔を両手でガードしたりした。

そして、〈その7〉は、〈孤独との闘い〉。本を閉じて、大きくゆっくりと深呼吸した。マンガを教科書になんかしなくてもいい。闘いは連戦連敗だったような気もするけど、ぼくはもう、孤独の意味がなんとなくわかっている。

「ここだけ掃いたら、おやつにするけんね」と母が庭から言った。

「おやつ、いらん。もう遊び行くけん」

本をしまいながら答え、窓からそっと母の背中を見た。吉野くんみたいに遺書を書いたほうがいいだろうかと思ったけど、「あいつはなんでもおおげさな奴じゃけん」と、わざと声に出してつぶやいて笑った。


自転車に乗って家を出て、最初の交差点を曲がったら、後ろからベルで呼ばれた。

振り返るより先に、吉野くんの自転車が隣に来る。

「ヨッさんは来んでええ、言うたが」

怒った顔で、でもほんとうは少し――すごく、うれしかった。

「見物するんじゃ。ヒロシのケンカの強《つえ》えとこ、見せてもらわにゃいけんけえ」

「アホ……」

笑いそうになるのをこらえて、下を向いた。

吉野くんも、なにか言いたそうな顔でぼくを見たけど、まあええわい、というふうにそっぽを向いた。ぼくを追放していたときと似ている。でも、ぜんぜん違うしぐさだ。

吉野くんが顔を戻す。目が合うと、脅《おど》すように言った。

「ぜったい勝てよ、四年三組の名誉がかかっとるんじゃけえの」

「負けるって。わし、ケンカするの生まれて初めてじゃもん」

かんたんだった。あっけなさすぎて、ほんとうにいましゃべったのかどうか不安になりそうなほど。

吉野くんは、またそっぽを向いて笑った。反応はそれだけだった。

さかあがりを覚えたら何度でもやってみたくなるように、ぼくはさらにつづけた。

「それでの……わし、鼻のところケガしたん、ほんまは……」

言いかけた「ブランコ」は、「そげなん、どっちでもええんじゃ」という吉野くんの声にはじき飛ばされた。

「オトコのケンカはの、いっぺんハラくくったら、もう理由やこうどげんでもようなるんじゃ。ゴタク並べにゃビンタも張れんオンナとは違うんじゃけえ」

吉野くんはそう言って、自転車のスピードを上げた。

ぼくもサドルからお尻を浮かせ、ペダルを強く踏み込んで追いかける。

「のうヒロシ、向こう、何人で来るかのう」

「こないだの三人と違うん？」

「わからんで、ぎょうさんおるかもしれん。ゲジベエもそげなこと言うとったしの。わしも二人じゃったらどないかできるけえ、三人組で来たら勝ちじゃけど、四人おったら負けじゃ」

怖がっている様子はない。逆に、それを期待しているみたいだ。

「ヨッさん、怖うないん？」

吉野くんは少し黙り、何度か唇を舌でなめて、「わしゃあ、学級会の司会するほうがよっぽど怖《こえ》えわ」と、いつものとぼけた声で言った。でも、胸を小突かれたとは感じなかった。握手されたとまでは思わないけど、こっちも小突き返せるんだろうな、と思った。

「ほいでも、ヨッさん、ええのう、ゲジベエに心配してもろうて。あんなん、ヨッさんの嫁になりたいん違うか？」

「アホ、わしの嫁になるんは、真理ちゃんだけじゃけえ」

天地真理ちゃんは、ぼくだって好きだ。『ひとりじゃないの』は二番の最後まで歌える。

やっぱりライバルじゃのう、わしら——。

恥ずかしくて口には出せないけど、「親友じゃのう」よりオトコらしくてカッコいい。

公民館までは、あと少し。この道をまっすぐ進んで三つめの角を曲がれば、六年生たちが待っているのが見えるだろう。

「ヒロシ、怖かったら、ほんまに去んでええど」

「……だいじょうぶじゃ」

「殴られると痛《いて》えんど、こんなん、知らんくせに無理せんでええて」

「知らんけえ、やってみるんじゃ」

「向こうが五人以上おったら、ごめーん言うて、すぐ逃げようで。わしも好きに殴られるん、いやじゃけえ」

どこまで本気かわからないけど、「そうじゃの」とうなずいた。

一つめの角を過ぎた。

逃げたあと、吉野くんを消防団の倉庫の裏にある馬場商店に連れていってやろう。あそこの店は、ばあちゃんが怖いからみんないやがって買い食いに行かないけど、ライダーカードのいい番号が出るので、ぼくの秘密の場所になっている。

二つめの角を過ぎる。

胸がどきどきしてきた。殴られたら泣くかもしれない。でも、ぜったいに吉野くんには涙を見せたくない。

「ヒロシ、行くで。ガーッとつっこんでって、ビビらせちゃろうで」

吉野くんは自転車のスピードをさらに上げた。

ぼくも負けない。

三つめの角を、曲がった——。

第七章　世の中

1

田原《たはら》は栗本《くりもと》の席の横に立った。ぼくを振り向いて、目が合うと、へヘッと笑う。

「なるべく近くまでくっつくんがコツじゃけえ」

田原はそう言って、机の縁に体がつくまで距離を詰めた。「ちんぽがあたるぐらいがちょうどええんじゃ」と、また笑う。

「クリ、頭の上になんか置けえや。物差しでもシャーペンでも、なんでもええけん」

栗本は、田原に言われたとおり、三十センチ定規《じょうぎ》を頭に載せた。

「ええか、とにかくの、ねろうたものを見ちゃあいけんのよ。これにしよう思うて最初に決めたら、もうぜったいにそっちは見んようにするんじゃ。ちょっと見ただけのつもりでも、ひとにはようわかるんじゃけん」

「のお、田原」ぼくは自分の机に頰《ほお》づえをついて言った。「能書きはええけん、早《はよ》うせえや」

「あわてんなや、べつにヒロシに見てもらわんでもええんじゃけえ」

「……なにえらそうに言いよるんな」

「まあええやん、ヒロシ、とにかく見ようや」と栗本がとりなすように言って、ぼくと田原に交互に愛想笑いを送った。お人好しで、争いごとが嫌いで、気の弱い奴だ。

田原はぼくをにらんでいた視線をはずして、「よっしゃ、ほな、やるど」と何歩か後ろに下がった。

ぼくは頰づえをつき直し、冷ややかな、なんの興味もない表情をつくる。

「おっ、ここに物差しがあったんか。わし、欲しかったんよ、買ーおう、っと」

田原は芝居がかった表情と口ぶりで言って、また栗本の机の横にくっつき、右手を栗本の頭に伸ばした。ひょいと定規を取って、手を戻すのといっしょに足を後ろに踏み出して机から離れる。

机の端に置いてあった消しゴムが、ない。

「の？　かんたんじゃろう？」

田原は左手を開き、てのひらに載った消しゴムを見せた。

「ほんまじゃ……」と栗本がうなずき、ぼくは黙って唾《つば》を呑《の》み込んだ。頰づえでひしゃげた頰の奥で、こくん、と音がする。

「あとは、やっぱり今日はやめとこ、いうて物差しを元の場所に戻せば終わりよ。二、三回やってみりゃあ慣れるわ。わしもにいちゃんに教えてもろうて、すぐにできるようになったけえ」

田原は栗本に定規と消しゴムを返しながら、勝ち誇ったようにぼくを見た。ちくしょう、思わず目を伏せてしまった。胸がどきどきして、頰が熱くなる。

万引き——言葉は、とっくに知っていた。聞いたりしゃべったりしたことだって何度もあるけど、いまは耳でも口でもない、胸に、それがある。

小学五年生の三学期が、今日、始まった。

田原は冬休み中に十回以上万引きをしたらしい。学区内のスーパーマーケットや文房具店や駄菓子屋のどの店が万引きしやすくてどこが危ないというのも、くわしく知っていた。

もともとは目立たないおとなしい奴だ。勉強もスポーツも苦手で、テレビやマンガにくわしいわけでもないし、二学期の最後の席替えで隣どうしになったけど、いままでは親しく話すこともなかった。

そんな田原が、学校に来るなり「ヒロシ、ええこと教えちゃろうか」と万引きの話を切りだした。最初は相手にしなかった。万引きなんてオトコらしくないことは大嫌いだったし、そもそも田原に万引きをする度胸があるのが信じられなかった。

「つまらん嘘《うそ》つくなや」と言ってやった。「そげなハッタリかますひまがあるんなら、野球やサッカーの特訓せえや」とも、少し声をすごませて。

ふだんの田原なら、それでもうシュンとしておしまいだけど、今日は違った。信じないぼくを逆に見捨てたみたいに、近くの席の栗本をつかまえて同じ自慢話を聞かせ、「わしがやり方教えちゃるけえ、いっぺんやってみんか?」と誘ってきたのだ。

黒板の上に据え付けられたスピーカーから、女の先生の声が聞こえた。そろそろ始業式の時間だった。各クラスとも廊下で整列して講堂に入るように、と二度くりかえして放送が終わる。

「どないする?」教室がざわつくなか、田原が栗本にきいた。「今日、行ってみんか?」

「なに言うとるんな……」と栗本はぎごちなく笑った。

田原は、今度はぼくに向き直る。

「ヒロシはどげんする?」

やるわけない。あたりまえだ。

「アホ」そっけなく答えてやった。「泥棒みたいなこと、でけるか」

田原は薄笑いを浮かべて、ふうん、とゆっくりうなずいた。最初からぼくの答えを見抜いていたような、いやなしぐさだった。

「怖いんじゃろう、ヒロシ」

「そんなん違うわ」

「ほな、やってみりゃよかろうが。興味があったけん、いま見とったんじゃろ?」

アホか、と無視して席を立った。廊下に出る前に教室を振り向くと、田原はまだ栗本と話していた。身振り手振りを交えた田原の言葉に、栗本はちらちら横を見ながらうなずく。迷い顔だった。ひとはいいけど、いつもだれかにくっついて、なにかを決めるときになかなか煮え切らない。ユージューフダンっていうんだっけ、そういうの。

やがて二人は連れだって廊下に出てきた。栗本はうつむいて歩いていた。田原はぼくと目が合うと、小走りにそばに来て耳打ちした。

「言うとくけど、万引きは泥棒と違うど。どこの店でも、万引きされるぶんを最初から計算して商売しとるけん、わしらが盗《と》っても、べつに店は損すりゃあせんのよ」

黙ったままのぼくの腕を軽く小突いて、「じゃけん、そげんビビらんでもええんど」と笑う。

ぼくはそっぽを向き、田原もそれ以上はなにも言わずにぼくから離れた。

田原の話がほんとうかどうかは、知らない。たとえほんとうだとしても、やっぱり万引きなんてしたくない。

だけど、二週間の冬休みを挟んで、田原は急におとなびた。あいつはいま、ぼくの知らない世の中の話をしていたんだ、と思った。

行列がゆっくりと動きだした。白く曇った廊下の窓に、指で落書きしたマジンガーZの顔がたくさん浮かんでいた。後ろのほうでだれかがくしゃみをした。マスク越しにくぐもった咳《せき》をする女子も何人かいる。年末からみぞれが降ったりやんだりのぐずついた天気がつづき、風邪が流行《はや》っていた。

今年の冬はいつもの年より寒々しい。世の中のせいかもしれない。

始業式で校長先生が発表した三学期の全校目標は、「ものをたいせつにする」だった。トイレットペーパーやノートのむだづかいをやめて、電気はこまめに消して、石油ストーブはなるべく使わないように。校長先生が最後に「じっとがまんの子であった」と、ボンカレーのCMのせりふを笑福亭仁鶴の物まねで言うと、一年生や二年生は囃《はや》したてるように笑った。

でも、ぼくは知っている。世の中は、いま、たいへんなことになっているらしい。

去年の秋から石油の値段が急に高くなって、トイレットペーパーがなくなってしまうかもしれないと大騒ぎになった。

十二月の日曜日に両親に連れられて出かけた駅前のスーパーマーケットは、トイレットペーパーを買う客であふれ返っていた。

店員が「お一人さまワンパックです！」とマイクでがなりたてるそばで、母はぼくに何度も「ヒロシも一人ぶんなんじゃけえね、ちゃんともらうんよ、ええね」と言った。外に出かけて、あんなにおっかない顔をする母を見たのは初めてだった。ふだんは物静かな父も、行列に横から入ろうとしたおじさんを怒鳴りつけた。

人込みは左右にうねるように揺れ動き、押しつぶされてしまいそうで怖かった。おとなたちはみんな殺気立っていた。売り場ではおぶった赤ん坊も一人ぶんだと言い張るおばさんと店員が押し問答をして、トイレットペーパーを積んだ台車は通用口から出てきたとたんみんなに取り囲まれて、女のひとの悲鳴と男のひとの怒鳴り声があちこちで聞こえた。

トイレットペーパーだけじゃない。夏頃までページ数の多さを競争していたマンガ雑誌が、秋の終わりから急に薄くなり、紙もワラ半紙みたいに薄く黒っぽいものに変わった。

ノートの値段も、びっくりするほど高くなった。落書き帳がなくなったので買ってくれと母に言うと、母は裏が白い折り込み広告を切りそろえてホチキスで綴《と》じたものをくれた。その折り込み広告すら、薄っぺらな紙の両面に白黒で印刷したものが増えて、裏の白い広告が一枚も入っていない朝も多かった。

オイルショック——言葉は知っていても、アラブとイスラエルがなぜ戦争をするのか、どちらが正しいのか、遠い国の戦争でなぜ日本が困ってしまうのか、むずかしい話はよくわからない。

ただ、なにか、いままですんなりと進んでいたものが、去年の秋から急に止まってしまった、という気がする。石油がなくなるとこんなに大変なことになるなんて、いままで考えてもみなかった。日本では石油がほとんどとれないというのも初めて知って、これからどうなるんだろう、と心配でたまらなくなった。

四年生の頃まではなんの興味もなかった世の中というものを、五年生のぼくはうっすらと感じはじめていた。学校やともだちや家だけがぼくの世界のすべてじゃないんだと知った。

ひとの家の玄関のチャイムを鳴らして逃げるいたずらと万引きとはぜんぜん違うことなんだと、それがきちんとわかったのも、五年生になってからだったと思う。

五年生がもうすぐ終わる。小学校に入ってから、今年がいっとう早く時間が流れた気がする。三学期の教室を眺めていても一学期の教室をうまく思いだせない、そんな年も初めてだ。

一年間で、いろんなことが変わった。

ともだちと話すときに名前を呼び捨てにするのは低学年の頃からだけど、どう言えばいいんだろう、昔は一人でともだちのことを考えるときには「くん」を付けていたような気がする。でも、いまは、「くん」なんて付けるとお坊ちゃんみたいで気持ち悪い。

女子は逆だ。クラスの女の子を考えるとき、昔みたいに呼び捨てにはできない。「さん」を付けないと、自分のオンナにしているみたいで、胸がどきどきしてしまう。

女子はみんな急に背が高くなった。休憩時間に女子どうし集まってひそひそ話をすることが増え、トイレにも何人かで誘い合って行くようになった。

一学期までは男子をしょっちゅう追いかけ回していたオトコオンナの北山さんが九月に運動会の予行演習を見学したとき、スケベな話の好きな鳥山が「あんなん、ショチョウが来たんかもしれんで」と小声で言った。九月のぼくは「ショチョウ」が「所長」か「署長」にしか聞き取れず、鳥山のアホはなにを言うとるんじゃろうか、と首をひねるだけだったけど、十月のぼくはもうナプキンとタンポンの違いも知っていた。年が明けたぼくは、「セックス」という言葉も、そのときにオトコとオンナのどこをくっつけるのかも、知っている。

男子どうしでも小声で話すことがある。ちんちんの毛がクラスで最初に生えてきたのはチビでやせっぽちの徳光だった。でも、噂では、さかあがりのできない永田のほうが徳光よりもっと早く、夏休みのうちにモジャモジャになったらしい。体のいちばん大きな吉野は、まだ。五十メートル走のいちばん速いぼくも、まだ。そういうところが不思議だ。

体のことだけじゃない、勉強やスポーツ、人気とかモテぐあいとか、そういうこともぜんぶ、五年生の後半に入ると差がはっきりつくようになった。野球やサッカーの練習も、一学期の頃はクラスの男子がほとんど全員グラウンドに集まっていたけど、二学期に入ると、レギュラーの座が遠い奴から順に顔を出さなくなった。

マラソンと同じだ。なにをやっても、それぞれに先頭集団がいて、真ん中のグループがいて、脱落しそうな奴らがいて、リタイアしてしまったような奴らもいる。野球がうまいのはこいつとこいつとこいつ、サッカーならあいつとあいつ、算数が得意なのはあのへんで、リコーダーの高い「ミ」の音をまだ吹けないのはそのへんの数人で、理科の共同発表はあいつらにまかせればいいし、昼休みの遊びはこいつらがいなくちゃまとまらない……。

みんな自分の得意なものと苦手なものがわかってきた。これをやるときはクラスで何番め、あれをやるなら何番め、と自分やともだちの位置を計算できるようになった。その順位によって、いばったりいばられたり、おしゃべりの輪の真ん中にいたり隅っこに押しやられたり、相手をソンケーしたりケーベツしたりする。

　クラスも、世の中だった。

2

　始業式の数日後、国語の授業のとき、ぼくの作文がみんなの前で読まれた。

　冬休みの宿題だ。年末に家族で広島に行ったときのことを書いた。

　ぼくは東洋工業のサッカー部の練習を見に行きたかったけど、電車で広島駅に着いて最初に向かったのは、一年生や二年生の頃から「ヒロシが大きゅうなったら、いっぺん連れてっちゃる」と父に言われていた原爆ドームだった。

　ぼろぼろの建物にもびっくりしたし、資料館に展示してある写真にも驚いた。最初は乗り物酔いしたみたいに気持ち悪かった。でも、「ゲロ出そう」と小声で言ったら父に怖い顔でにらまれたので、がまんして見ているうちに、原爆で死んだひとのことがかわいそうになってきた。熱かったろうな、痛かったろうな、死にとうなかったじゃろうな、と考えると、涙が出そうだった。

作文には書かなかったけど、チンコばばあのことも思いだした。今度のお彼岸に墓参りするとき、広島に行ったことを教えてあげよう、と決めた。チンコばばあのお墓は町はずれのお寺にある。山のてっぺんの、町と海が見渡せる景色のいい場所だ。

母は資料館の中を歩きながら「ひどいねえ、かわいそうじゃねえ」と言いどおしだったけど、父は黙り込んでいた。資料館を出て平和公園のベンチで休憩したとき、初めて「戦争は、いけん」とつぶやくように言って、隣に座ったぼくの肩に手を載せた。

「ヒロシも、もうじき六年生なんじゃけえ、わかるじゃろうが。戦争はいけん、どげん理由があっても、しちゃあいけんのじゃ」

親子というよりともだちになったような気がして、肩から首にかけてくすぐったくてしょうがなかった。

作文は、その場面で終わっている。締めくくりの文章は〈世界中から戦争のなくなる、平和な時代が来ればいいと、ぼくも思います〉。

作文を読み終えたクラス担任の板屋先生は、いつもはおっかないおじさん先生なのに、すごくほめてくれた。教育委員会がつくる市内の小学生の文集に載せることが決まったんだという。ウチの学校の五年生代表というわけだ。

みんなも「すげえのう」と言ってくれた。「ヒロシ、作家みたいじゃのう」とも。女子はだれも知らん顔していたけど、ちらちらぼくを見る視線が、ちょっとアコガレっぽかった、なんて。

　でも、ぼくはあまりうれしくなかった。先生に提出した作文はあそこで終わっていたけど、ほんとうは、何度も書きかけて、どうしてもうまく書けなかった場面がある。

　ベンチで休憩したあと、平和公園を散歩していたら、核兵器反対の署名と募金をしているひとたちを見かけた。父と母は当然のことみたいに小銭を募金箱に入れて、ノートに署名したのに、ぼくには「ここで待っとって」と言うだけで、署名も募金もさせてくれなかった。

　それがくやしくて、ちょっと不機嫌になって、しばらく黙って歩いていたら、ハーモニカの音が聞こえてきた。吹いているのは、松葉杖をついた白装束のおじいさんだった。

　幽霊みたいで気味が悪かったけど、母が教えてくれた。戦争で大けがをしたショウイグンジンなんだという。ハーモニカで昔の歌を吹いて、みんなからお金をもらっているらしい。

「お金、あげてこようか？」とぼくは言った。さっき募金させてもらえなかったぶんも、ここで活躍――というのはヘンだけど、なにかやりたかった。

　でも、母は困った顔で父を振り向き、父は「こどもは、よけいなことせんでええんじゃ」とそっけなく言って、ぼくの手を強くひっぱって公園の出口に足早に向かった。

　なんでだろう。あのおじいさんだって、戦争の犠牲者なのに。ぼくが大きくなったから、父は原爆ドームに連れていってくれたのに。さっきはともだちみたいに、戦争はいけないんだと話してくれたのに。

わからない。納得《なっとく》もできない。その気持ちを作文に書いてみたかったけど、考えれば考えるほど頭がこんがらかってくるし、怒られたのを書くのもカッコ悪いと思い直して、締めくくりの文章は、自分でもわかってる、いい子ぶってる。

そんな作文が学年の代表になるなんていやだけど、「文集に載せんといてください」と言えないまま、授業は終わった。


休み時間にも、みんなは「すげえのう、ヒロシ」と口々に言ってくれた。ぼくも少しずつ、まあええわ、と元気が出てきたら——教室の後ろのほうにいた田原と目が合った。

田原は、もちろん、ぼくをほめたりうらやましがったりはしなかった。

ええ気になるなよ。

口を小さく、でもたしかにその形に動かして、ぼくから顔をそむけた。

田原の誘いに乗った栗本が初めて万引きをしたのは、その日の放課後のことだった。

栗本は、学区内でいちばん大きな文房具店で、ボンナイフ——プラスチックの鞘《さや》に薄っぺらな剃刀《かみそり》の刃を入れただけの、ちゃちなカッターナイフを盗った。

「ほんま、かんたんじゃったど」

次の日の朝、万引きしたボンナイフをぼくに見せて、得意そうに言った。

「おうおう、吹きよるのう」田原が横からおかしそうに笑う。「店に入る前は震えとったくせに」

「最初じゃけん、しょうがなかろうが。今度からはもうだいじょうぶよ」

「なんじゃ、クリ、またやるんかあ？　好きじゃのう」

田原の言い方や笑い方は、いちいちカンにさわる。二学期までとは違う、こいつ、生意気になった。

栗本はボンナイフの刃を鞘から出し入れしながら、「でも、ほんま、かんたんじゃった……」とつぶやくように言った。

一瞬だったらしい。見張り役をつとめた田原に、いまじゃ、と脇腹をつつかれ、棚の上に右手を伸ばしながら体で隠した左手で盗った。練習したとおりにできた。ナイフをジャンパーのポケットに入れて店を出るまでの間もポーカーフェイスを崩さずにいられた。

「なに言うとんな、顔、青ざめとったど」とからかう田原にかまわず、ぼくは栗本に言った。

「クリ、おまえ、ボンナイフの新しいの持っとったろうが」

「おお……まあ、そりゃあ、の」

「じゃったら盗らんでもよかろうが」

「いや、じゃけん……鞘の色が違うんじゃ、わしの持っとったん緑じゃったけど、ほんまは黄色が欲しかったんよ」

そんなの、嘘だ。栗本は緑の鞘のボンナイフを学校の購買部で自分で買ったんだし、購買部の棚にも黄色い鞘のボンナイフは並んでいたはずだし、なにより、ボンナイフなんて十円で買える。栗本は、たった十円のもののために、いますぐ必要なわけでもないもののために、捕まったらたいへんなことになる万引きをしたのだ。なんで？　ぼくにはわからない。アホ違うか、としか言えない。

栗本は決まり悪そうにぼくから目をそらした。ほらみろ。「おまえ、黄色が好きじゃったかのう」ととぼけてきいてやった。なにも答えられない。刃をしまったボンナイフを、ぼくから隠すようにてのひらに握り込んだ。

「ヒロシには、わからんよ」と田原が言った。

「なんがや」

ムッとして返すと、田原は「やったことのない者《もん》には、わからんて」とつづけ、栗本に「のう？」と笑いかけた。栗本もそれで急に元気を取り戻し、「ほんまほんま」と何度もうなずく。

「ヒロシも、いっぺんやってみりゃあええんよ」と田原が言う。

「アホか」

「まあ、こんなんは一人っ子じゃけえ、甘ちゃんじゃもんの」

「……なんてや？　こら」

「ほんまのことじゃろうが、違うんか？」

田原は半パンのポケットに両手をつっこんで、喉《のど》を絞ったつくり声で言った。肩を揺すりながら、上目づかいにぼくをにらんで薄く笑う。テレビやマンガに出てくるチンピラの真似《まね》だ。体が小さいくせに。ケンカしたら女子にも負けそうなほど弱いくせに。

教室の別の場所に集まっていた吉野たちが、ぼくと栗本を呼んだ。ぼくたち五年二組は、次の土曜日に五年三組と野球の試合をすることになっていた。キャプテンの吉野が中心になって、スタメンを決めているんだろう。その次の土曜日には六組とサッカーの試合がある。こっちはぼくがキャプテン。野球は吉野のほうがうまいけど、サッカーならぼくがクラスでいちばんだ。

「おう、すぐ行くけん、待っといてくれえや」

ぼくは大きな声で答え、栗本を振り向いた。野球でもサッカーでもレギュラーぎりぎりのところにいる栗本は、スタメンを決めるときにアピールしておかないと補欠に回されてしまう。

「クリ、行こうや」

声をかけると、栗本は迷い顔になって、あいまいに首を振った。

「どげんした？」

「いや、まあ……ちょっとの、わし、今度の土曜日、都合が悪いかもしれんのよ……」

さっきと同じように目をそらす。

「クリ、あっち行かんか?」と田原がベランダに顎《あご》をしゃくった。

ぼくと目が合っても、田原は逃げなかった。

「ヒロシ、野球やらサッカーやら、そげんおもしれえんか?」

「うん?」

「おもしれえもんは、ほかにもぎょうさんあるんで」

「そんなん、わかっとるわい」

ドッジボールもおもしろい。鉄棒バレーだっておもしろい。馬跳びや、ピンポン球の野球や、サツドロや、ロクムシや、二チームに分かれてグラウンドをリレーで競走するだけでも、おもしろい。

でも、田原が言っているのはそういうことじゃないんだろう。

吉野がまたぼくと栗本を呼び、田原はベランダに向かって歩きだした。吉野は田原を呼ばない。あいつを試合に出すなら吉野の三年生の弟を出したほうがましだとみんなわかっているし、田原は野球もサッカーも二学期の半《なか》ば頃から練習に顔を出さなくなっていた。

「クリ、早う行こうや」とぼくは言った。

「うん……」

栗本はぼくをちらりと見て、目が合うとすぐにうつむき、聞き取れない声でなにかぼそぼそと言って、田原を追いかけていった。

けっきょく、栗本は放課後の練習に来なかった。

「アホじゃの、あいつ、せっかく今度は試合に出しちゃろうか思うとったのに」

安藤が、自転車でいっしょに帰りながら、吉野が舌打ち交じりに言った。栗本とレギュラーを争う安藤が、土曜日は法事があるので試合に出られないと今日になって言ってきたのだ。安藤と栗本がだめなら、二人よりへたな白石を使うしかない。

「ほんまは白石より松本のほうがええけど、マツのボケ、練習に来とらんけえのう、マツを出したら白石の気がおさまらんじゃろ」

吉野の舌打ちは、ため息に変わる。「むずかしいもんじゃのう」とぼくは笑ったけど、来週サッカーの練習が始まると、今度はぼくが吉野の立場になってしまう。

「ヨッさん、クリ、田原と連れになっとるみたいじゃの」

「知っとる知っとる、あげな陰気な者《もん》と遊んで、どこがおもしれえんかのう」

「……ほんまじゃの」

万引きの話は、しなかった。吉野のおかあさんは学校の保健室の先生だから、そういうのは、やっぱり、ルール違反だと思う。

「ヒロシ、早う中学生になりたい思わんか?」

「なしてや」

「中学には部活があるけんの。野球でもサッカーでも、それが好きな者《もん》ばあ集まるじゃろ。クラスはいけんんよ、へたくそな者にかぎって得手勝手《えてかって》なことばあ言うけえ、どげん練習しても、ちっとも強うならん」

わかる、その気持ち。クラスでサッカーの練習をするたびに、ぼくもいらいらしている。

ぼくは夏休みから市のサッカー少年団に入り、吉野はカープファンの父親が監督をつとめる近所の早朝野球チームの練習に参加している。ぼくは釜本やペレみたいになりたくて、吉野は甲子園で選手宣誓をするのが夢だった。でも、クラスのみんながぼくたちと同じ夢を持っているわけじゃない。野球なら九人、サッカーは十一人、クラスの男子は二十四人。レギュラーの下から数人はしかたないから試合に出してやるレベルだし、けっこううまいのに、塾があるからと言って練習を休む奴らも増えてきた。

「オトコのくせに野球もサッカーもへたくそな奴がおるいうて、わしゃほんま信じられんよ、のうヒロシ」

「ほんまほんま。運動神経のない者《もん》はいけんんよ」

ライダースナックを買いに行こうと吉野に誘われて、海岸沿いの国道を走った。学区外に一軒、新しいカードがよく出るという評判の駄菓子屋がある。『仮面ライダー』はV3になってからあとは急につまらなくなったけど、なにをやっても他人に負けたくない吉野は、ライダーカードを最後まで集めつづけるんだという。

「このへん、見晴らしがようなった思わんか？」と吉野が言った。ぼくもいつも感じていることだった。国道を走る車が減った。トラックや冷凍トレーラーが、特に。

「排気ガスやらすごかったし、音もうるそうてかなわんかったけど、なんかさびしゅうなったのう」

吉野に言われて、ヤスおじさんのことを思いだした。オイルショックでガソリンが値上げされたり手に入らなくなったりして、おじさんの会社は困っているらしい。取り扱う荷物の量は十一月頃から急に減ってしまい、いちばんのお得意さんの造船所も親会社が近いうちに閉鎖するかもしれないというウワサが流れている。

なだらかな上り坂にさしかかった。いつもなら高いギアのままお尻《しり》を浮かせて上るところだけど、吉野は五段変速のギアをいっとう低くした。

「省エネじゃ」

テールランプのフラッシャーを光らせて、笑う。そっちのほうが乾電池のむだづかいだと思ったけど、ぼくはなにも言わず、高いギアで坂を上っていった。

3

土曜日の試合は、接戦のすえ負けた。エラーばかりのつまらない試合だった。なかでも栗本の代わりにライトに入れた白石はひどかった。全打席三振、バンザイとトンネルのエラーが二つずつ。途中で交代させたかったけど、補欠の安本と大谷は白石よりもっとへたくそで、あいつら二人とも試合の途中から見物に飽きて、相手の五年三組の補欠といっしょにスーパーボールで遊んでいた。

試合が終わると、吉野は白石の胸倉をつかんで、バカがアホがとののしった。最初のうちは白石も「すまんのう、すまんのう」と半べそをかいて謝っていたけど、吉野がしつこく文句を言いつづけるので、とうとう「ほなら、もうやめちゃるわい！」と泣き声で叫び、グローブをグラウンドに叩《たた》きつけて帰ってしまった。

吉野は安本や大谷にも文句をつけた。ヤバいど、それ……と思っていたら、あんのじょう二人はしらけた顔を見合わせて、「じゃあ、もう、わしらやめるけん」とあっさり答えた。五年二組の野球チームは、一試合でいっぺんに三人のメンバーを失ってしまったわけだ。

ぼくは帰りかけた安本と大谷をあわてて追いかけた。二人は野球では補欠でも、サッカーのほうはどちらもレギュラーなのだ。

でも、安本は「サッカーものう、走り回ると疲れるし、ぶつかると痛《いて》えし……」と気乗りのしない表情を浮かべ、大谷も「どうせわしら出ても、シュート打つんはヒロシだけじゃろ？　つまらんよ」と言う。

少し離れた場所では、五年三組のエースで四番の金子が、吉野やぼくと似たような顔で補欠の連中を見送っていた。どこのクラスでも苦労は同じなんだろう。


「ヒロシ、ヨッさん、いっしょに帰ろうや」

金子に誘われた。クラスが違うのにいっしょに帰るのはヘンだという気もしたけど、金子はぼくたちに相談があると付け加えた。

自転車でグラウンドから出ると、金子はすぐに話を切りだした。

「クラスで試合しても、おもしろうない思わんか？　エラーばっかりじゃし、送りバントもようせん奴らばあじゃし」

「おう、そこよ」吉野が大きくうなずく。「わしも、もううんざりじゃ」

「ほいじゃけど、しょうがなかろうが、クラスで分けんと試合でけんし、地区のチームじゃったら六年生がいばるし」

ぼくが言うと、金子は待ってましたというふうに手振りでぼくを制した。

「それでの、一組の浩二とも話したんじゃけど、野球でもサッカーでも、今度からは学年でチーム組まんか？　そいじゃったらへたくそをしょうがなしに交ぜんでもすむじゃろ」

「アホ、学年でベストメンバーつくったら、残りの者《もん》と試合しても勝つに決まっとろうが」

吉野はあきれたように言ったけど、金子はその先も考えていた。

「よその学校と試合すりゃあええんよ」

「はあ？」――ぼくと吉野の声が重なった。

金子は、学区が隣り合っている港北小で野球がいちばんうまいタカハラという奴と、ボーイスカウトでともだちなんだという。

「じゃけん、港北小と試合するんならすぐに話がまとまる思うし、サッカーのほうはヒロシの少年団の連れがおるじゃろ」

「おお、そりゃあ、ぎょうさんおるで」

「じゃったら、どんどん話広げていったらええん違うか？　学校どうしの試合じゃったら、名誉がかかっとるけん、盛り上がるどお」

たしかに、そうだ。

「それにの、もう五年も終わりじゃけえ、学校の中でだれがうまいとか、こいつがどげな球を投げるとか、もうみんなわかっとるじゃろ。はっきり言うて、わし、飽いたよ。よその学校と試合するんじゃったら、向こうのことぜんぜんわからんけん、スリルある思わんか？」

思う。吉野の相槌《あいづち》も、「おう、おう」と力が入ってきた。

「やっぱ、わしらも世の中広げていかにゃいけんのよ、のうヒロシ、ヨッさん」

「世の中」という言い方が、おおげさには聞こえなかった。ぼくも吉野も大きくうなずいた。

「じゃあ、とりあえずタカハラに言うて港北小との試合組んでくるけえ。月曜からこっちのチームもまとめようや、の？」

三人で見つめ合うと、ファイトがググッと高まった。

港北小の奴らの姿を思い描いてみた。みんな中学生みたいな大きな体で、顔は野球帽のひさしの陰になってわからない。目だけ、鋭く光っている。あいつら、試合に勝つためなら、どんなきたないことでもやってくるかもしれない、なんて。

「『アストロ球団』みたいじゃのう」

ぼくがつぶやくと、吉野は「『男一匹ガキ大将』じゃ、わしらが市内の小学校をセイハしちゃる」ときっぱりと言った。

途中で金子と別れると、吉野はふとなにか思いだした顔になって、舌を打った。

「どげんした、ヨッさん」

「おう、なんか、このままじゃったら金子がキャプテンみたいになるじゃろ、それがどうものう……よそのクラスの者に仕切られると、二組の立場がなかろうが」

「ええやないか、同じ学校なんじゃけえ」

少しあきれて言ったけど、吉野は「こんなんはええよのう、サッカーでキャプテン張れるんじゃけえ」と返す。

「浩二と話が通っとるんじゃったら一組は金子につくとしてもじゃの、五組の迫丸《さこまる》と六組の大下はどげんしてもわしにつかせにゃいけん、あんならたまたま野球の弱いクラスになったけん仕切っとるだけで、四年生の頃はぺーぺーやったんじゃけえのう……おお、あと四組はだれがキャプテンじゃったかの、釜ちゃんか、釜ちゃんやったら、わし、三年生のときに同じクラスじゃったけえ、なんとかなりそうじゃの、うん……」

ぶつぶつ言う吉野にかまわず、ぼくは自転車のスピードを上げた。

四年生の頃は、ぼくと吉野と金子は同じクラスだった。吉野はピッチャー、金子はショート、あの頃は野球があまりうまくなかったぼくは外野のレギュラーぎりぎりのところ。

三年生の頃は、ぼくと金子が同級生で、吉野はクラスが違った。金子と二人で帰っているときに吉野が金子に「いっしょに帰ろうや」と声をかけて、金子が「クラスの違う者《もん》とは帰らん」と答えたことも何度かあったはずだ。

クラスがあって、学年があって、学校がある。市内に小学校はいくつあるんだろう。中学に入ると港北小の奴らといっしょになる。そのかわり、ウチの小学校の、学区の西側に家のある奴らは、城山中学に進む。ともだちのなかでは安藤と村木と別れることになる。吉野ともお別れだ。

　でも、また高校でいっしょになるかもしれない。大学はどうだろう。市内には国立大学の教育学部と、私立の大学と、私立の女子短大がある。ぼくは大学まで進むつもりだし、父も母もそう決めてかかっているけど、地元の大学に行くかどうかはわからない。

　学区の外に出るのが怖かったのは、何年生ぐらいまでだったろう。同じ市内なのに、町並みがぜんぜん違うような気がしていた。知らない学校の奴らが向こうから来ると、思わず目を伏せて脇にどいた。あいつらみんな、ウチの学校のともだちよりガラが悪く見えた。でも、女の子はウチの学校のほうがかわいい子が多いような気もした。

「ヒロシ」

　三叉路《さんさろ》で別れるとき、吉野が言った。

「いま考えとったんじゃけど、学年でチーム組んだら、おまえ、補欠になるかもしれんの」

　首の後ろがひやっとした。

　笑って答えよう、と先に決めてから口を開いた。

「しょうがなかろ……それは」

　あとは家に帰るまで、ずっとうつむいていた。

4

次の週の土曜日、五年二組のサッカーチームは、六組との試合が始まる時刻になっても十人しか集まらなかった。

「どげんするんか、ヒロシ」吉野があせって言う。「サッカーはおまえが仕切っとるんじゃけえ、どうにかせえよ」

「わかっとるわい」

ムッとして返した。そもそも、先週の野球の試合のあと吉野が安本と大谷に文句をつけたから、あいつら二人ともヘソを曲げてしまったのだ。安本の代わりに選んだユウちゃんは来てくれたけど、大谷の代わりの山崎は土壇場で逃げた。いや、「土曜日は塾があるんよ」と言う山崎に、「ええやんええやん、いっぺんぐらい休んでもだいじょうぶじゃろ、の？の？山ちゃんが来てくれんと試合がでけんのよ」と肩を抱いて無理やりうなずかせた、それが甘かったんだろう。

六組の連中が、「まだか」とせっついてくる。

「すまん、もうちょっとだけ待ってくれえや」

両手を合わせて謝るぼくに、六組のキャプテンの河合が「だれが来とらんのん？」ときいた。

「山崎のボケじゃ」

「山崎？」きょとんとした顔になる。「山崎やこう、サッカーぜんぜんへたくそじゃろうが」

「……しょうがなかったんじゃ、ほかにおらんかったんじゃけん」

「二組も落ちたのう」

河合はあきれたように笑って、でも同じ苦笑いを十一人ぎりぎりしか来ていない自分のクラスにも向けて「ウチも似たようなもんじゃけど」と言った。

「よお、ヒロシ」吉野が駆け寄ってきた。「いま、クリがおったど」

体育館の裏手の道を自転車で走っていた、という。

「河合、すぐ連れてくるけん、待っとってくれ！」

ダッシュでグラウンドの通用門に向かい、自転車に飛び乗った。あいつ、今日は家で留守番をしなければいけないから試合に出られないと言ってたのに。

ぶん殴ってやる。違う、それはあとでいい、いまはとにかく試合に出させる……出てもらうしかない。

栗本は一人じゃなかった。

自転車が横に並んで二台──隣にいるのは、田原だった。

「クリ！」

栗本が後ろを振り向く。ワンテンポ遅れて、田原も。

栗本は前に向き直って、逃げた。一瞬のことだ。すぐにブレーキをかけて自転車は止まったけど、ぼくはあいつがペダルを強く踏み込もうとしたのをたしかに見た。

怒りは湧かなかった。気持ちがぜんぜん高ぶらなかった。ああ、そういうことなんか……と、なぜだろう、なんだかほっとした気分もしなくはなかった。

二人に追いついても、もう、どうだってよかった。

「よかったのう」笑いながら、栗本に言ってやった。「留守番せんでもようなったんか」

栗本は黙って目をそらし、田原が「サッカー、今日試合じゃないんか?」とぼくにきいた。ガムを噛《か》んでいる。クチャクチャと、耳ざわりな音をたてて。

「試合はできん」と、これも笑いながら言えた。

「なしてや」

「人数がたりんのじゃ、山崎が塾に行ったけえ」

「それでわしらに出てくれえ言いに来たんか。身勝手なもんじゃのう、人数がたりとるときにはカス扱いして、たりんときには呼びに来るいうて、そげん勝手な話が通る思うとるんか?」

「べつに田原に来てくれ言うとらんよ」ひらべったい声を、うまくつくれた。「おまえを試合に出しても、足ひっぱられるだけじゃけんの」

田原はガムを足元に吐き捨てて、自転車を小さく前後に動かしながら、ぼくをじっとにらみつける。吉野が怒ってにらむときのような、自分がいちばんえらいんだという目つきじゃない。逆だ。おまえはえらいのう、すげえのう、と口元で皮肉な笑みを浮かべて、でも目はにこりともしていない。

「田原、こんなん、わしになんぞ文句あるんか。あるんなら、言うてくれえや」

べつに言われたからって、謝ったり反省したりするつもりなんてない。ただ、こんなふうににらまれるのは、すごくいやだ。

田原はぼくから目をはずし、「ええ気になるなよ」と言った。作文を板屋先生に読まれたときと同じせりふだった。

「そげなん、なっとらせんよ。どこがどげんふうにええ気になっとるんか、言うてくれえや」

「ぜんぶじゃ」

「……アホか」

「こんなん、ちぃとサッカーやら作文やらがうまいからいうて、調子に乗っとろうが」今度は、横目でにらんでくる。「家に火ィつけたってもええんど、こら」

背筋がぞくっとした。脅《おど》しだとわかっていても、こいつならやるかもしれない、と信じてしまうような冷たい目だった。

一瞬感じた恐怖が消えていくと、入れ替わりにかなしくなった。同級生なのに。四月からずっと同じ教室にいて、同じ授業を受けて、同じように放課後のグラウンドで野球やサッカーをしていたのに。

「のう、田原」

くやしかったけど、ご機嫌をとるような声になった。「なんな」と聞き返す田原の顔がゆるんだのが、よけいくやしい。

「失敗しても怒らんけん、サッカー、やってみんか」

田原は新しいガムを口に入れて、さっきよりもっと大きな音をたてて嚙みながら、「せん」と言った。

「サッカーはせんでも、万引きならするんか」

田原は黙ってガムを嚙みつづける。栗本まで、いつのまにか田原と同じような目つきでぼくをにらんでいた。

「今日も、万引きか」

田原も栗本も黙っていた。こっちだって、べつに答えてほしくてきいたわけじゃない。

ぼくは自転車をUターンさせて、ペダルを踏み込んだ。

少し遠ざかったとき、背中に田原の声が聞こえた。

「いばるな！」

振り向かなかった。自転車のスピードを上げもせずゆるめもせず、背筋を伸ばして、軽く口笛を吹いてみた。フィンガー5の『個人授業』を吹いたつもりだけど、口の中も唇もかさかさに乾いていたせいで、音はほとんど出なかった。

試合はボロ負けだった。十一人対十人の前半だけで、五点差。足をくじいた谷が「骨が折れとるかもしれん」とおおげさなことを言いだしてハーフタイムに家に帰ってしまい、後半は十一人対九人の試合になった。八点差のついた終盤は、全力疾走でボールを追う奴はぼく以外にだれもいなかった。

審判なんていない試合だ。ドリブルで攻め込むぼくに、校舎の時計に目をやった河合が「おい、もう終わりじゃ」と言った。

ぼくは答えるかわりに、右足を思いきり振り抜いた。

ロングシュートが、決まった。

決まらないわけがなかった。六組のゴールキーパーの伊東は、ゴールポストにもたれかかって座り、フルバックの柳本といっしょに砂山くずしをして遊んでいたんだから。

夕方、家に帰ると、居間からヤスおじさんの声が聞こえた。

「おじちゃんに、こんにちは、言いんさいよ」と台所から玄関に出てきて言う母の声と表情から、おじさんが酔っているのがわかった。

市内で小さな運送会社を経営しているヤスおじさんは、ときどきウチに来て、父を相手に酒を飲む。今夜も、手みやげに持ってきた一升瓶を空《から》にするまで帰らないだろう。

おじさんが父や母を相手にしゃべる話の内容がわかってきたのも、五年生になってからだ。四年生の頃や、その前は、話し声が耳をすり抜けるだけのおとなの話だった。両親やおじさんはぼくが居間にいても気にせず話していたし、ぼくもテレビやごはんに夢中で、おじさんのだみ声も、テレビの音が聞こえなくて迷惑だな、としか思わなかった。

いまは違う。母は、おじさんの酔いかげんを見はからって「ヒロシ、宿題あるんやろ」とか「お風呂沸いとるけん入りんさい」と声をかける。ぼくが居間から出たあとも、酔って声が高くなるおじさんを「ヒロシに聞こえるけえ」と父がなだめることがある。

ぼくは居間の隣の自分の部屋でじっと息を詰め、ときには薄い壁に耳をつけて、おとなの話を聞き取る。

「なんが日本列島改造論じゃ、アホウが、調子のええことばあ言うてから。わしら、けっきょくはカクエイに踊らされただけよ」

声が聞こえる。今夜もまた、おじさんは田中角栄の悪口を言っている。いままで耳をすり抜けるだけだったのが不思議なほど、おとなの話が、いまのぼくにはわかる。意味を知らない言葉もだいぶ減った。

でも、わかることが増えると、同じぶん、わからないことも増えてしまう。

おじさんは、おととしの夏に田中角栄が総理大臣になったときには大喜びして、去年の夏頃にも「これからは地方の時代よ、実力でのし上がる時代よ、学歴を看板にしとるうちは人間つまらんよ、わしらもカクさんに負けんよう天下をとらにゃあのう」と張り切っていた。どうしていまは田中角栄が嫌いになったんだろう。

おじさんの会社は去年トラックを三台増やした。この地域が、社会の教科書にも出ていた新産業都市に指定されているのと関係があるらしい。去年、港の近くの干拓地に県と市が工業団地をつくった。市役所に勤める父の仕事は、工業団地に関係があるらしい。おじさんは工業団地をあてにしていたらしい。でも、だだっ広い工業団地は、いまもだだっ広いまま、工場なんて一つもない。オイルショックのせいらしい。父は困っているらしい。ユウチに失敗したらしい。おじさんの会社は、このままだと運転手を何人か減らさないといけないらしい。公務員はオヤカタヒノマルだからうらやましいらしい。父に言わせれば、ミヤヅカエにはミヤヅカエの苦労があるらしい。来月、市長選挙がある。おじさんは、いまの市長のままだと市がだめになると言う。父は、そんなことはないと言う。駅の裏手のサイカイハツジギョウが、ぼくたちの市の運命を決めるらしい。それはおじさんの会社の運命とも関係あるらしい。

話していることはわかるのに、話と話がどうつながるのかが、わからない。音符は読めても、メロディーが浮かばないようなものだ。

おじさんと父は、世の中の話をしている。二人の話の内容がわかるということは、世の中がわかっているというのと同じなんだろうか。つながりがわからないうちは、やっぱり世の中がわからないんだろうか。

いつになったら、つながりがわかるようになるんだろう。六年生？　中学生？　それとも、ほかのともだちはもうみんな、とっくにわかっているんだろうか。吉野は？　金子は？　栗本は？　田原は？　にいちゃんやねえちゃんのいる奴は教えてもらえるんだろうか。弟や妹のいる奴は、世の中というものがあることも知らない下のきょうだいにいばっているんだろうか。一人っ子は損だ。家の中には、ぼく以外はおとなしかいない。

ぼくは壁から離れ、勉強机に向かった。

机の上には、裏の白い折り込み広告を綴じた落書き帳が広げて置いてある。表の文字が透ける薄い紙に、右利きのぼくが左手で書いたへたくそな字が並んでいる。

〈先生へ　5年2組の田原と栗本は万引きをしています〉

にらむようにじっと見つめ、なに考えとるんじゃアホ、立ち上がって、ゆるめた頬に軽くビンタを張った。

紙をホチキスの針からむしり取って小さく丸め、本棚の、怪盗ルパンのシリーズが並ぶ腰の高さの棚に置いた。いちばん上の棚には、母の文庫本がある。本棚にぴったり体をつけて、右手を伸ばして文庫本から一冊抜き取る仕草に紛らせて、左手で丸めた紙を取った。

かんたんだった。サッカーでリフティングを三十回やるほうが、よっぽどむずかしい。

だから、サッカーのほうがおもしろい。ずっと。ぜったいに。

5

田原と栗本が補導されたのは、二月に入って間もない頃のことだった。板屋先生はなにも言わなかったし、二人もふだんどおり学校に来ていたけど、吉野が教えてくれた。「かあちゃんの話じゃと、どうもあの二人らしいわ」と小声で言って、最後に「ええか、いまのこと死んでもひとにしゃべんなよ」と念を押した。

丸栄スーパーで捕まったらしい。始業式の日の朝に田原が「盗り放題ど」と言っていた店だ。二月から防犯カメラが設置されたことにあいつらは気づかず、お菓子か文房具かは知らない、とにかく万引きしたものをオーバーのポケットに入れてひきあげようとしたところを、事務所から出てきた店員に呼び止められたんだという。

「初めてじゃなかったいう話じゃの。ヒロシ、おまえ知っとった？」

ぼくは黙って首を横に振った。

「ほうか……まあ、おとなしそうに見える者《もん》ほど、陰でなにしよるんかわからんよのう」

吉野はそう言って、ベランダに出てしゃべっている田原と栗本に目をやった。二人は教室に背中を向けて手すりにもたれ、グラウンドのほうを見ていた。

「ヨッさん」

「うん？」

「万引き、おもしれえんかのう」

「そういう病気もあるみたいなで。かあちゃんが言いよったけど、ものを盗むんが楽しいてかなわんようになる病気あるんじゃて。ほんまかどうか知らんけど」

「あんならも、病気なんかのう」

「違うわい」ぴしゃりと言う。「アホなだけじゃ」

「うん……」

「かあちゃん言うとった、健全な精神は健全な肉体に宿るんじゃと。スポーツのできん者《もん》はつまらんよ、やっぱ」

そうかもしれない。そうじゃないのかもしれない。

「世の中、いろんな奴がおる、いうこっちゃ」

おっさんくさい口調の吉野の言葉に、ぼくは、うん、うん、と間をおいて二度うなずいた。

廊下から吉野を呼ぶ声がする。金子が、五組の迫丸といっしょにいた。

「おう、すぐ行くけん」と答えた吉野は、ふと思いだしたようにぼくを振り向き、すまなそうに言った。

「ヒロシ、金子とも相談したんじゃけど……来週の試合、おまえやっぱりスタメンむずかしいわ。代打の切り札いうことで、どげんしても出番はつくっちゃるけえ、かんべんせえや」

「ええよ、わしのために無理せんでも」

「アホ、ヒロシのためじゃないわ、二組からスタメンで出るのわし一人しかおらんのど、一組は三人もおるのに。これでヒロシも代打で出られんかったら、二組の面目丸つぶれじゃろうが」

力《りき》んで言って廊下に向かう吉野の背中を目で追っているうちに、笑いがこみ上げてきた。

世の中、厳しいのう。

ヤスおじさんの口調を真似て、息だけの声でつぶやいた。

　次の日の昼休み、教壇の横の板屋先生の席に行って、文集の印刷にまわす直前の作文を返してもらった。

「書きたすんか？　張り切っとるのう」と笑っていた先生は、ぼくがその場で作文の締めくくりの一行を消すのを見て、不満そうに低く喉を鳴らした。

「そこを取ったら、尻切れとんぼになるど」

「ええんです」

「……自分の意見が出とって、ええところじゃ思うがのう」

ぼくは作文を先生に返しながら、黙って首を横に振った。あんなの、ぼくの意見じゃない。べつに嘘をついてそう書いたわけじゃないけど、学級会であてられて考えもせずに「いまの意見でいいと思います」と言う奴みたいで、だったら「考え中です」のほうがオトコらしいと思う。

「そしたら、のう、矢沢、なんか別のこと書いて終わるか？」

これも、黙って首を横に振った。わからないことは、まだたくさんある。でも、広島でのできごとを「なんでお金あげたらいけんかったん？」と父や母にきくのは、よくないことだと思う。世の中は厳しいし、むずかしい。わからないことをきちんと言葉にするのって、ほんとうにむずかしいんだとわかったから、ぼくはもう締めくくりの文章は書かない。

先生は作文を読み返して、「やっぱり最後に自分の意見がないと、おかしいのう。文集には載せれんど、このままじゃ」と言った。

ぼくは小さく一礼して、先生の席から離れた。ちょっとだけ、気分が楽になった。

凍えるように冷たい北風が吹き渡るなか、港北小のグラウンドで試合が始まった。

ウチの学校より校舎は古いけど、グラウンドは広い。バックネットもある。そのかわりウチの学校にある古タイヤのアスレチックコースが、ない。オトコとオンナが並んで歩いていた。六年生だろうか、おとなっぽい二人だ。ベタベタしている。ウチの学校にも、そんなカップル、いたっけ。

「おい、向こうのピッチャー、カーブ投げるど」

三振して戻ってきた大下が言った。

「横着《おうちゃく》そうな顔しとるのう」浩二が港北小のエースをにらみつける。「一発かましちゃろうで」

でも、港北小の連中は、予想していたよりずっとおとなしそうだった。金子とキャプテンどうし試合前に握手をしたタカハラくんも、いい奴みたいだ。

港北小にも補欠が六人いる。みんな退屈そうに試合を観ている。あいつらから見るぼくも、きっと同じようにぼーっとした顔をしているんだろう。

ぼくは補欠の四番手だった。学年で十三番めに野球のうまい奴、ということになる。吉野はぼくをぜったいに試合に出すと言ったけど、どうなるかわからない。半分あきらめておいたほうがいいような気もする。二組のチームではエースで四番でいばりまくっている吉野も、学年のチームになると、少し遠慮しているみたいだ。四番バッターの座はとったけど、守備のほうはピッチャーからレフトにまわっていた。

それにしても退屈だ。試合をただ観ているだけというのが、こんなにつまらないものだとは思わなかった。寒い。遠くのほうから、低く重い音が響いてくる。海が近いから、波がテトラポッドに打ち寄せる音が届く。今日の海は大シケだろう。釣りの好きな渡辺は、海の荒れた次の日はカレイがよく釣れると言っていた。ぼくも二年生や三年生の頃は釣りが大好きだった。ヤスおじさんに、よく釣りに連れていってもらった。三年生のときに父にリール付きの竿《さお》を買ってもらったけど、五年生になってからはゴールデンウィークに一度キス釣りに出かけたきりだ。

　港北小の攻撃が終わった。ぼくは地面に木の枝で書いたスコアボードに、〇を書き入れた。ウチの学校の点数は、補欠の五番手の石川がつけることになっていた。主審は港北小の補欠の一番手の奴、一塁の塁審はウチの学校の補欠一番手の高橋、二塁は港北小の補欠二番手、三塁はウチの補欠二番手の川上、両チームの補欠三番手はファールの球を拾いにいく担当だった。いろんな仕事をみんなで分担しないと、ほんとうに退屈でしょうがない。

　四回の裏までで、二対二の同点。いい試合だ。ウチの学校はヒットエンドランを決めたし、港北小もゲッツーをとった。風が強くても、フライをバンザイする奴なんていない。クラスの試合とは比べものにならない。でも、これは、ぼくには関係のない試合だ。田原や栗本もこんなふうに試合を観ていたんだろうか、と思った。いやになってあたりまえかもしれないな、とも。

　ぼくはしゃべらなかったけど、あいつらの補導の話はクラス中に知れ渡っていた。全校朝礼で校長先生が「万引きはぜったいにやめるように」と言ったとき、学年もクラスも言わなかったのに、みんないっせいにウチのクラスのほうを見た——ような気がした。

　田原は、いまはもうぼくにつっかかってこない。栗本がぼくと田原の間に立って迷い顔を浮かべることもなくなった。

　二人はいつもいっしょにいる。休憩時間になると決まってベランダに出て、ぼそぼそとなにか話している。あいつら、万引きはやめたんだろうか。万引きの代わりのおもしろいものを、なにか見つけられたんだろうか。話しかけてみたいけど、なんだかまた田原に「いばるな！」と言われそうで、じっさい仲間に入れてやるなんていばった奴のやることかもしれないという気もして、どっちにしても、あいつらと野球やサッカーをすることは、もうないだろう。

「おう、なに昼寝しよるんな、声ぐらい出せえや」

　レフトのポジションから駆け戻ってきた吉野に文句を言われた。ついさっきツーベースヒットの打球を追いかけたからだろう、額に汗をかいていた。

「寒うてかなわんよ」とぼくが言うと、吉野は「アホか」とそっけなく返す。「わしら闘いよるんど、甘えたことぬかすな」

　同じ言葉を、再来週はぼくが吉野にぶつけるのかもしれない。今度は城南小とサッカーの試合だ。城南小はサッカー少年団に入っている奴が四人いるので、そうとう手ごわいだろう。ウチの学校のキャプテンはぼく、副キャプテンは四組の岡本。二人で決めたイレブンの中に、吉野はいない。補欠の五番手がいいところだ。吉野の奴、補欠だったら行かないと言いだしそうだ。しかたない。ぼくだって次の野球の試合に行くかどうかはわからない。

「ヒロシ、素振りぐらいしとけよ、ひょっとしたら出番あるかもしれんど」と吉野が言った。

「わかった」と答えたけど、ぼくは地面に腰をおろしたまま動かなかった。

吉野は勝手に先回りして、てのひらで謝るポーズをした。

「すまん、わしほんまにヒロシ出すつもりじゃったけど、こげん接戦になったら、いけんよ、ピンチヒッター出す余裕ないわ」

「わかっとるよ」

「やっぱ、試合じゃけえ、勝ちたいんよ」

「もうええて」

「それに、補欠はレギュラーよりへたじゃけえ補欠じゃろ？　ピンチヒッターいうて、レギュラーより打つ保証はないんじゃし……」

「わかっとる言うとろうが」

グラウンドの砂をつかんで、吉野の足元に軽くぶつけてやった。

吉野は跳ねるように一歩あとずさり、そのまま金子や浩二たちのほうに戻っていった。

先頭バッターの大下が、三遊間を抜けるヒットを打った。つづく釜田のときに盗塁も決めた。釜田も意表をつくセーフティバントに成功し、送球が大下の向かう三塁に回った隙に二塁まで進む。ノーアウト二、三塁。勝ち越しの絶好のチャンスで、四番の吉野に打席がまわってきた。

キャッチャーのタカハラくんの指示でマウンドに集まった港北小の奴らが、短い打ち合わせのあと、ポジションに戻った。

吉野が力を込めて何度か素振りをして、ゆっくりとバッターボックスに入った。タカハラくんはひさしを後ろにした野球帽をかぶり直し、おとな用のぶかぶかのキャッチャーマスクをつけた。ミットを低くかまえる。敬遠策はとらないようだ。正々堂々の勝負を挑むオトコらしさに、金子が「よっしゃ、ええぞっ」と声を張り上げた。

雰囲気がグッと盛り上がったところに、キン、というスピーカーのハウリングの音が響き渡った。驚いてあたりを見回すと、グラウンドの横の道を選挙カーが走っていた。

「ご通行中の皆さまぁ、お騒がせして、たぁいへん申し訳ありませぇん、こちらはぁ、市長候補……」

ヘンな節をつけたような女のひとの声が聞こえる。セットポジションに入っていた港北小のピッチャーは拍子抜けした様子でプレートをはずし、吉野も不機嫌そうに打席から出た。

「うっせえのう、ボケ！」

港北小のサードの奴が怒鳴ると、選挙カーから「ご声援、ありがとうございまぁす」と声が返ってきた。グラウンドのみんな、立っていた奴はしゃがみこみ、座っていた奴は地面に背中から寝ころんでしまった。

「子供たちのぉ明るぅい未来のためにぃ、郷土のぉ発展のぉためにぃ、全力を挙げるぅ、市長はアイハラッ、市長はアイハラッ、アイハラコウイチロウは市民の皆さまのご期待を裏切りません……」

選挙カーの窓から、ハゲ頭のおっさんが白い手袋をつけた手を振っていた。ガキはあっちに行け、と追い払っているようにも見えたし、こっちにおいで、と手招いているような気もした。

ぼくたちは、敵も味方も顔を見合わせ、かなわんのう、と苦笑いを交わして——

「わしらの未来やこう、どげんでもええけん、早う行けや！」

「ほうよ、よけいなお世話じゃボケが！」

「いまええとこなんど、邪魔すんな！」

てのひらをメガホンにして、口々に怒鳴《かんだか》った。

声変わりのすんでいない細く甲高い声は、北風にちぎれ、曇り空に吸い込まれていくだけだったけど。

第八章　アマリリス

1

けさ、二年生のエッちゃんが泣かされた。昨日は一年生の健介だった。おとついは四年生の早苗で、その前は、また健介。

「うち、下級生の代表で言うとるんよ。うち一人の考えで矢沢くんに言うとるんと違うからね」

まどかは肩を上下に大きく揺すりながら言った。興奮しているときの癖だ。

「もうねえ、早苗ちゃんやら、別の班に入れてもらおうか言うとるんよ。うちも正直言うと、どっか行きたいもん」

「そげなこと、できるわけなかろうが」

怒った声で返しても、まどかの細くとがった目でにらまれると、ついうつむいてしまう。四年生の女子の中でもいちばん性格がキツくて怖いんだと、いつかサッカー少年団の後輩に聞いたことがある。大きくなったらスケ番になるのかもしれない。

「矢沢くん、班長なんやけん、どないかしてよ」

「……わかっとるよ」

「エッちゃん、けさのことおかあさんに言いつけるかもしれんよ。エッちゃんがたのおかあさん、口うるさいひとじゃけん、おおごとになっても知らんけんね、うち」
脅《おど》しをかけるみたいに言う。ぼくは六年生で、二つ年上なのに、ちっともソンケーしていない。だいいち昼休みに四年生が六年生の教室に、しかも女子のくせに男子を訪ねてくるなんて、そんなの、ちょっと困る。廊下を行き交うともだちの視線が気になってしかたない。ついさっき、ひゅうひゅうと甲高《かんだか》い声をあげて、隣の六年一組の吉野が通り過ぎたところだ。

「矢沢くんはもう忘れとるかもしれんけど」と前置きして、まどかは四月からのできごとを思いだすままに並べあげていった。

健介が泣かされた、エッちゃんが泣かされた、早苗が髪の毛をひっぱられた、早苗と健介のきょうだいがいっぺんに泣かされた、健介が背中をつきとばされた、早苗が泣かされた、健介が泣かされた、エッちゃんが泣かされた、早苗が泣かされた、エッちゃんが『りぼん』の付録のお出かけビニールポーチを破られた、健介が泣かされておしっこを漏《も》らした、健介が泣かされた、健介が泣かされた、早苗が泣かされた、エッちゃんが泣かされた……。

聞いているだけで、うんざりしてくる。話すほうも同じなんだろう、まどかは最後に「前科何十犯になるん？　もう数えきれんよね」とつまらなそうに言った。「前科」という言い方がおかしくて、つい笑ってしまったけど、気持ちはわかる。

「このままほっとくんやったら、矢沢くん、無責任やわ。班長失格やわ。そげん思わん？」

「まあ、近いうちになんとかするけえ」

「なんとかって、どないなふうにするん」

「……今日、考えるけん」

「ほんまやね？　ほんまに考えるんやね？　うち、聞いたよ、ほんまに聞いたけんね、これでなんもせんのやったら、矢沢くんのこと、もう班のひとだれも相手にせんけんね」

五十分間の昼休みがほとんど終わりかけた頃になって、やっとまどかは自分の教室に帰っていった。入れ替わるように、グラウンドで遊んでいた奴らがみんな戻ってきて、廊下が急に騒がしくなった。

雨が降りだしたらしい。「かなわんのう、今日、置き傘がないんよ」とだれかの声が聞こえた。

もう梅雨《つゆ》は終わりかける頃なのに、今年は雨が多い。昨日も午後から雨だった。けさはひさしぶりに晴れ間がのぞいていたけど、やっぱり、雨だ。

あすの朝はどうだろう。雨だと、ふだんより少し早く出発したほうがいい。でも、雨の日にかぎってエッちゃんは寝坊する。健介はサイズの大きすぎる長靴がすぐに脱げてしまう。早苗はミミズが道路にいるのを見つけただけで泣き顔になるし、まどかは靴やソックスが汚れたら、とたんに機嫌が悪くなってしまう。

でも、そんなの、どうだっていい。

あいつに比べたら――。

教室に入るとき、ポロシャツの左袖《そで》を肩のほうにたぐった。袖に安全ピンで留めた腕章の縁が腕に触れて、むずがゆかった。長袖の服を着ているときには気にならなかったけど、半袖になると意外と邪魔になる。

三月の終わりに去年の班長だった一級上の吉岡くんから「気合い入れていけよ」と腕章を渡されたときの、うれしさと緊張とが入り交じった気分は、いまもまだ忘れていない。

でも、いつのまにかうれしさは消えた。緊張も薄れた。残ったのは責任の重さと、めんどうくささだけ。

あいつのせいで――。

ぼくたちの学校では、毎朝集団登校をしている。近所どうしで班をつくって公園や空き地やお店の前に集まり、みんなで並んで学校に向かうのだ。班長は、白地に緑の縞模様《しまもよう》の入った腕章をつける。六年生にとっては、その腕章をつけることが自慢というか誇りというか、最上級生の証《あかし》になっていた。

もちろん、六年生が全員班長になれるわけじゃない。ウチの班みたいに六年生が一人きりならいいけど、そうじゃない班では、五年生の頃から来年の班長の座をめぐってツバぜりあいが始まる。ウチのクラスの徳久《とくひさ》は去年のいまごろから同じ班の六年生に駄菓子屋でチロルチョコやポリジュースをせっせとおごっていたらしいし、面倒見のいい女子の村井さんは、いったん男子のだれかが次期班長に決まっていたのを、下級生全員の反対で逆転勝ちしたというウワサだ。

「ヒロシはラッキーじゃのう。わしもヒロシがたの近所に引っ越してえわ」

春休みの頃、藤村にうらやましそうに言われた。あいつ、同じ班に六年生が五人もいるので、副班長にもなれなかったのだ。

「ヒロシのところは人数が少ねえけえ、楽でええがな」と言ったのは、二十人近い班を毎朝苦労してまとめている中条だ。

学区の端っこから、開通したばかりの国道のバイパスを通り、警報機のない踏切を渡って通学するユウちゃんも「ほうよ、学校までそげん遠うないし、ヒロシの班は最高じゃが」とうらやましがる。

「オンナしかおらん班なんじゃろ？　そげなんアマゾネス班じゃ、ヒロシも気ィつけな、オンナオトコになってまうど」

六年生にもなって、まだそんなガキっぽいことを言うのは、吉野しかいない。アホだ。同じ班に一級上の先輩がいなかったおかげで五年生のときから班長をつとめていた吉野は、十二、三人いる同級生や下級生をみごとに束ねあげ、「吉野軍団」なんて名前までつけて、毎朝きれいな二列縦隊を組んで登校させている。縦隊は学年順で、男子と女子はぜったいに並ばせず、同じ学年なら男子が前で女子が後ろ、なんてところも吉野らしい。

四月、ウチの班に新しいメンバーが二人加わった。

一人は、一年生の健介。これでアマゾネス班にならずにすんだ。

もう一人は、市内の別の学区から転校してきたあいつ——三年生の美奈子《みなこ》。

春休み最後の日に、美奈子はおかあさんに連れられて、ぼくの家に来た。おかあさんがウチの母にあいさつして、ぼくに集団登校のいろんな決まりごとを尋ねる間、髪の毛を三つ編みにした美奈子はおかあさんの背中の陰に隠れたままだった。三年生にしては小柄な体つきで、母がなにか話しかけてもほとんど笑わない。あとで母が「えらい愛想のない子じゃったねえ」とあきれたように言っていた。

ひととおり話が終わると、おかあさんはちょっと言いづらそうに「それでね、じつは矢沢くんに一言お願いしとかんといけんのじゃけど……」と切りだした。

美奈子は、足が悪い。幼稚園の頃に滑り台のてっぺんから落ちて複雑骨折した右足が、いまもうまく動かせないのだという。

「この子、一所懸命歩いとるつもりでも、どうしてもほかのともだちより遅れてしまうんよ。そやけん、集団登校のときもみんなに迷惑かけるかもしれんけど、堪忍したってね、ね？」

おかあさんは美奈子の肩をこづいて、おじぎさせた。

ぼくは「わかりました」と小さな声で答え、おじぎを返した。目が、つい、美奈子の右足にいってしまう。ベルボトムのパンタロンを穿《は》いているので、外から見ただけではどこがどんなふうにぐあいが悪いのかわからない。

顔を上げると、美奈子もぼくを見ていた。クラスの女子とはケンカみたいな口のきき方しかできないけど、相手は三年生、しかも転校生で、足が悪くて、なによりウチの班の下級生だ。

「ゆっくり歩いていくけん、心配せんでええよ」

にこやかに、おにいさんっぽく言った――つもりだった。

でも、美奈子は、ぷいと横を向いて、おかあさんを残して玄関の外に出ていった。右足を引きずるというより持ち上げるような、ぎごちない歩き方だった。

あわてて美奈子を追いかけていったおかあさんは、けっきょく、いっとう肝心なことをぼくに伝えてくれなかった。

美奈子はたしかに右足が悪いけど、それ以上に悪いところがある。

あいつは、とびっきり性格の悪い奴だったのだ。

2

午後の授業中、ずっと美奈子のことを考えていた。健介やエッちゃんや早苗の顔も浮かぶ。みんな泣き顔だ。「なにしとるん、どないするんか早《はよ》う決めてよ」と言いたげな、まどかの顔も。

答えはかんたんだ。美奈子に「ええかげんにせえよ、おまえみんなから嫌われとるんど」と言えばいい。まどかだって、エッちゃんだって、早苗だって、それを待っている。健介でさえ、美奈子に泣かされてぼくを見るときの目は、ヒロちゃん早う叱《しか》ってやって、と訴えかけているみたいだ。

どうして言えないんだろう。ぼくは班長で、六年生で、オトコなのに。

班の集合場所の生協ストアの前では、毎日のように下級生のだれかが泣かされている。エッちゃんが新しい服を着てきたら「あんた、それぜんぜん似合わんよ。なんでか言うたら、あんたブスじゃもん、死ぬほどブスじゃけえ、早う整形手術してもらい」、健介が早苗に甘えてまとわりついていたら「あんたらのとこのおかあさん、こないだ言うとったよ、早苗はかわいいけど健介はいけん、あの子はいらん子じゃけえ、て。もうすぐよそにやられるんよ、あんた」、一つ年上の早苗が怒ってきても「メガネブタ、メガネブタ、メガネブタ、メガネブタ」と早口言葉のようにくりかえして、やっぱり泣かせる。

言葉だけじゃない、健介の腕をつねったり、エッちゃんのランドセルの蓋をつかんで体ごと後ろに引きずり倒したり、ポニーテールの早苗の髪の毛をひっぱったり……。おまけに、ほとんどが、なんの理由も前触れもない不意打ちなのだ。

それでも、ぼくは美奈子を叱れない。

班のみんなが生協ストアの前に全員そろって、学校に向かって歩きだすと、美奈子はもうだれにもちょっかいを出さない。じっと押し黙って、足元の道路をにらみつけて、一歩ずつ右足を持ち上げて歩く。

四月頃は、ぼくはもちろん、まどかも、早苗やエッちゃんも、健介まで生意気に、しょっちゅう「だいじょうぶ?」「少し休もうか?」と声をかけていた。図工の絵の具セットや上履き入れを提《さ》げているのを見て「持ってあげようか」と手を差しだしたこともある。

そんなとき、美奈子はいつも、わざとひらべったくしたような声で言う。

「ちーさな親切、おーきなお世話!」

あっかんべえの顔をしたり、差しだす手を払いのけたりしながら。

いまはもう、ぼくたちはだれも美奈子に声をかけない。ゆっくり歩くこともやめた。でも、おかあさんが心配していたような、集団登校の列から美奈子一人が遅れてしまうことは、いままで一度もない。蒸し暑い日にはブラウスの背中まで汗でぐっしょり濡《ぬ》らしながら、美奈子は班のだれにも負けない速さで歩く。右足にはほとんど体重をかけていないんだろう、ズックの踵《かかと》は左足だけ、外側から斜めに切り取ったみたいに、いびつに磨《す》り減っている。

その後ろ姿を見ていると、なにも言えない、と思う。

まどかだって、きっと同じはずだ。口ゲンカではぼくに連戦連勝のキツい奴なのに、美奈子には、早苗たちがよほどひどく泣かされているときしか文句をつけない。それも、「もうやめてあげようや、ね、かわいそうじゃけん」とお願いするような口調で。

しかも、美奈子の奴、まどかに注意されたときだけは「はーい」と妙に素直にしたがう。まどかがおっかないから、というだけじゃなくて、同じ四年生で差をつけることで早苗に意地悪をしているんだろう。それから、六年生なのにぜんぜん頼りないぼくにも。

だから――六時限めが終わりかける頃になって、やっと一つアイデアが浮かんだ。

まどかがウチの班の班長になればいい。

浮かんですぐに打ち消した。アホか、と自分で自分を叱って、目を黒板から窓の外に移した。

雨はまだ降っている。強くはないけど、このまま何日も降りつづきそうな雨だ。晴れていれば三階の窓から海辺の造船所の建物まで見渡せるけど、いまは町が雨に煙って、遠くの建物と空の境目がはっきりしない。

どうせなら、あしたからのぶんもいっぺんに降ってくれればいいのに。大雨になって、学校が休みになればいいのに――なんて。

頰《ほお》づえをついた左手の肘《ひじ》の上を、右手で搔《か》いた。袖から垂れた腕章の縁が肌に触れて、むずがゆかった。ビニール製の腕章は、今日みたいな雨の日には湿気を吸って、晴れた日の倍ぐらい重くなるような気がする。

放課後、吉野と二人で帰っていたら、通りの先のほうにピンクの傘を差した美奈子がいた。ランドセルを背負っている。三年生は五時限めで授業が終わるのに、まだ家に帰っていないようだ。

「おっ、ピョコタンがおるで」

吉野が小声で言った。「なんな、それ」ときくと、「ピョコタン、ピョコタン、いうて歩きよろうが」と笑う。

「ヨッさん、おまえ、そげなこと言うたらいけんで」

「わかっとるわい、ギャグじゃ」

「……かなわんのう」

吉野はいつだってそうだ。こっちがはらはらするようなことや笑えないギャグを、とぼけた顔で言う。でも、根っこは悪い奴じゃない。美奈子の真似をして何歩か右足を持ち上げて歩いたあと、ふと真顔になって「雨の日は、キツかろうの」とつぶやくように言う。

ぼくはあらためて美奈子の背中を見つめた。朝の集団登校のときより、はっきりとわかる、歩く速度が遅い。といって、のんびり歩いているわけじゃないのも、わかる。疲れているのかもしれない。一歩前に踏みだすごとに持ち上がる右の長靴が、いかにも重たげに見える。

美奈子との距離はすぐに詰まった。白いブラウスの肩が濡れている。雨なのか汗なのか、きっと両方だろう。ぼくは足を速める。傘の把っ手《とって》を握り直し、息を止めて、遠くを見て、最後は走りだす寸前のような勢いをつけて、一気に美奈子を追い越した。

吉野はけげんそうな顔でぼくに追いついて、「どげんした?」ときいた。

「べつに、どうもせんよ」

「なに怒りよるんか」

「どうもせんて言いよるが、うるせえのう」

美奈子からじゅうぶん遠ざかって、やっと足をゆるめた。後ろは振り向かない。どうせ美奈子だって、足元をじっと見つめて、ぼくに気づいてはいないだろう。

「ピョコタン、ヒロシの班じゃろ」

「ヨッさん、ピョコタンいうの、やめえや」

かばったわけじゃない。聞いていて、ちょっといやな気になる、それだけのことだ。吉野は「ピョコタンはピョコタンじゃが」と笑い、まあええわ、とうなずいた。

「知っとるか、ヒロシ。あんなんの足首、ふつうの者《もん》の倍ぐらいふくれとるんで」

吉野はおかあさんが保健室の先生なので、美奈子のことについて、ぼくよりずっとくわしく知っていた。複雑骨折した足首の骨がうまくくっつかないまま固まってしまったことも、そのせいで右足が左足より少し短くなっていることも、中学に入るまでに手術を受けるかもしれないということも、それから性格の悪さについても。

「同情されるんが好かんのじゃろうの。クラスでも、だれかが手伝《てつど》うちゃろうとしたら、ぶち怒りだすらしいで」

吉野の顔は、もう笑ってはいなかった。「班でも大変じゃろうが」ときく口調も、べつにヤジ馬根性というわけじゃなさそうだった。

「まあの……いろいろあるわ」

「年下の者《もん》は理屈が通じんけえの、苦労するわい」

おっさんくさいことを言う。吉野は三人きょうだいのいちばん上だ。班長に向き不向きがあるのなら、吉野はきっと班長に最適の奴で、一人っ子のぼくは、まだ下級生の扱いがよくわからないでいる。

「ほいでも、ヒロシは慣れとろうが」

「なんがや」

「タッちんの面倒、よう見とったろうが、こんなん」

からかうように言われて、ムッとした。でも、そうじゃない口調だったら、気まずくなってうつむいてしまったかもしれない。

タッちんを毎日送って帰っていた四年生の頃の記憶は、自分でもよくわからない、月日がたつにつれて思いだしたくないものになっていた。美奈子がウチの班に来てからは、特に。あんなこと、するんじゃなかった——タッちんを送っていったことなのか、途中でやめてしまったことなのか、それもよくわからない。

「まあ、タッちんは素直な性格じゃったけえ、親切にしてやるかいがあったがのう」

吉野はちょっとワルぶった言い方をしたけど、一息おいて「あんなん、元気でやりよるんかのう」とつぶやく声は、しんみりしていた。

「ヨッさん、タッちんから年賀状とか来とる？」

吉野は首を横に振り、「ヒロシは？」と逆にきいてきた。

ぼくも同じように首を動かした。四年生のときのお正月、もしかしたら来てるかもしれないと期待していたのに、年賀状の束の中にタッちんからの葉書はなかった。意外とあっさり忘れられちゃったんだなと思い、べつにどうでもいいんだけど、くやしさともさびしさともつかない気分になったのを、ひさしぶりに思いだした。

養護学校には中学もついているらしい。もう、タッちんと遊ぶことはないだろう。町でばったり会っても、「元気にしとったか？」のあとは話がつづかないだろう。

「ほんま、気ィつかわせるっちゃのう、タッちんやらピョコタンやら」

そう言って後ろを振り向いた吉野は、「おい」と短く声をあげてぼくを呼んだ。

美奈子は道ばたに立ち止まっていた。上体をかがめて、右足の膝《ひざ》をさすったり叩《たた》いたりしている。「痛《いて》えんかのう、足」と吉野がつぶやくそばから、美奈子はしゃがみこんでしまう。左足だけで体を支え、右足は伸ばしたまま前に投げ出して、まるでコサックダンスを途中で止めたような、危なっかしい姿勢だった。

「かあちゃん言うとったで、いっぺん骨折すると、雨の日やら寒い日やらは骨の中がうずくように痛えんじゃて。帰り道じゃし、疲れとるんかもしれんの」

吉野が、ぼくと美奈子を交互に見る。なにか言いたそうな様子だった。わかる——から、ぼくは吉野の視線に気づかないふりをした。

美奈子はゆっくりと立ち上がった。でも、まだ歩きださない。サイズの小さい靴を無理に足に入れるように、右の長靴のつま先を何度も地面に打ちつける。その場に軽くジャンプして、着地したあとで、今度は左膝をさする。

「わし、おんぶしちゃってもええで。わしのランドセルはヒロシが持っとってくれや」

ぼくが答えるより先に、吉野は美奈子のほうへ引き返していく。しかたなくあとを追った。ランドセルから縦も横も大きくはみ出した吉野の背中が、急に大きくなったように見えて、優しくないぼくのことを怒っているようにも見えた。

「どないしたん？　足、痛いんか？」

吉野はつくり声で言った。「おにいちゃんがおんぶしちゃろうか、のう、家まで連れてっちゃるけえ」と、ランドセルを肩からはずしながらつづける。

でも、美奈子は立ち止まらない。吉野の顔を見ようともしない。素通りされそうになった吉野は、あわてて「遠慮せんでええが、困ったときはお互いさまなんじゃけえ」と美奈子の前に回り込んで、声をさらに細くして笑った。

美奈子は傘を少しあみだにして、言った。

「ちーさな親切、おーきなお世話!」

あっかんべえの顔だった。

吉野は肩をビクッとはね上げ、一歩あとずさって道を空《あ》ける。美奈子のピンクの傘をまたぐようにぼくを見て、ウワサ以上じゃのう、というふうに首をひねった。

3

朝ごはんを食べていたら、早苗と健介のおかあさんから電話がかかってきた。早苗は風邪気味なので、病院に寄って登校するらしい。

そうなると、ぼくは健介を迎えに行かなくちゃいけない。外は昨日からの雨がまだ降りつづいている。かたつむりを見つけたらツノをつつかずにいられない健介だ。長靴はぶかぶかだし、レインコートのフードも大きすぎて顔がほとんど隠れてしまい、電柱やポストにすぐにぶつかりそうになる。早苗がついていても集合時刻ぎりぎりになるんだから、あいつ一人だと生協ストアまでたどり着けるかどうかもヤバい。

「あらあ、矢沢くん、そげなことせんでええんよ。遠回りになるし、ちょっと早めに家を出すようにするけん、心配いらんよ」

のんきに言うおかあさんに「ええです、すぐに迎えに行きます」と返し、電話を切った。

朝ごはんの残りを大急ぎで食べた。電話を横で聞いていた母が「班長さんも大変やねえ」と笑う。

一人っ子はわがままで甘えん坊で頼りない――どこに証拠があるのか知らないけど、なぜかみんなが口をそろえて言うその言葉をいつも気にしている母は、クラス委員でも班長でもいい、ぼくがみんなのリーダーになるのをテストで百点をとることよりずっと喜ぶ。

「ヒロシが一人で迎えに行くんか」

父が朝刊をめくりながらきいた。うなずくと、納得《なっとく》しきらない顔で「面倒見がええんもけっこうじゃが、ひとの世話をするいうことは責任も出てくるんじゃけえの、そこは忘れるなよ」とつづけ、音をたててお茶をすする。

「おとうさん、そげん水を差すようなこと言わんでも……」

母が、ぼくのぶんもムッとして言ったけど、父は黙ってお茶をすするだけだった。

ぼくは父の顔が新聞に隠れたタイミングをねらって唇をとがらせ、廊下を走って洗面所に向かった。手早く歯を磨き、顔を洗って、服を着替える。Tシャツの左袖に腕章をつけた。吉野や中条やユウちゃんは腕章をズボンのベルトに通したりバッグにつけたりしていて、あいつらに言わせると腕につけるのはカッコ悪いらしいけど、腕章はやっぱり腕につけるから腕章なんだと思うし、腕につけておかないと、ほかのひとから班長だとわかってもらえない。

玄関に出ていた黒のゴム長靴を無視して、ズックを履いた。六年生にもなって長靴はカッコ悪い。

出がけに、父が台所から「車にはほんまに気ィつけえよ」と言った。「はーい」と答える声は、ちょっとすねたような響きになってしまった。

学年が上がるにつれて、両親のいろんなことがわかってきた。父と母は結婚前に同じ会社で働いていた、父は労働組合の仕事で何百人ものひとの前で演説をしたことがある、ぼくが幼稚園に入る前にはベトナム戦争に反対する仲間とよくデモに出かけていた、幼稚園の年長組になったばかりの頃に労働組合が仲間割れして、父は何人ものともだちに裏切られて、ストレスが溜《た》まって、胃かいようで倒れた……。

話はぜんぶ母から聞いた。父は昔の話をめったにしない。そのせいだろうか、できごとをどんなにくわしく知っても、なにかいちばん奥の、いちばんたいせつなところが、もやもやとしたままだ。

六年生にもなれば、母の性格なんかお見通しだ。母がどんなときにご機嫌になって、どういうことをすれば怒りだすか、百発百中でわかる。

でも、父は、むずかしい。思いがけないところでそっけない態度になったり、てっきりほめてもらえると期待していたら、ぜんぜんほめてくれなかったりする。ともだちにまつわる話とか、だれかに親切にする話なんかのときは、たいがいそうだ。

おとなにも「友情」という言葉があるのかどうかは知らないけど、父は、ともだちが嫌いなんだと思う。


手をつないで歩きだしたばかりなのに、健介は「ヒロちゃん、ぼくウンコしとうなった」と立ち止まった。

「なんな、トイレ行かんかったんか」

傘をまっすぐ差せない健介のために自分の傘を少し傾けてきくと、「ううん、さっき行った」と言う。

「ほんまにしたいんか？　そげな気がするだけ違うんか？」

「ううん……したい、おなか痛いけん」

ぼくはうんざりして健介とつないだ手を離し、「ほな、してこい。待っといちゃるけえ」

と言った。

家に駆け戻る健介の背中に舌打ちをぶつけた。最近しょっちゅうだ。何日か前も、早苗といっしょに生協ストアのすぐ前まで来て、おなかが痛くなった。ぼくがおんぶして走って家に連れて帰った。五月には、通学路の途中で「ヒロちゃん、ウンコ漏れそう」と泣きべそをかいて、知らないひとの家でトイレを借りたこともある。

美奈子のせい——まどかはいつも言う。健介は美奈子が怖くて怖くてしかたないから、おなかが痛くなってしまうんだ、と。

「ほかに考えられんやろ？　幼稚園の頃はぜんぜんそんなことなかったんやし、学校に着いたらケロッと治るんやもん」

まどかの言葉に、早苗もうなずいていた。エッちゃんも、むずかしい話なんてわからないくせに、まどかの言うことにはなんでも、うんうんうん、とうなずく。

だから、やっぱり、まどかが班長になればいいのに。

昨日打ち消したはずの考えが、また浮かんでしまう。けっきょく別のアイデアは出てこなかった。いや、ほんとうはひとつだけ、あった。美奈子のおかあさんに「みんな困っとるんです」と言いつければいい。でも、それはルール違反だ。だれが決めたルールかは知らないし、そんなものほんとうにあるかどうかもわからないけど、ぼくは班長で、六年生で、オトコだ、ルール違反はできない。

まどかは、もう生協ストアの前にいるだろうか。美奈子はどうだろう。エッちゃんをいじめたりしていないだろうか。

健介がやっと戻ってきた。「ウンコ出たか?」ときくと、「しゃがんだけど、出んかった」と言う。これもいつものことだ。

健介の顔を覆《おお》うレインコートのフードを持ち上げてやって、手をつなぎ、また歩きだす。

「じゃけえ言うたろうが、ウンコしたい気がするだけで、ほんまはだいじょうぶなんじゃ。今度からがまんせえ」

「うん……」

「おねえちゃん、ぐあいどんなじゃった? 熱あるんか?」

つないだ手がほどけかけた。うつむいた健介の顔を、ずり下がったフードが隠してしまう。ぼくは逃げるものを捕まえるみたいに手を握り直して、少し強く引いた。

「ヒロちゃん、おかあちゃんに言わんといてえよ、な?」という前置きを聞いた瞬間、いやな予感がした。「ほんまは、おねえちゃん……」とつづいた言葉の出ばなで、すべてがわかったような気がして、じっさいそのとおりになった。

早苗は臆病《おくびょう》で泣き虫だけど、嘘《うそ》をつくような子じゃなかったのに。あいつはいつも度の強いメガネや太った体つきを男子にからかわれているけど、だからといってメガネをはずしたり、ごはんを抜いたりなんて、だめだ。

そんなに美奈子が怖くていやなのかと思うと、違う、怖くていやなんだとわかるから、こっちまでおなかが痛くなってしまいそうだ。

「ヒロちゃん、もっとゆっくり歩いてくれん？」

「時間がないんじゃ、遅刻しても知らんど」

「手、痛い」

「がまんせえ、オトコじゃろうが」

早苗は美奈子のことをおかあさんにしゃべるかもしれない。それを聞いて、おかあさんはぼくのことを頼りにならない班長だと思うかもしれない。一人っ子はやっぱりだめだと言うかもしれない。まどかには中学生のおにいちゃんがいる。エッちゃんの妹は、来年小学校に上がって、ウチの班に入る。一人っ子は、ぼくと美奈子だけ。みんなの言うことは正しい。美奈子はわがままだし、ぼくは頼りなくて、きっと甘えん坊だから、甘えてくる下級生がほんとうはあまり好きじゃない。「ヒロちゃん、速《はえ》えよ、足、痛《いと》うなった」と健介が言う。うるさい。チビのくせに。まだ足し算もできないくせに。自分の名前を漢字で書けないくせに。幽霊を信じてるくせに。泣きながらおしっこを漏らしたこともあるくせに。弟や妹なんて、いなくてよかった。おにいちゃんやおねえちゃんだって、べつに欲しくない。

健介が遅れそうになるのを、乱暴にひっぱった。生協ストアまでは、あと少し。班長が遅刻したらみっともない。

「……ヒロちゃん、待って」

泣きべその声が、ガクン、と下に落ちた。傘の黄色が目の端で大きく上下に揺れて、つないだ手に体の重みがかかる。

「ボケ、転ぶな！」

思わず怒鳴って、にらみつけて、気づいた。健介の右足はソックスだけだった。振り返ると、道のずっと遠くに長靴が転がっていた。

ソックスは雨と泥でぐっしょり濡れている。健介は傘を持つ手を下におろしたまま、泣きじゃくりながらぼくを見上げる。フードの縁から雨のしずくがこぼれ落ちる。わななく口から、嗚咽《おえつ》交じりの「ごめんなさい」が聞こえた。

胸が締めつけられるほどかわいそうになったけど、それを脇に押しやって、腹立たしさが湧いてくる。

「なしてすぐに言わんのか！」

健介は、赤ん坊みたいな声をあげて泣きだした。

そのとき、通りの先のほうからぼくを呼ぶ声が聞こえた。まどかだ。こっちに向かって走っている。振り向いたぼくに気づくと、早く来て、と手を振りながら、さらにスピードを上げる。

「矢沢くん、健ちゃんはうちが見るけん、早う生協に行って！　おばさんが待っとってやけん！」

「おばさんってだれな？」

きいたときに、もう答えの見当はついていた。

「エッちゃんがたのおばさんに決まっとるが！」

悪い予感にかぎって、よくあたる。

エッちゃんのおかあさんは、もしかしたら美奈子よりも意地が悪いひとなのかもしれない。怒鳴ったり脅したりするんじゃない、にこにこ笑って「ほんになあ、ほんになあ」と自分の考えを確かめるようにうなずきながら、トゲのある言葉をやわらかい声でぼくの耳に押しつけてくる。

ヒロちゃんは班長さんなんじゃけん。

ヒロちゃんはもう六年生なんじゃけん。

ヒロちゃんはオトコの子なんじゃけん。

三つひっくるめて、だから美奈子がエッちゃんを泣かすのもぼくが悪い、ということになった。班長は班のみんなをまとめて、六年生は下級生の面倒を見て、オトコの子はオンナの子を守ってあげないといけない——らしい。

「子供のケンカに親が出るんはいけんけえね、お願いよ、ヒロちゃんがしっかりしてくれな、おばちゃん心配でかなわんが」

「もう親が出とるが」と言い返したいのをこらえ、でも「ごめんなさい」と謝るのもくやしくて、黙って頭を下げた。

エッちゃんはおかあさんの後ろに立って、ぼくを見ている。傘を手と肩で支え、もう一方の手の爪を噛《か》んでいる。あいつ、自分がルール違反をしたってこと、わかってるんだろうか。それとも、二年生で、オンナの子だから、ルール違反にはならないんだろうか。

美奈子はシャッターをおろした生協ストアのいっとう端にいた。雨の落ちてこないひさしの下なのに傘を差したまま、ぼくたちにはなんの興味もなさそうにぼんやりと空を見上げている。

ぼくが駆けつけたとき、美奈子はエッちゃんのおかあさんと向き合っていた。おかあさんはぼくが来ると、逃げるみたいに「ほな、まあ、悦子と仲良くしたってね」と話をきりあげた。美奈子は「ごめんなさい」も「はーい」も言わず、頭も下げず、いつもより右足を大きく持ち上げて、吉野の言うようにピョコタン、ピョコタン、とシャッターに沿って歩きだした。おかあさんもその後ろ姿を見た。困った顔になってぼくを振り向き、ちょっとホッとしたように、くどくどと文句を言いはじめたのだ。

まどかが健介を連れて戻ってきた。傘の把《と》っ手《て》に健介の汚れたソックスをひっかけて、自分のソックスを代わりに健介に穿かせてやったんだろう、足元は素足にズックだった。

「ヒロちゃんも大変じゃ思うけど、みんなのことお願いな」

　エッちゃんのおかあさんはそう言って、妹が一人で留守番してるから、と言い訳するようにつぶやき、最後に美奈子をちらりと見てひきあげていった。けっきょくお説教は、最初の話を言い方を変えて何度もくりかえしただけだった。

「矢沢くん、早う出んと遅刻するよ」

　まどかに言われ、二列縦隊をつくる間もなく歩きだした。美奈子も黙って合流した。みんなから少し離れて、いつものように地面を見つめ、だれにも負けないスピードで歩く。

　ぼくは左手で差していた傘を右手に持ち替えた。左手で傘を差していると、腕章がいつも目に入ってしまうからだ。

4

　雨は四時限めが終わる頃にあがり、午後からは陽も射してきた。教室の窓から見ていると、一面の水たまりだったグラウンドから湿り気がもやのようにたちのぼっているのがわかる。今夜は蒸し暑くて寝苦しいだろう。

　あと何日かすれば梅雨が明ける。海で泳げる。吉野たちと海岸でキャンプをする計画を立てている。小学時代最後の夏休みだ。中学では学区の区分けが変わって、吉野とは離ればなれになってしまう。

中学生になれば、また一年生からやり直しだ。先輩のことは「さん」付けで呼ばないと殴られるという話だし、詰め襟《えり》の制服のホックをはずしていても殴られるし、部活に入ると廊下で先輩に会うたびにあいさつをして、使いっぱしりもやらされるらしい。不良の先輩に目をつけられたら、毎日が地獄のようだというウワサは、ほんとうなんだろうな、たぶん。ちょっと怖い。でも、そのほうが楽でいいとも思う。下級生の面倒を見るのなんて、もううんざりだ。

腕章をはずした左手は急に軽くなった。Tシャツの袖に、安全ピンの針を通した跡がいくつも残っていた。腕章はランドセルの側面のフックにつけた。今年はそこにつけるのが流行《はや》りなんだとユウちゃんに教わった。来年、まどかは腕章をどこにつけるんだろう。いや、べつに、来年でなくたってかまわないんだけど……。

放課後の帰り道、美奈子には会わずにすんだ。雨あがりで美奈子の右足の調子もよくなったのかもしれないし、ぼくも、用もないのに教室にしばらく居残って時間をかせいだ。

途中まで道がいっしょの太田や永射《ながい》と別れて一人になってから、美奈子の歩き方を真似てみた。右足を持ち上げて、ピョコタン、ピョコタン、と拍子をとるように。

電柱から電柱までのほんの短い距離を歩いただけで、腰の左側と左膝が痛くなった。そういえば美奈子も昨日、右足だけじゃなくて左足もさすっていた。一息ついて、次の電柱まではふつうに歩く。さらに次の電柱へは、美奈子の歩き方で、スピードをゆるめないようにして向かう。何度かくりかえすうちに、美奈子はすごい奴だ、とつくづく思った。ぼくには無理だ、ほとんど左足だけの力でこんなスピードで歩くなんて。

でも、それを「すごい」と言うのは、ヘンだ。美奈子はちっとも喜ばないような気がする。美奈子にとっては、手助けをされることもほめられることも「ちーさな親切、おーきなお世話」なのかもしれない。

後ろから車が近づいてくる。白いライトバンだ。道の端によけてやり過ごそうとしたら、小刻みなクラクションが聞こえた。

振り向くのと同時に、車はぼくのすぐ目の前で停まった。運転席の窓が開いて、「おう、ヒロシ」とだみ声といっしょに顔を出したのは、ヤスおじさんだった。

「どげんした、おかしな歩き方して。足にマメでもできたんか？」

黙って、あいまいにうなずいた。

「やれんのう、最近の子は体がやわにできとるけえ」

おじさんは肩を揺すって笑い、「乗れや、家まで送っちゃるけえ」と言った。

「ええん？」

「こどもがなに遠慮しとるんな。ええけえ、早う乗れ」

今日は一人でいろんなことを考えながら帰りたかったけど、おじさんに強引な命令口調で言われると、逆に肩のこわばりがすうっと抜けたような感じになって、自分でも驚くほど素直な「うん」の声が出た。

ぼくが助手席に座ると、車はすぐに走りだした。

「ひさしぶりじゃのう、こんなん、六年生になってからちいとも遊びに来んが、勉強が忙しいんか」

「……うん、まあ」

「優子もさびしがっとったで。たまにはヒロちゃんと遊びたいなあ、いうて」

おじさんはちっとも似ていない女の子の声色を使って言った。でも、それは嘘だろうな、とぼくは思う。だいいち、おじさんは何年前の優子ちゃんの物真似をしたんだろう。

優子ちゃんは、いま中学三年生だ。いっしょにいてもなにをして遊べばいいかわからないし、今年の三月に泊まりに行ったときは、自分の部屋にずっと閉じこもって、ほとんど顔を合わさなかった。

おじさんの家は、昔に比べるとずいぶん静かになった。長女の房枝ねえちゃんは去年の秋に結婚をして家を出たし、次女の和美ねえちゃんも今年短大を卒業して、広島の会社に就職した。だから、おじさんの家はいま三人暮らしで、ウチと同じだ。

ほんまは、おじさんのほうがさびしいん違うん？　――きいてみようと思ったけど、やめた。おじさんが「おう、さびしいんじゃ」なんて言うわけないし、そんなふうにきくのなんて、こどものくせに生意気かもしれない。

でも、ぼくは知っている。妙子おばさんは最近よく母に電話をかけてくる。長電話になる。いつも母が聞き役で、相槌《あいづち》の「うん、うん」という声は、おばさんに同情しているように聞こえる。母はくわしくは教えてくれないけど、優子ちゃんがおじさんとケンカばかりしているらしい。「むずかしい年頃じゃけんねえ」とため息交じりにつぶやく母の声も、いつだったか、聞いた。

「ほいでも、ヒロシ」おじさんは車を運転しながら、ちらちらぼくを見て言った。「こんなんも、だいぶ背が伸びたのう。じきにおかあちゃん抜くん違うか?」

「まだ、あと五センチあるよ」

「五センチやこう、じきよ、じき。男の子は中学に入ると背がいっぺんに伸びるんじゃけえ」

「うん……」

「ほんま、たまにしか会わんと、よけいわかるんじゃ。大きゅうなったよ、ヒロシ」

ぼくねえ、おちんちんに毛も生えてきたんよ——これも、言いたかったけど言えない。父や母にもまだないしょにしている。学校のともだちにも見せていない。修学旅行でお風呂に入るとき、隠すのに苦労した。

昔はもっと気軽に、おじさんにいろんなことを話していた気がする。しゃべる前に、これをしゃべっていいかどうか考えることなんて、なかった。いや、そんなことなかったっけ。一年生や二年生の頃は、おじさんのだみ声や浅黒く陽に焼けた顔が、おっかなくてしかたなかったんだっけ……。

「ほいでも、泊まりに来いや、のう。優子もおねえちゃんらがおらんようになってさびしいんじゃやけえ」

ぼくは横の窓から景色を眺めながら、「今度行く」と言った。

「釣りに行こうで、そろそろキスがかかるけえ」

リールが錆《さ》びて使いものにならなくなったことは、おじさんには話していない。次の交差点を右に曲がれば、数を十かぞえないうちに家に着く。このまま車を降りてしまうと、昨日からのユウウツがよけい重苦しくなりそうな気がした。

「のう、ヒロシ、ちいとドライブするか」

まるでぼくの胸の内を見抜いたように、おじさんが言った。

「ええん？　仕事あるん違うん？」

「おじちゃんは社長じゃやけえの。偉いんど。わしが遅うなったら、みんなが待つ、それでええんじゃ」

力んで言ったおじさんは、自分の言葉におかしそうに笑って、交差点をまっすぐ進んだ。

おじさんと吉野は似ている。ふだんからときどき思っていることだけど、今日は特に。おじさんはぜったいに弱音を吐いたりしないひとだし、吉野だって、ほんとうはおちんちんにまだ毛が生えていないのを気にしているくせに、修学旅行のときは自分から「わし、つんつるりんなんじゃ。見せちゃろうか？」なんてみんなに言っていた。

そういうのがオトコらしいのかどうかは知らないけど、いまは、少しうらやましい。

車が町なかを抜けるまでに、美奈子のことをあらかた話した。おじさんはたまに相槌を打つだけで、黙ってぼくの話を聞いてくれた。「ちーさな親切、おーきなお世話」のところでは少し笑ったけど、健介のウンコの話にはため息が返ってきた。

海沿いの国道に出た。海の色は雨でにごっていた。西の空の雲は厚く、重たげな色だった。あしたもまた雨になるのかもしれない。

おじさんは煙草《たばこ》に車のシガレットソケットで火をつけて、吐き出す煙といっしょに言った。

「それで、どげんするんか。班長、もうやめるんか」

「……わからんけど」

「わからんいうことがあるか、自分の気持ちじゃろうが」おじさんは運転席の窓を少し開けた。「ヒロシがもうやめたいんか、まだつづけたいんか、いうことよ」

自分の気持ちだから、わからない。

なにも答えずにいたら、おじさんは「わしゃあ、いっぺん引き受けたことを途中で放りだすんは好かんがの」と言った。

ぼくだって嫌いだ。

「おとうちゃんは、なんか言うてくれたか?」

「しゃべっとらんもん」

「相談してみりゃええが。最後までがんばってやってみい、言うてくれるけえ」

そんなことない。父ならぜったいに、待ってましたというふうに、それ見たことかというふうに、「やめろ」と言うはずだ。

急につまらなくなって、笑いながらそう答えると、おじさんは意外そうにぼくの顔を覗《のぞ》き込んで、顔を前に戻すとすぐに言った。

「ほんまにそげん思うとるんか?」

「うん……」

「ヒロシのおとうちゃんは、オトコギのある奴じゃ思うがのう。どげんな?」

うなずかなかった。そんなことない、と口だけ動かすと、おじさんは一息おいて、やれやれ、と笑った。

「ヒロシも、図体は大きゅうなったが、まだまだこどもじゃのう。こんなん、なんもわかっとらんよ」

「……なして？」

「なんでも、じゃ。こどもには言うてもわからん」

怒られた——というより、冷たく見放されたような気がした。

それきり話はしばらく途切れた。ぼくは六年生なのに、こども。こどもなのに、六年生。どっちなんだろう。車の中に流れ込む潮の香りは、晴れた日よりねっとりとしていて、煙草の煙といっしょに顔にまとわりついてくる。

おじさんは煙草を灰皿に捨てて、言った。

「ヒロシは、なして足の悪い女の子に文句が言えんのな」

「……べつに、言えんことないけど」

「ほいでも、言うとらんのじゃろ？　言やあええがな、こげなことしたらいけんのじゃ、いうて。みんなが迷惑しとるんじゃけえ、あんたもちいと考えんさいや、いうて」

答えられなかった。おじさんに顔を見られるのがいやで、首を思いきりよじって窓の外の海を見つめた。夕焼けのきれいな海岸だけど、太陽はもう雲に隠れてしまった。いくつも散らばっているはずの島影も、今日はほとんど見分けられなかった。

おじさんは窓を閉めながら、歌うように言った。

「ちーさなエンリョ、おーきなザンコク」

ぼくは窓の外を見たまま動かない。

「体が悪かったら文句言うたらいけんのか？　ほいたら、親のおらん者《もん》にも言うたらいけんのう、中学しか出とらん者にも言えんのう、よその国から来た者にも言えんのう、前科者にも言えんのう……おじちゃん、社長のくせに、だれにも文句言えりゃあせんようになるが」

おじさんは一人で笑って、それから、腕にとまった蚊を叩くみたいに短く言った。

「ニンゲン、みな、おんなじじゃ」

5

翌朝、生協ストアの前に集まったウチの班のニンゲンは、ぼくとまどかと美奈子だけだった。

早苗は風邪。健介は腹痛。電話で「今日は二人とも遅れるけん」と伝えるおかあさんの声が、ふだんよりそっけなく聞こえた。エッちゃんからの連絡はなかったけど、集合時間から五分過ぎたあたりで、もう無理だろうな、という気がした。

まどかに「もうええが、行こうや」とうながされても、なかなか歩きだせなかった。

美奈子はストアのシャッターにもたれて、いまにも雨が降りだしそうな空を見上げている。いじめる相手がいなくてさびしがっているふうに見えないこともない。

「矢沢くん、学校遅れるけん、早う行こう」

まどかはそう言って、一人で歩きだした。美奈子も黙ってあとにつづき、その後ろに、ぼく。腕章はまだぼくのランドセルについているけど、班長はまどかだ。

歩きながら、ヤスおじさんの言葉を何度も思いだした。

おじさんの言っていることは正しい。それくらい、ぼくだって知っている。でも、正しいことと、やれることとは、違う。

目の前に、美奈子の背中がある。ピヨコタン、ピヨコタン、と揺れている。車がぼくたちのすぐ脇を通り過ぎる。おとなのひとも会社に遅刻しそうなのか、雨が降りだす前に目的地に着きたいのか、どの車もふだんよりスピードを出している。

いま、美奈子を後ろから突き飛ばせば——。

わざとそんなことを考えて、わざといやな気分になって、美奈子から目をそらした。


三時限めが終わる頃から、空が暗くなってきた。教室の明かりをつけると、中の様子が窓ガラスにくっきりと映り込む。風も出てきた。海の方角からの、かなり強く、なまあたたかい風だ。

「昼から大荒れになるかもしれんねえ……」

クラス担任の津島先生が授業の手を休めてつぶやいた声は、風でガタガタと揺れる窓ガラスの音に紛《まぎ》れて、教室の後ろのほうには聞こえなかっただろう。

四時限めが始まってしばらくすると、雨が降りはじめた。みぞれのような大粒の雨——と気づく間もなく、どしゃ降りになった。町はもちろんグラウンドでさえ、雨に煙って見えない。雷が遠くで光った。ワンテンポおいて、低い雷鳴が聞こえた。

去年もそうだった。おととしも、その前も。梅雨の終わりかける頃はいつも、台風のような激しい雨が降る。

雷が、また光る。すぐに大きな音が響いた。女の子が悲鳴をあげて、「うるせえのう」と笑う男子の顔も、ちょっとおびえている。

授業が終わっても、雨の勢いはおとろえない。給食を食べているときに、ほんの数秒だったけど停電した。クラス担任の先生は至急職員室に集合するように、と教頭先生が校内放送で言って、津島先生はパンを食べかけたまま、小走りに教室を出ていった。

「今日、早退《はやび》けできるかもしれんのう」

隣の席の原田が言った。

「あしたも臨時休校かもしれんで」とぼくの後ろのマッちゃんが言うと、少し離れた席からユウちゃんが「いけんが、わし、緊急連絡網の順番忘れとるで」とおおげさに頭を抱えた。

みんな、どきどきして、わくわくしている。これも毎年のことだ。廊下からは隣のクラスの男子が騒ぐ声も聞こえる。「かなわんのう、かなわんのう」といっとう大きな声を出しているのは、吉野だ。

黒板の上のスピーカーから、電気ひげ剃りのモーター音のような低い音が聞こえた。チャイム抜きで、「臨時連絡です、臨時連絡です」と教頭先生のしわがれた声が響く。

用水路の水が道路にあふれそうになっているという。用水路沿いの道を通って帰る班は、いますぐ先生の引率で集団下校をすることになった。至急昇降口に集合するように言われ、ウチのクラスからは内山が「かなわんのう、おおごとじゃが」とあわてて席を立って教室を出ていった。

放送が終わると、教室はまた騒がしくなった。クラスでいちばんイタズラ者のシュウくんが「ウナギが捕れるかもしれんけえ、河原に行ってみようや」と言い、おととしの梅雨明け前の大雨で家が床下浸水した女子の井岡さんは「また部屋がわやくちゃになるわ」と半べそをかいた。畑のことを心配しているのは学年でも数人しかいない専業農家の息子のケンちゃんで、おとうさんが消防団にいる西垣さんは、今夜はおかあさんと妹と三人で留守番になるらしい。

また校内放送があった。

午後の授業は中止して集団下校をするので、班長の教室に集まって、指示を待つように――。

教室がさらにざわめくなか、ぼくはだれともしゃべらず、席についたままうつむいた。

最初に教室に来たのは、まどか。エッちゃんも意外に早く、ちょっと気まずそうな顔で入ってきた。健介も来た。早苗も、初めて六年生の教室に入るので緊張しているのか、耳を真っ赤にして。

美奈子も来た。ピョコタン、ピョコタン、という歩き方に、教室にいたウチのクラスのともだちやよその班の奴らは、みんなぎょっとした顔になった。

帰り道の遠い班から順に校内放送で呼びだされて、昇降口に向かう。ユウちゃんの班が出ていった。「ええか、バイパスのトラック、ぶち水をはね上げるけえの、気ィつけていけよ」と下級生に口やかましく注意していた。しばらくして、中条の班も呼ばれた。二十人近い下級生の先頭に立って歩く姿は、なんだか団体旅行のガイドさんみたいだ。廊下を、吉野の班が通り過ぎる。きれいな二列縦隊を組んで、男子はやっぱり女子の前だった。

そろそろウチの班だろうかと思っていたら、いなびかりと同時に耳の奥ではじけるような大きな雷鳴が響き渡った。学校のすぐ近く。ひょっとしたら屋上の避雷針に落ちたのかもしれない。その音がなにかのスイッチだったみたいに、雨はいっそう激しくなった。

もう少し小降りになるのを待つので、このまま待機するように。教頭先生がそう言ったきり、校内放送は途絶えた。

退屈した下級生が騒ぎだす。ふだんの教室とは違って、舌足らずな高い声が壁に跳ね返る。

でも、ぼくたちの班はずっと静かなままだった。早苗と健介は小声で「せっせっせーの、よいよいよい」をやっていて、エッちゃんは自由帳にマンガを描いていて、美奈子はあいかわらずつまらなそうな顔で外を眺め、まどかはリコーダーを袋から出して、指だけ動かしている。

ぼくの視線に気づいたまどかは「あした、笛のテストなんよ」と照れくさそうに言った。

「『アマリリス』か」ときくと、リコーダーをくわえたまま黙ってうなずく。

ぼくも四年生のときのいまごろ、音楽の授業で『アマリリス』を習った。教科書に載っていたさし絵は、ユリのような花だった。テストは失敗した。スタッカートの音がうまく出せなかった。ソ、ラ、ソ、ド、ソ、ラ、ソ——だったっけ、最初は。ドで始めると途中でシャープかフラットが入っちゃうんだったたっけ。

「音を出して練習すりゃあええが」

「好かんこと言わんといて、うち、笛へたやもん」

スタッカートは舌ではじくように音を出すのがコツだ。四年生の頃はどうしてもうまくいかなかったけど、いまはもうだいじょうぶ。コツさえつかめばかんたんで、あの頃はどうしてこんなことができなかったんだろう、とさえ思う。

来年になると——どうなんだろう。いまはできないことが、来年にはできるようになるんだろうか。逆に、いまはできるのに、来年になるともうできない、そんなこともあるんだろうか。

背中がぞくぞくっとした。六年生も、五年生も、四年生も、三年生も、二年生も、一年生も、たった一度きりしかないんだと、そんなのあたりまえのことだけど、いま、気づいた。

声が聞こえた。女子の原さんの班だ。下級生の男子が、少し離れた場所から美奈子を呼んで、足をからかうようなことを言った。いかにもいじめっ子といった感じの、体の大きな、デブだった。ほかの男子もいっしょになって囃《はや》し立てる。さっきからいっとう騒がしかったグループだ。原さんが止めたけど、おとなしい原さんの言うことなんか聞く気はないみたいだ。

「相手にせんとき」とまどかが言うと、美奈子はわざとそれに逆らうように、机に手をついて左足一本で立ち上がった。

デブはあとずさりかけたけど、ほかの奴らの前で見栄を張ったのか、さらに足のことをからかった。

美奈子はデブをにらんだまま、左右の机についた両手をボートのオールみたいに後ろに搔いて詰め寄っていく。体を支えるのは両手と左足だけ。ぶらんと浮いていた右足が、机の脚にあたった。体のバランスがくずれ、左手をついた先が机の端っこすぎて、机の脚も浮いた。

「危ない!」

　まどかの悲鳴と同時に、美奈子は床に倒れ、その上に机が倒れた。デブが小躍りしながら手を叩いて笑う。

　ほっとけばいいのに、あんな奴なんて相手にすることないのに、美奈子はあきらめない。泣かない。床に這《は》いつくばったままデブをにらみつけて、腕立て伏せのように両手を踏ん張って体を起こし、「デブデブデブデブデブデブデブ！」とマシンガンの銃声を口真似しているみたいに叫《さけ》んだ。

「なんじゃあ？　こら、このチンバが！」

　デブが顔を真っ赤にして怒鳴り返した。チンバ――足が悪いことを、あいつ、そんなひどい言い方をした。

「ちょっとあんた！」

　まどかが立ち上がり、リコーダーを刀みたいに持って頭上にふりかざした。

　でも、その前に、ぼくが走った。机と机の間の、どこをどう通っていったかわからない、気がつけばデブの目の前にいて、頭を思いっきりはたいていた。

　デブはあっけなく泣きだした。頭を抱えてその場にしゃがみこみ、「六年生のくせに、なにすんのん……」と言った。

「アホタレが！」――これも、自分で考える前に怒鳴っていた。

「六年生じゃけえ、しばくんじゃ！」

胸がすうっとした。背中も、おなかも、からっぽになった。

原さんがデブに駆け寄って、「だいじょうぶ？　だいじょうぶ？」ときく。ぼくを振り向いて、半分怒って半分謝る顔になった。ぼくは原さんに「すまんかったの」とは言わなかった。そのかわり「おまえ、班長のくせになにしよるんか」とも言わない。原さんもデブのそばにしゃがんで背中をさすってやるだけで、なにも言わなかった。ぼくたちは班長だ。下級生をまとめるのに苦労して、だけど下級生は守らなくちゃいけない。

美奈子のところに戻った。ひと足先にまどかが美奈子を抱え起こしていた。まどかの後ろに、早苗と、健介と、エッちゃんもいる。みんな心配そうに美奈子を覗き込んでいる。

からっぽになったおなかと背中に、照れくささが溜《た》まっていく。

ぼくは班長だから、六年生だから、オトコだから——むっつりしたままの美奈子に言った。

「なにしよるんな、おまえも。いちいちケンカしとっても、どうもならんじゃろうが。自分のこと言われてそげん怒るんじゃったら、自分も班のみんなに意地クソの悪いことするなや、のう、違うか？」

美奈子はうつむきかげんに横を向いていた。なにも答えない。それでもいい。ここで急に素直になるなんて、美奈子じゃない。

「みんなのう、おまえに親切にしよう思うたんは、同情したから違うど。おまえと仲良うしたいけえ、親切にしよう思うたんじゃ。なしてそれがわからんのか、のう」

美奈子の返事はなかった。

ぼくは自分の席に戻り、まどかや早苗たちもあとにつづいた。

「カッコよかったやん」席につくと、まどかが小声で言った。「じゃけど、いまの話、ほんまは同情しとったんやろ？」

「まあ……ちょっとはの」

正直に答えると、まどかは「ほんまは、うちも」と笑って、「これからは違うけどね」と付け加えた。

美奈子はまだ、さっきの場所に立っている。ぼくたちに背中を向けて、窓の外を見つめている。

早苗とエッちゃんが、ひそひそ声で話している。美奈子を呼びに行こうか、と相談しているようだ。じっさいにそうするかどうかはわからない。いま、エッちゃんが、やめようや、というふうに顔の前で手を横に振った。

健介が椅子の上でお尻《しり》を落ち着きなく動かしている。おしっこだ。ぎりぎりまでがまんするから、トイレに着く前に漏らしてしまう。いつもは様子をみはからって「しょんべんか？」と声をかけてやるけど、今日は自分から言いだすまで黙っておくことにした。

『アマリリス』のメロディーが聞こえた。ぼくと同じだ、まどかもスタッカートがうまく吹けない。でも、来年になれば、きっと吹けるようになるだろう。

雨はあいかわらず激しく降りつづいている。雷の音はだいぶ遠ざかったけど、ときおりびっくりするぐらい雲が明るく光る。

この雨があがれば、梅雨明けまではあとちょっとだ。夏が来る。もうすぐ、海で泳げる。

「ヒロちゃん、おしっこ行ってきてええ?」と健介が言った。

早苗とエッちゃんが、目配せして、肘でつつきあい、タイミングをそろえて立ち上がる。

まどかの吹く『アマリリス』の音色が、少しやわらかくなった。

第九章　みどりの日々

1

音楽の授業の終わりに、ガリ版刷《ず》りの薄っぺらな歌集が配られた。

表紙には桜の木と校舎の絵が描いてあった。

「次からは、もう教科書やリコーダーは持ってこんでええけんね」

小原《おはら》先生はそう言って、鼻にずり落ちかけた老眼鏡を持ち上げながら、ピアノの前に座った。

「最初は校歌から練習するけど、まだ覚えとらんひと、おらんやろね？」ときかれて、みんな隣どうしで顔を見合わせて笑う。

「そらそうやね、六年間、ずーっと歌《うと》うたんじゃもんねえ」

皺《しわ》だらけの先生の顔が、くしゃっと縮んだ。

それを見て、ぼくたちの笑い声も教室に広がる前にしぼむ。授業中に騒いでいたらすぐに指揮棒でお尻《しり》をぶつ、おっかない先生だ。こんなに優しそうに笑うのは初めてかもしれない。

小原先生だけじゃない、六年生の受け持ちの先生はみんな優しくなった。下級生の頃に習った先生もそうだ。廊下ですれ違うたびに「もうじきお別れじゃね」と声をかけてくれる。

三月二十日に、ぼくたちは小学校を卒業する。今日は二月十四日。あと一ヵ月ちょっとで、この学校ともお別れだ。

きのう、クラスの男子で最初に樋口が髪の毛をボウズ刈りにした。二つ上の兄貴がいる樋口が言うには、ぎりぎりまで髪を伸ばしたままにしておくと、四月の入学式のときに頭が青々としてカッコ悪いんだという。それを聞いて、松田や杉本もその気になった。あしたは土曜日だから、あいつらのほかにも何人か床屋に行きそうだ。

ぼくも樋口の話をなるほどなあと思いながら、でもやっぱり、生まれて初めてのボウズ頭にするのはできるだけあとのほうがいい。

「まだ時間があるけん、先生がお手本でいっぺんずつ歌うてみるけんね。みんなも知っとるところはいっしょに歌うて」

小原先生はピアノで伴奏をつけて、校歌を歌いはじめた。女子と、歌の好きな男子の何人かの声が、先生にちょっと遅れてついていく。

ぼくは髪を指ですきながら、手書きの歌詞をぼんやりと見つめた。前髪が目にかかって、ちくちくする。ブラシでまっすぐにおろせば目が隠れる長さだ。カッコいい長髪にあこがれて、年末から「風邪気味やけん」「満員じゃったけん、今度にするわ」と、嘘《うそ》までついて床屋さんに行かずにすませていたけど、父は「むさくるしいけえ、早《はよ》う髪つんでこい」と言うし、母にも「あんまり似合わんよ」と言われている。

歌は『あおげば尊し』に変わった。「いまこそ　わかれめ」の「め」を延ばすところで、シュウくんは両手で目が飛び出るジェスチャーをして、まわりを笑わせた。いつもふざけているシュウくんだけど、卒業してみんなが離ればなれになるのをいちばんさびしがっているのは、あいつだ。

次の『蛍の光』の途中でチャイムが鳴った。日直の号令であいさつをすると、小原先生は校歌をまた、出だしのところだけ弾《ひ》いて、「卒業式は悔いの残らんよう、元気よう歌わんといけんよ」と言った。

音楽室を出たら、女子の飯島さんと工藤さんに呼び止められた。

来た——と思った。今日はバレンタインデーだ。朝からずっと、「待つ」というほどくっきりとしたものじゃなかったけど、胸がもやもやして落ち着かなかった。

「なんな、どげんしたんか」

振り向いたときに、しかめつらをつくった。忙しいから早くしてくれ、という身振りで二人に近づいていった。お手本は『太陽にほえろ！』のテキサス刑事。腕時計なんて持ってないのに、左の手首に目をやったりして。

それがよほどカッコつけているように見えたのか、なにしよるんアホ違うん？　というふうに二人は短く笑った。

チョコを持っているのがどっちで付き添いがどっちなのか、さっぱりわからない。笑い方に余裕があるのが少し気になったけど、いつものことと言えばいつものことだ、それは。五年生の終わり頃から、女子はみんなおとなっぽくなり、男子をすぐにガキ扱いするようになった。

「あのね、矢沢くん、いま好きな子おる？」と飯島さんがきいた。

喉《のど》の奥で息がつっかえた。アホ、と言ってやりたかったけど、声がうまく出ない。思わずうつむくと、頬《ほお》が熱くなる。

「付き合《お》うとるとか、そげんことやなしに、好きな子おるん？」

工藤さんが、ぼくの顔を覗《のぞ》き込むようにしてきく。

「オンナやこう興味ねえんじゃ」そっぽを向いて答えた。「わし、たらしとは違うけん」

たらし——オンナたらし。六年生の二学期から男子の間で流行《はや》っている言葉だ。女子と仲良くしゃべると、みんなから「たらし」と呼ばれる。「アホ」や「ボケ」より、ずっとクツジョクだ。

二人は「ちょっと待っとって」と、ぼくに背中を向けてひそひそ話を始めた。声は聞き取れなかったけど、いまのぼくの答えに関係ある相談をしていることはわかった。工藤さんが、ええよね？　というふうに目配せして、飯島さんも、ええ思うよ、とうなずく。

工藤さんは筆箱より一回り小さな包みをぼくに差し出した。

「言うとくけど、うちらからのチョコ違うよ。預かっただけやから」

工藤さんの言葉をひきついで、飯島さんが「四組の田辺さんが、矢沢くんに、て」と言った。

また、息がつっかえる。

「捨てたり、ひとに言うたりせんといてよ」と工藤さんが言った。

「……田辺ちゃあ、どげな奴じゃったかのう」

「知らんのん？　同じクラスになったこと、いっぺんもないいん？」

「そうじゃったかもしれんけど……忘れた」

嘘をついた。ちゃんと覚えている。四年生のときに同じクラスだった田辺智子だ。ゲジゲジ眉毛のゲジベエだ。ピアノ教室がいっしょの工藤さんと親友だということも、いま思いだした。

嘘は、もうひとつ。

朝からの胸のもやもやが、やっとかたちになった。ぼくが待っていたのは――ほかのだれからでもない、田辺智子からのチョコレートだったんだ。

工藤さんは「トモちゃん、今日学校休んどるけん、お礼言うんならあしたがええ思うよ」と言い、「愛しとる、言うてあげるん？」と飯島さんがからかうようにつづけて、二人は顔をくっつけて小声で話しながら歩きだした。

「わし、ほんま覚えとらんのよ、田辺やら」

二人は歩きながら、くすくす笑うだけだった。

「こげなんもろうても困るんじゃけどのう」

返事は今度もなかった。

胸がカアッと熱くなって、気がついたら走っていた。すぐに二人を追い抜き、階段の手すりにお尻を乗せて踊り場まで滑り降りて、踊り場から下の階まではジャンプ一発。十二段ぶんいっぺんにジャンプできるのは、六年生の男子でも四、五人しかいない。やってみればかんたんだけど、問題はその前の勇気だ。二学期の終わりに初めて挑戦したときは、一学期のうちに成功していた吉野から「去年の六年は、アキレス腱《けん》切った者《もん》がおったんで」なんてさんざん脅《おど》されたせいで、ほんとうに怖かった。

吹きさらしの渡り廊下に出た。外はかなり寒い。ピリピリする太ももをてのひらで何度も叩《たた》いて、むずがゆくなる前にダッシュした。歌集といっしょに持ったチョコの包みを強く握りしめた。顔にあたる風がひんやりと気持ちいい。やっぱり頬が赤くなっているんだろう。

タナベ、タナベ、タナベ、タナベ……。

女子の中で、あいつだけは「さん」付けが似合わない。

トモコ、トモコ、トモコ、トモコ……。

苗字《みょうじ》じゃなくて名前で呼ぶと、ちんちんが固くなることが、たまにある。

『終わりの会』の間、ずっと田辺智子のことを考えていた。飯島さんたちは、もうぼくの答えを伝えたんだろうか。好きなオンナがいないと言っておいてよかった。これなら両思いになっても、ぼくがしかたなく好きになってやった、ということになる。

チョコは手提《さ》げバッグの底に入れた。デパートの包み紙に、グリコのアーモンドチョコの赤い色が透けていた。手づくりのチョコだったらもっとよかったけど、そんなのもらったら、もう心臓が爆発してしまうかもしれない。

廊下が騒がしくなった。ほかのクラスはもう『終わりの会』がすんだみたいだ。もしかしたら、ほかにもチョコを持った女の子が廊下で待っているかもしれない。「たらし」とからかわれたらいやだし、どっちにしたってフるしかないんだけど、チョコをもらうところをみんなに見せてやりたい気も、ちょっとだけ、する。

わざとゆっくり帰りじたくをして廊下に出ると——女の子はいなかったけど、かわりに吉野が立っていた。

「ヒロシ、いっしょに帰ろうや」

「待っとったん?」

「おお、まあの、たまにはよそのクラスの者《もん》と帰るんもよかろう思うて」

せっかちな吉野が、約束もしていないのに廊下で待っているなんて、「たまには」どころか初めてだった。「どげんしたんか」ときくと、「ええけえ、去《い》のうで」と不機嫌そうに言って、さっさと歩きだす。ふだんはヤクザみたいに肩を揺すって歩くのに、今日は考え込むようにうつむいて、ともだちに「バーイ」と声をかけられても顔を上げない。

学校を出るまでも、出てからも、吉野の様子はおかしかった。元気がない。歩きながら、今年からルーツというガイジンが監督になるという広島カープの話をしたけど、あまり楽しそうじゃない。つい何日か前には、黒から赤に変わったカープの新しい帽子をおかあさんに買ってもらって大喜びしていたのに。

やがて野球の話も途切れてしまい、次の交差点で別れるというところまで来た頃には、吉野はもうぼくの話に相槌《あいづち》すら打たなくなっていた。

「どげんした、ヨッさん。ぐあいでも悪いんか」

心配になってきいても、「そげんこと、ありゃあせんけどの」と歯切れ悪く答えるだけで、また黙りこくってしまう。

田辺智子の話をしてやろうかと思ったけど、すぐに、言えるわけない、と打ち消した。ヤバいことになった、とも気づいた。

吉野と田辺智子は家が近所で、小学校に入る前からの幼なじみで、しょっちゅう口ゲンカしているけど、ほんとうは吉野は田辺のことを――。

「のう、ヒロシ」

吉野は、なにか決心したような声で言った。「だれにも言うなよ」とつづけ、ぼくがうなずいたのを確かめると、思いがけない名前を口にした。

「ゲジベエのことなんじゃ」

吸い込んでいた息が途中で止まった。頰が熱くなる。赤くなったかもしれない。吉野には気づかれずにすんだ。あいつはぼくと反対側の、午後になって急に曇ってきた空を見上げていた。

「あいつ、転校するんじゃて」

「……ほんま?」

「おう、ゆうべ、かあちゃんが言うとった。夜逃げじゃ」

冗談だと思ったから、笑った。

でも、吉野は空を見たまま「夜逃げなんじゃ」とくりかえして、あくびを無理に出した。

2

田辺智子の家は段ボール箱をつくる会社を経営していた。自宅と隣り合った作業所のような小さな工場で、社員も両親以外には二、三人しかいない。その会社が、去年の暮れに倒産した。おととしのオイルショックと関係があるのかどうかは吉野も知らなかった。ただ、何千万円という借金を背負って、それを返すために家と工場を売ったんだという。

「ほいでもまだ借金が残っとるらしいわ。借金取りが夜中にも来るけんかなわんて、おばさん言うとった」

事情をぼくに説明する吉野の口調は、見ず知らずの奴のウワサ話をするときのように淡々としていた。歩きながら、ずっと空を見ていた。下級生の男子が田んぼで揚げるゲイラカイトの目玉が、ぼくたちをにらんでいた。

田辺智子の一家は、今月いっぱいで家を出ていかないといけない。おとうさんが年明けから働いている広島市の自動車工場の寮に入るんだという。

だから、あと二週間。

「卒業式までおりゃあええにのう、アホじゃのう、ゲジベエも」

笑いながら言った吉野の声が、家に帰ってからも耳の奥に残って消えない。

あいつ、自分の気持ちはなにも言わなかった。「かなしい」とも、「くやしい」とも、「ゲジベエのこと好きなんじゃ」とも。でも、言わなくたって……言わないほうが、伝わる。

ベッドに仰向けに寝ころんで、腕を枕にして足を組み、田辺智子の顔と吉野の顔とをかわるがわる思い浮かべた。お手本は『愛と誠』の太賀《たいが》誠。土手の草むらに寝ころがって、ふてくされた顔で空の雲をにらみつけるシーンを真似《まね》てみた。

先週届いたばかりの二段ベッドはまだニスのにおいが残っていて、下の段で寝ていると目がちかちかする。ほんとうは病院で使うような鉄パイプのベッドが欲しかったのに、母は

「ベッドを置くと部屋が狭《せも》うなるけん、使わんほうは物置きにしんさい」と二段ベッドを注文した。一人っ子なのに二段ベッドなんてヘンだ。それに、そんなふうに勝手に決められるとおもしろくない。

最近、母が急に口うるさくなった。言葉づかいを注意されるのはしょっちゅうだし、父としゃべっているときに「ヒロシ、なんなん、その態度」と横から口を挟《はさ》まれることも多い。叱《しか》られるたびに、腹が立つ。母に怒り返したり文句をつけたりというんじゃなくて、ここにぼくがいて、母がいて、父がいて……というのが、むしょうにうっとうしくなる。

太賀誠みたいに、ひとりぼっちだといいのに。『あしたのジョー』の矢吹丈みたいなみなしごでもいい。そのほうがずっとカッコいいし、オトコらしい。

学校で女子が回し読みしている『りぼん』や『花とゆめ』なんかの少女マンガは、すぐに「愛してる」とか「好き」とか告白して、抱き合って、キスもして、オンナってアホ違うかといつも思う。オトコのマンガは違う。太賀誠は早乙女愛のことが好きなのに、いつも冷たい態度をとっている。ジョーだって白木葉子に最後の最後まで「好き」とは言わなかった。そういうところが、いい。

ぼくは、田辺智子を、好きだ。愛してる。両思いだ。少女マンガならハッピーエンドになるところだけど、ぼくはオトコだ、吉野を裏切りたくない。それに、たとえ両思いになったって、あいつはもうすぐ転校してしまう。文通することになるんだろうか。日曜日なんかに電車に乗って広島まで行ってデートする、なんてふうになるんだろうか。サッカーはどうしよう。中学ではサッカー部に入るつもりだし、練習は日曜日にもあるだろう。「オンナをとるんかサッカーをとるんか」と先輩に言われたらどうしよう。いや、だから最初から両思いにはなれないんだ、吉野のために、友情で、オトコだから……。

トモコ、ほんまは愛しとるんで。結婚してもええ思うとるんで、わし。

腕を口元に押しつけて、言葉にならないくらいひしゃげた声でつぶやくと、耳の後ろがぞくっとした。鳥肌が立ちそうで立たないような、おしっこをがまんしているうちに急にトイレに行きたくなくなったような、ヘンな気分だった。半パンの前がふくらんだ。ちんちんが固くなって、折れ曲がった根元が痛い。

ドアが開いた。

「なにしよるん、電気も点《つ》けんと」

何度も言っているのに、母はぼくの部屋に入るときにノックをしない。

ぼくは壁のほうに寝返りを打って、「寝とった」と言った。姿勢を変えるとちんちんの根元は伸びたけど、かわりに先っちょが半パンにつっかえて、やっぱり痛い。

「ごはん、できたよ。おとうさん帰り遅そうやし、ハンバーグじゃけん、冷めんうちに食べんさい」

「うん……」

太賀誠やジョーはハンバーグなんて食べないし、半パンにハイソックスなんて穿《は》かない。好きなオンナのことを考えるときも、ちんちんをたてたりしないだろう。

ぼくは、カッコ悪い奴だ。

夕食を終えて、父も市役所から帰ってきたら、ほどなくヤスおじさんが訪ねてきた。妙子おばさんと優子ちゃんもいっしょだった。

今日、優子ちゃんの第一志望の高校の入試だったんだという。おばさんといっしょに、ゆうべから広島市のホテルに泊まり込んで、さっき帰ってきた。二人を駅まで車で迎えに行ったおじさんが、どうせ無理やりウチに寄ることを決めたんだろう。いつものことだ。

「合格の前祝いじゃけえ」とおじさんは上機嫌にビールを飲みだした。優子ちゃんは「そんなん言われて、落ちとったら恥ずかしいが」といやがっていたけど、試験の出来に自信はあるんだろう、おじさんをほっといて、おばさんや母と引っ越しの話をしていた。志望校は私立の女子校だ。合格したら、去年の春に広島で就職した和美ねえちゃんと二人でアパートに住むんだという。

もしかしたら、優子ちゃんと田辺智子が、広島でばったり会うことがあるかもしれない。ともだちになったりして。万が一のことだけど、そうなったら、うれしい。

「ヒロちゃん、ちょっとマンガ見せて」

優子ちゃんは昔と同じように、ぼくを「ちゃん」付けで呼ぶ。でも、ぼくのほうは「ちゃん」なんてもう付けられないし、「優子さん」もヘンだし、「優子」と呼び捨てにするともっとヘンだから、黙って立ち上がり、黙ってぼくの部屋のドアを開けて優子ちゃんを中に入れた。

「ヒロちゃん、二段ベッド買《こ》うてもろうたん？」

「うん……」

「カッコええやん、中学生の部屋らしゅうなって」

入試が終わって気分が楽になったのか、優子ちゃんはにこにこ笑っていた。中学のセーラー服のサイズはちょっと小さめで、だから、見ちゃいけん、と自分に言い聞かせていても、つい胸のふくらみに目がいってしまう。

優子ちゃんは本棚の前に立ってマンガを選びながら、「あ、そうそう」と言った。「なつかしいひとの話、してあげようか」

「……だれ？」

「シュンペイさんて、ヒロちゃんおぼえとる？」

「うん」忘れるわけない。「シュンペイさん、どうかしたん？」

「結婚したんよ」

「ほんま？」

「ほんまほんま、大阪で式挙げたいうて、先週やったかな、結婚式の写真の葉書が来たんよ。シュンペイさん、タキシード着てすかしとったわ」

うなずきかけて、なんで大阪なんだろう、とふと気づいた。

「シュンペイさん、いま大阪に住んどるん？」

「みたいやね。布団のセールスしとるって葉書に書いてあった」

田舎に帰ったはずなのに。母一人子一人のおかあさんが、田舎で待っていたはずなのに。

優子ちゃんは本棚から『ブラック・ジャック』のコミックスを何冊か抜き取りながら、

「おとうさんも、あんまりええ顔しとらんかった」とぽつりと言った。

ぼくも黙ったまま、ため息をついた。

「せやけど、やっぱりねえ、大阪やら東京やら、都会はええもん。うちも、ほんま言うたら、広島より大阪に出たかったもん。ヒロちゃんも東京がなつかしいん違う？」

よくわからない。東京にいた頃の記憶はだいぶ薄れた。阿佐ヶ谷の富士見荘やこばと幼稚園がなつかしくないことはないけど、それより、スーパーマーケットに建て替える前の馬場商店のほうがずっとなつかしい。

「うち、大学はぜったい東京か大阪にするけんね」

優子ちゃんはそう言ってぼくを振り向き、「おとうさんにはないしょよ」と笑って部屋を出ていった。

妙子おばさんが車を運転して優子ちゃんを連れて帰ってからも、おじさんは一人でウチに残った。「今夜は飲もうで、隆之」と父に言う声は、もうべろんべろんだった。

トイレに行ったついでに居間を覗くと、おじさんはコタツにもぐりこみ、畳に頬づえをついて寝ころんでいた。

「おうヒロシ、すまんのう、勉強の邪魔してから」

ウイスキーのグラスは手元にあったけど、いまにも眠り込んでしまいそうだ。

「もう十一時じゃけえ、早《はよ》う寝えよ」

父が言った。ほんとうはおじさんに聞かせたくて言ったんだとわかるから、ぼくも「ほんま、もう十一時なん」とわざとびっくりした声で答え、自分の部屋に戻った。

前祝いだなんて言ってるけど、ほんとうはおじさんはすごくさびしいんだと思う。

房枝ねえちゃんがおととし結婚をして、和美ねえちゃんも広島に行ってしまい、それだけでもずいぶんさびしがっていたのに、優子ちゃんまで四月から広島に行くと、下級生の頃は廊下で優子ちゃんとかけっこができた広い家は、おじさんとおばさんの二人きりになる。

おじさんの家には、もう一年近く遊びに行っていない。顔を合わせるたびに「今度泊まりに来いや」と言われる。でも、なにかおっくうで、おじさんのことが嫌いになったわけじゃないけど、遊びに行ってもなにをしゃべればいいのかわからないから、いつも「うん……」

とあいまいにうなずくだけだ。

居間から、また話し声が聞こえる。

「隆之も美佐子さんも、あれよ、子供をあてにしとっちゃあおえんど。子供は自分勝手な都合ばあ言うんじゃけえ」

声の位置からすると、おじさんはやっと起きあがったらしい。笑いながら返した父の声は聞き取れなかった。母が「タクシー、呼びますけん」と言って、台所に出た。

「親と一つ屋根の下に住めるいうて、わしゃあ、これ以上の幸せはねえ思うがのう。違うんじゃのう、子供の考えは。ほんま、身勝手なもんじゃ」

そんなことない――頭から布団をかぶって、思った。

親なんて、ほんとうはいなくていい。生活とかお金とかいろんなことを抜きにできるなら、みなしごがいちばんいい。

田辺智子だって、きっとそう思っているはずだ。親が借金をしたせいで転校しなくちゃいけないなんて、卒業式までいることもできないなんて、そんなのくやしいし、おかしい。たまにしか話をしなかった四年生の頃や、遠くから見るだけだった五年生と六年生の頃のあいつの顔が、思いだすままに浮かんでくる。笑っていたり怒っていたり、いろんな顔を覚えているけど、かなしんでいる顔はない。それが、すごく、つらい。

ベッドからそっと抜け出して、机の引き出しを開けた。十二個入りのチョコの、三つめを口に入れた。舌の先で転がすようにして、ゆっくりと溶かしていく。夕方から何度も何度もくりかえしたことなのに、また内箱まで開けて、手紙が入っていないかどうか確かめて、カカオの香りのため息をつく。

どうして田辺智子はアーモンドチョコなんて選んだんだろう。チョコが溶けたあと、アーモンドの固さと苦さが舌にさわる。最後まで甘いミルクチョコのほうがよかった。ぼくというより、あいつのために。

あいつ、家出すればいいのに。もしも逃げてきたら、ぼくはぜったいにかくまってやるのに。吉野にはないしょにして、工藤さんたちにも黙って、ぼくたち二人だけの秘密ができると、いい。

3

翌日の土曜日、田辺智子は学校を休んだ。

週明けの月曜日も――これで三日連続の欠席。

集団登校の班には欠席の連絡がなく、五年生の女子が家まで迎えに行ってチャイムを鳴らしても、だれも出てこなかったらしい。四組の担任の若月先生は、今日の給食に出たパンやマーガリンやミカンを「留守じゃけえ届けんでもええ」と言ったらしいし、土曜日の家庭科の授業で刺繡《ししゅう》の作品を返してもらったときも、誰かが「田辺さんの作品、家に届けましょうか」ときいたら、山根先生は「先生が預かっとくけん」と答えたんだという。

早口にそこまで話し終えた吉野は、「もう夜逃げしたんかもしれんのう」とふてくされた声でつぶやいて、ベランダの手すりに這《は》わせた腕に顎《あご》を載せた。

「引っ越すんは今月の終わりじゃろ?」とぼくがきくと、「そげなんわかるかい、夜逃げなんじゃけえ」と今度は怒った声になる。

ぼくは吉野と同じように顎を腕に載せた。ほんとうは頰づえをつきたいけど、手すりの背が高すぎて、腕を置くだけでもつま先立っていないといけない。窮屈な姿勢でも、向き合っているよりもこっちのほうがしゃべりやすい気がする。

昼休みの教室は、いつものように騒がしい。朝から冷たい風の吹き渡るなか、ベランダに出ているのはぼくたちだけだった。窓ガラス一枚を隔《へだ》てて、ぼくと吉野は他のともだちとは違う世界にいる。でも、田辺智子は、もっと違う世界に、ひとりぼっちで——。

「まあ、ゲジベエがどげんなろうと、わしの知ったこっちゃねえがのう」

つぶやいた吉野の声を、強い風が吹き飛ばしていく。グラウンドの砂が渦を巻くように舞い上がるのが見えた。強がりをからかうほど、ぼくは意地悪でもないし鈍感でもない。かわりに、べつに吉野は喜ばないだろうと思ったけど、「ヨッさん、よう調べたのう」と言ってやった。

「調べたん違うわ、話しとる声が聞こえただけじゃ」

やっぱり怒った。

「ほいでも、女子としゃべったんじゃろ」

「いけんのか」

「そげんことないけど……珍しいのう思うて」

グラウンドをぼんやり見つめて言った。オンナと話すとオンナオトコになる、と吉野はいつも言ってるのに。どんな顔をして、どんな声で、田辺智子のことをきいたんだろう。

ぼくだって、あいつが休んでいることぐらいは知っていた。休み時間にこっそり四組の教室を覗いて確かめた。でも、女子に「田辺、どげんしたんか」とはきけない。あしたもあいつが休んだとしても、やっぱりなにもきけないだろう。カッコ悪いことはしたくない。でも、いまは吉野のことをカッコいいと思う。思うけど、ぼくが真似をしたらカッコ悪くなりそうな気がする。よくわからない。カッコいいとか悪いとか、オトコらしいとかオンナオトコだとか、どうして、いつから、ぼくはそういうことばかり気にするようになったんだろう。

「帰りにゲジベエがた行ってみんか？」

びっくりして振り向くと、吉野はすっと目をそらして、「借金取りが貼り紙しとるかもしれんけん、おもしろかろうが」と、ちっともおもしろくなさそうに付け加えた。

なにかギャグで答えてやろうと思ったけど、うまいダジャレが浮かばない。考えているうちに五時限めの始まるチャイムが鳴った。

吉野は体を起こすと、やっと風の冷たさに気づいたみたいに「寒いのう、今日は」と足踏みしながら笑って、その顔のまま「ええこと教えちゃろうか」と言った。

「こんなんは知らん思うけどの、ゲジベエ、わしのこと好いちょるんど」

アホ——声が息といっしょに喉でつっかえて、裏返って、しゃっくりみたいな音が出た。

吉野は急にすっきりした顔になった。「ま、そういうことじゃけえ」と教室に戻り、ダッシュして廊下に出ていく背中も、軽い。

ベランダに残ったぼくは、ため息と同時に回れ右をした。さっきと同じように手すりに抱きつく格好でつま先立ち、頰を直接手すりにつけた。風にさらされどおしのコンクリートは、ぞくっとするほど冷たく、鳥肌が腰の奥から立ってくるようだった。埃《ほこり》っぽいにおいがする。チョークのにおいと、給食室のほうからは、今日のおかずだった鯨《くじら》のオーロラソース煮のにおいも、うっすらと。

「ヒロシ、なにしよるんか、先生来たど」と窓際の席の中畑に声をかけられるまで、ずっとそうしていた。動きたくなかった。中畑はボウズ頭になっている。日曜日に床屋に行ったらしい。目にかかる前髪がうっとうしい。もうボウズ頭にしてもいいかもしれない。初めて、そう思った。

学校から帰ると手提げバッグをベッドに放り投げて、台所にいた母に「男子はみんなボウズにする言いよるけん」と嘘をついて千円もらった。くしゃくしゃの千円札を、じかに半パンのポケットに入れた。財布は使わない。どんな場面かは忘れたけど、太賀誠もそうしていたはずだ。

全力疾走で自転車をとばした。上り坂も小さなギアで一気に越えた。四年生のときからずっと乗ってきた自転車だ。百キロまで計れる距離メーターが何回ゼロに戻ったか数えきれないくらい、町じゅうを走りまわった。

待ち合わせの交差点に着くと、吉野は予想どおり先に来て待っていた。ふだんなら、たとえぼくが約束の時間より早く着いても「遅《おせ》えのう、なにトロトロしよるんな」と文句を一言ぶつけてくるところだけど、今日は怒らない。そのかわり、笑いもしない。カープの野球帽をまぶかにかぶり、黙って自転車を漕《こ》いで、ときどき、かなわんのう、というふうに息をつく。

途中で前に出ると、吉野は意外そうに言った。

「なんな、ヒロシ、ゲジベエがた知っとるんか？」

「……知らん」

嘘だ。家の前を通ったことは何度もある。わざと遠回りして、だれも見ていないのに道を間違えたという顔をつくって、もしかして田辺智子が見えないだろうかと塀越しにちらちら目をやって、だめだとわかると、そこからはいつも思いきりペダルを踏み込んでいた。

「知りもせんくせに前走ってどげんするんか、ボケ」

笑いながら「すまん」と謝った。

「なに笑いよるんか、ボケ」

黙っていたら、「はぶてんなや、ボケ」と来る。

はぶてる――ふてくされる。それ、おまえのほうじゃろうが、と言ってやりたいけどがまんした。

「ヨッさん、ゲジベエおると思う?」

「べつに、おるとかおらんとか関係なかろうが。借金取りの貼り紙見にいくだけなんじゃけえ」

「もし、おったらどうする?」

「おらんわい、どうせ。じゃけえ学校休んだんじゃろうが、脳みそ使《つこ》うたれや、ボケたれが」

「もしも、の話じゃ。もしゲジベエがおったら、どげんするんか」

「どげんもせんわい、せろしいけえカバチたれんと黙っとれ、ボケ」

ボケボケ言うな、ボケ言う者《もん》がボケなんじゃボケ――心の中でガキっぽく言い返して、でも答えをごまかされたわけじゃないんだとわかっているから、自転車のスピードを少し上げて吉野に並んだ。

「のう、ヨッさん。わし、どっちにしてもすぐ去ぬるで」

「なしてや」

「床屋に行くんじゃ。もうボウズにしよう思うて」

「あしたでよかろうが」

「いけん、今日行くいうて、かあちゃんに金ももろうたけん」

「山根がたバリカン持っとる言うとったけえ、それでボウズにすりゃあゼニもかからんのに」

「ほいたら、ヨッさん、自分でそうせえや」

そっけなく言ってやった。たまには、いい。吉野は学校でいっとういばっていて、そんな吉野に向かってキツい言い方ができる男子はぼくだけで、だからよく「おまえら仲悪いんじゃろ?」ときかれるけど、そういう奴って、わかってないんだと思う。といって「親友なんじゃろ?」と知ったかぶりされても、ぜんぜん違うわい、となるところがむずかしい。

六年間付き合ってきた。お互いに「ええ奴じゃのう」と思ったときより「なんじゃ、こいつ」とムッとしたときのほうが多いはずだけど、小学校のともだちを一人だけ選べと言われたら、吉野になる。吉野はどうだろう。ぼくのこと、ベスト3ぐらいには入れてくれるだろうか……。

「この先じゃ」

吉野は自転車に急ブレーキをかけた。ぼくも吉野に並んで停まり、荒い息を整える。風はあいかわらず強く吹き渡っていて、走っているときにはそれほど気にしなかったけど、向かい風を切ってペダルを踏みつづけたせいか、太ももがしびれたように火照《ほて》っていた。

「ヒロシ、わしのう、こんなんにだけ教えといちゃるけど、わし……ゲジベエのこと、嫁にしちゃってもええ思うとるんじゃ……」

走っているうちに浮いてきた帽子のつばを下ろしながら、こっちを向かずに言う。ぼくは、ぷくんと突き出た膝小僧を軽く叩きながら、へヘッと笑った。

「ヨッさん、それ言うちゃれや。喜ぶ思うで、ゲジベエ」

息をたっぷり吸い込んだのに、声が震えた。

「ヨッさんが言うの恥ずかしかったら、わしが言うちゃろか？」

もっと震えた。

吉野は「アホ」と笑うだけで、「やめろ」とは言わなかった。ぼくも「やっぱりいまの嘘じゃ」とは言わず、自転車のサドルに座り直し、ハンドルを強く握りこんだ。中学に入ると、自転車屋さんでドロップハンドルに付け替えてもらうつもりだ。昔は自慢だった六連のフラッシャーライトも、いっしょにはずそうと思っている。

「よっしゃ、行こうで、ヒロシ」

「おう」

ひさしぶりにフラッシャーライトのスイッチを押してみたけど、電池が切れているんだろう、ライトは光らなかった。


田辺智子の家は、ぼくたちの家のような瓦屋根《かわら》じゃない。テレビのコマーシャルでよくやっている、プレハブの二階建てだ。真っ平らな屋根の上は屋上になっていて、いつか家の前を通りかかったときには布団が干してあった。ピンクの毛布を見て胸がどきどきしたのを、いま、思いだした。

家の隣は工場。『タナベ製作所』と看板が出ている。ビニールシートをかけた段ボールが山のように積み上げられ、小さなフォークリフトがカブトムシやクワガタムシみたいにちょこまかと出入りしていた工場は、いまはシャッターがおりて、機械の音もひとの気配もしない。

家にも工場にも借金取りの貼り紙がないのを確かめて、また家の玄関前に戻った。家じゅうの窓にはカーテンがかかっていて、物音も聞こえない。でも、工場とは違って、がらんどうという感じはしない。

「まだ引っ越しとらんのと違うか？」

小声で言うぼくに、吉野も黙ってうなずいた。

「それにの、ヨッさん、留守じゃねえかもしれんど。郵便受けに新聞が溜《た》まっとらんじゃろ」

吉野は「コロンボみたいじゃのう」と短く笑いかけて、ハッとしたように顔を上げた。

「見たか……いま、二階のカーテン動いたど」

「うそ」

「ほんまじゃて、そこの右側じゃ、よう見てみい」

ベランダに面した、右側の窓。黄緑色のカーテンが、ほんとうだ、揺れた。

「ゲジベエの部屋ど、そこ」吉野の声が高くなる。「おるんじゃ、あんなん」

ぼくがうなずく間もなく、てのひらをメガホンにして怒鳴った。

「ゲジベエ！ 出てこいや！ ヒロシがのう、おまえのこと、ブスじゃけど好いとるってや！」

アホだ。こいつ、死ぬほど、アホ——。

カーテンが真ん中から勢いよく開いて、ふくれっつらの田辺智子が顔を出した。長い髪を、今日は左右に分けて、赤い髪留めがサクランボみたいだ。

「こんなん、ずる休みしたんじゃろうが！ ヒロシがのう、さびしいさびしい言うてせろしいけえ、遊びに来たったど！ そこの三角公園におるけえ、顔出せや！」

声を張り上げる吉野の顔は、怒ったように眉を寄せていた。でも、ぼくは知っている。泣きそうなときに眉をひくつかせるのが、あいつの癖だ。

4

三角公園にはブランコも滑り台もベンチもない。ぼくたちが勝手に「公園」と呼んでいるだけの、三角形をしたはんぱな空き地だ。

田辺智子を待つ間、吉野はどこに立っていればいいのか迷って、狭い公園の中をうろうろと歩きまわった。いつ折り曲げたんだろう、帽子のツバにカーブがついていた。野球よりサッカーのほうが好きなぼくには、どこがカッコいいのかわからないけど、野球帽をかぶる奴はたいがいツバを曲げてかぶる。

ぼくは道路との境の鉄柵に腰かけた。サッカーボールがあるといいのに。得意のリフティングとドリブル、田辺智子に――トモコに、見せてやりたかった。太賀誠みたいにポケットに両手をつっこんで足を組もうとしたら、バランスをくずして仰向けに道路に落っこちそうになった。だいいち、そんなポーズ、半パンじゃカッコ悪いだけだ。

やがて、トモコが小走りにやってきた。セーターの上にダッフルコートを羽織《はお》っている。コートもセーターも、コール天の赤いパンタロンも、学校では見たことのないよそゆきだった。どこかに出かけるところだったのか、どこかから帰ってきたばかりなのか、どっちにしても学校帰りのぼくや吉野とはぜんぜん雰囲気が違う。いま目の前にいるのに、ほんとうはトモコはもう、ぼくたちからずっと遠いところにいるのかもしれない。

「ちょっと、ヘンなこと大声で言わんといてよ、ヨッチ」

トモコはいつも、吉野を幼稚園時代のあだ名で呼ぶ。お返しに「ゲジベエ」のあだ名をつけたのは吉野だ。

「矢沢くんにも迷惑やろ?」

ヒロシ――とは呼んでくれない。ぼくの顔も最初にちらっと見ただけで、あとはずっと吉野のほうを向いている。

吉野はにやにや笑いながら、「オンナの『好かん』は『好き』のうち、いうけどのう」と、とぼけた声で言う。なんでそういうことを言うんだろう。もう会えないかもしれないのに。これが最後かもしれないのに。アホだ。ガキだ。

「ヨッチ、あんた、こんなんで中学生になって、みんなから笑われてもしらんよ」

あきれて言ったトモコは、不意にぼくを振り向いて「ねえ?」と笑った。

目を伏せた。頬と、耳たぶが熱くなる。トモコは気にならないんだろうか。好きなオトコと平気でしゃべれるぐらいおとななんだろうか。

「のう、ゲジベエ」

吉野の声が変わった。顔はわからない。ぼくにもトモコにも背中を向けて、足元の土をつっかけながら、言う。

「引っ越し、いつするんか」

「今度の日曜日」

トモコは驚くほどあっさりと答え、ぼくと少し距離をおいて柵に軽く腰かけた。

「……早《はえ》えのう、今月いっぱいはあの家におれるん違うんか」

「うん、でも、もうええんよ」

「なしてや」

「うちね、金曜から広島行っとったんよ。さっき帰ってきたんじゃけど、けっこうええところでね、おかあさんと、どうせ卒業式までおれんのやったら早《はよ》う転校しようか、て。そのほうが、向こうでともだちできるやろ？」

微笑《ほほえ》み交じりにしゃべる。強がったりごまかしたりしている様子はない。

「やれんのう、つまらん親のせいで。わしじゃったら……」

吉野の声を途中でさえぎって、「おとうさんのこと、悪う言わんといて」とトモコは初めて声をとがらせた。

吉野はまだトモコを振り向かない。足元の土をズックのつま先で掘りつづける。「卒業式まで、おりゃあええが」と、声はほとんどつぶやきに近くなった。

「野宿するん？」

　トモコは肩を揺すって短く笑い、その笑顔をぼくに向けた。さっきと同じようにぼくは目を伏せて、でも、一瞬だけ見た笑顔を忘れたくないから、うつむいても、そっぽを向いても、ほんとうはなにも見ていない。

「親戚とか、おるじゃろうが」と吉野は言った。

　トモコはぼくから目をはずし、また短く笑う。

「おるけど、もう無理よ、お金のことで迷惑かけとるけん、これ以上ずうずうしいこと言えんの」

　家出すればいい、ウチに来ればいい。言えるわけのないことを、ぼくは心の中でつぶやいた。

「わしかたに泊めちゃろうか?」

　吉野が言った。背中を向けたまま、ぴくんと持ち上がった両肩につられてしまったような、うわずった声で。

　トモコは返事をしなかった。吉野も黙る。ぼくも、ぼくなんか、なにも言えない。

　吉野は肩から力を抜いて「一泊百万円じゃけどの」と言った。

「なあん、アホなことばあ言うんじゃけん」

　トモコは柵の格子につま先をかけて体を支え、吉野の背中に軽くゲンコツをぶつける真似をした。

吉野は「卒業式までおりゃあええんじゃ、ほんまに」と吐き捨てる声で言って、もうぜったいに振り向かないと決めたみたいに、一発、右キックで土を蹴《け》った。

空に高く舞い上がるサッカーボールを思い描いた。

ボールはどこまでもぐんぐん伸びていって、空の青に吸い込まれて、消える。

「ゲジベエ」

ぼくは言った。声が喉をぐるぐると、あとはもう考えをめぐらせる間もなかった。

「のう、ゲジベエ、こんなん、ヨッさんのこと好きなんじゃろうが」

太賀誠みたいに――言えなかった。太賀誠が本気で怒ったらすぐに叩きのめされてしまう、その他大勢の不良みたいな、ねばついたカッコ悪い言い方になった。

トモコはきょとんとした顔になって、「はあ？」と返した。驚いただけじゃない、頭の中のどこにもそんな考えはなかったように。

「ヒロシ、カバチたれんな！　わりゃ、くそボケが！」

吉野があわてて怒鳴る。勘の鋭い奴だ、こういうところは妙に。

たじろいだところに、トモコが「矢沢くん、いまのどういう意味？」ときいてくる。「なんで、うちがヨッチのこと好きにならんといけんのん？」

「あたりまえじゃ！　こんなんに好かれたら、わしが迷惑じゃ、アホブスが！」

吉野、いま頭の中がぐちゃぐちゃになってるんだろ、おまえ。

「早う夜逃げすりゃええんじゃ！　こんなんが学校に来とったら、わしらまでゲンクソが悪うなるわい！」

こっち向け吉野、トモコを見て、ほんとうのこと言え、言えなくていいから、泣きそうな顔、見せてやれ。

「ヒロシが言うたん嘘じゃ！　ほんまはヒロシがこんなんのこと好いとるんじゃ！　さっきも言うたろうが！　どげんするんか！　こんなんも好きなんやったら、ヒロシにキスしちゃれ！」

アホ。くそボケ。吉野、おまえ、いっぺん死ね。

泣きたくなった。なんで吉野のかわりにぼくが泣かなくちゃいけないのかわからないけど、まぶたが熱くなる。

トモコは柵から降りた。ゆっくりと歩いて、ぼくと吉野のちょうど真ん中で立ち止まる。ダッフルコートのポケットに両手を入れ、寒そうに肩をすぼめて、吉野に言った。

「うちも、矢沢くんのこと好いとるよ。昔から、ずーっと好いとったん」

空に消えたサッカーボールが落ちてくる。

トモコはぼくに向き直った。初めて、恥ずかしそうにまばたいた。

ぼくはまっすぐにトモコを見つめる。逃げるな、と自分を叱った。ボールは足元に転がった。右足を振り抜けば、得意のアウトステップキックを決めれば、ゴールネットは大きく揺れる。

　息を吸い込んで口を開きかけた、そのとき——吉野が甲高《かんだか》い裏声で喉を鳴らした。

「ひょうひょうっ！　愛の告白じゃあ！　ヒロシ、どげんするんな、プロポーズどお！　ひょうひょうっ！」

　背中を踊るようにくねらせる。肩が持ち上がって、わかってるんだ、いま、おまえ、眉がひくひくしてるだろ、ぜったい。

　ぼくはもう一度息を吸い込んで、吐き出す息に「元気での」と早口の声を交ぜた。

　トモコは黙って小さくうなずいた。

「ヒロシ、早う言わんかい、好きじゃ好きじゃ好きじゃアイラブユーいうて！」

　吉野は足まで使って、ほんとうに踊りはじめた。

　アホ。

　ぼくはトモコに目配せして吉野の背中を指さし、人差し指で円を二回描いて、てのひらを開いた。くる、くる、ぱあ。ゴール前でパスしてやったボールを空振りする奴って、どこのチームにもいるんだから。

　トモコはコートのポケットに手を入れたまま、肩をさらにすぼめて、ほんまやね、と笑った。

サイコーの笑顔だった。

「わし、オンナに興味ねえけん」

ぼくは柵から道路にジャンプした。着地にしくじって右の足首をくじきかけたけど、公園の外に停めた自転車に向かって走った。サイテーの顔を見られたくなかった。

自転車をしばらく走らせてから後ろを見ると、トモコは——田辺智子は、一人で公園を出るところだった。ぼくを振り返らず、吉野のほうも振り向かずに、小走りに、田辺さんは家に帰っていった。

5

最初の赤信号で、吉野はぼくに追いついた。

「こんなん、ほんまアホじゃのう、なして好いとる言うちゃらんのか、ボケ」

ぜえぜえとあえぐ息で言って、あみだになった帽子を深くかぶり直しながら、ぼくの自転車の後輪を軽く蹴る。

「ゲジベエ、転校していくんど、最後ぐらい楽しい思い出つくっちゃろういう気にならんのか、おう？　こらヒロシ、こんなん、そげん血も涙もない奴じゃったんか」

そう来るだろうと思っていた。

ぼくは吉野の自転車の前輪を蹴り返して、言った。

「アホはヨッさんじゃ。ゲジベエ、ヨッさんのことが好きじゃけえ、わざとあげなこと言うたんで？　あそこでわしが本気にしとったら大恥かくところじゃが。こんなんもオンナごころがわからんやっちゃのう」

「……そげなことあるか、カバチたれんな」

でも、顔はちょっとうれしそうになった。ぼくもうれしくなって、ほんとうはすごくかなしいのかもしれないけど、勝手に笑いがこみあげてくる。

信号が青に変わった横断歩道を並んで渡っていると、ふと、いいアイデアが浮かんだ。オトコらしくてカッコいい思いつきだった。

「ヨッさん、パーッとやろうや」

「はあ？」

「『かどや』でクジぎょうさんひいて、奥でお好み焼き食おうで」

駄菓子屋の『かどや』は、店の奥の座敷でお好み焼きも出している。焼きそば入りの、ソースの甘いやつ。下級生の頃からずっと、食べたくてしかたなかった。

「なに言うとるんな、店に上がって食うんやこう、おとながおらんとできんじゃろ」

「だいじょうぶじゃ」

「金もなかろうが」

「床屋に行く言うて、かあちゃんにもろうてきたけん、それで食うて、あとで山根がたでバリカン借りるけん」

「なんぼ持っとるんな」

「すげえんど、今日わし金持ちじゃけえ」

待ってました、と半パンのポケットを探った。

千円札が中に入っている——はずだった。

「あれ？」間の抜けた声が出た。「ちょっと待っとってくれよ」

向こう側の歩道に着くとブレーキをかけ、片足をついてもう一度探したけど、やっぱり見つからない。左右のポケットだけでなく、ジャンパーのポケットにまで手を入れてみても、ない。

「財布、落としたんか」と吉野も心配顔できく。

「いや、財布には入れとらんかったんじゃけど……」

あせりながら答え、体じゅう、てのひらでパンパンと叩いた。ない。ほんとうに、どこにも。

顔から血の気がひくのがわかった。家を出てから通った道を思いだして、どこで落としたんだろうと考えてみたけど、そんなの、もういまさら遅い。

「アホじゃのう、こんなん、じかに入れたら落とすに決まっとるが」

吉野が言う。心配を通り越して、あきれはてたふうに。

どげんしようか、ヨッさん——喉元まで出かかった言葉をグッと呑《の》み込んで、「まあええわい」と言った。

「アホか、はぶてとる場合と違うじゃろ」

「ええんじゃや、ほんま」

「いっしょに探しちゃろうか？」

「ええて言いよるが、おまえには関係ねえんじゃけえ黙っといてくれや」

くやしくて、情けなくて、吉野の顔を見ると泣いてしまいそうだ。ぼくはまだぜんぜんガキで、こういうときの吉野はいっぺんにおとなになる。でも、お札のお金を持ち歩くときには必ず首から紐《ひも》でぶら下げた財布の中に入れる吉野が、ほんとうにおとななのかどうかはわからない。

吉野は自分の半パンのポケットを探りながら言った。

「まあええわ、どっちにしても、『かどや』行こうで。わし、百円持っとるけえ、チェリオ半分ずつ飲めるで」

「……おう」

「帰りに山根がたに寄って、バーッとボウズにすりゃあええが。わしがバリカンで刈っちゃるし、わしの頭も刈ってくれえや」

「ヨッさんもボウズにするん？」

吉野はヘヘッと笑って、自転車のペダルを踏み込んだ。

『かどや』に行くには、三つめの交差点を右折。西に向かう格好になるから、夕陽がまぶしいだろう。

十二月や一月の頃に比べると、ずいぶん日が長くなった。どこかの田んぼから、たき火の煙がゆらゆらとたちのぼっている。来月になると、あちこちで野焼きの煙があがり、乾いた草と土の焼けるにおいが町じゅうにただようだろう。もうすぐ春だ。卒業式まではあと一ヵ月あるけど、なにか、今日、いろんなことが終わってしまったような気がする。

台所から玄関に出てきて「お帰り」と言いかけた母は、ぼくの頭に気づくと「どげんしたん、あんた、それ……」と驚いた声を出した。

ぼくは玄関に立ったまま、うつむいて、「おかあさん、お金もういっぺんちょうだい」と言った。吉野もたぶん、おかあさんに頼み込んでいるはずだ。前がほとんど見えないんじゃないかと思うぐらい、帽子のつばを下げているだろう。帽子をとれば、ぼくと同じように、モヒカン刈りの反対といえばいいのか、やりかけの稲刈りのほうが近いだろうか、真ん中だけ丸ボウズになった頭がある。あいつのおかあさん、学校では優しい保健室の先生だけど、家では怒るとおっかないらしいから、布団叩きでお尻をぶたれているかもしれない。

「床屋さんでやってもろうたん違うん？」

「いろいろあったんよ、ええけん、早うお金ちょうだい。床屋、七時で閉まるけん」

しゃべっていると、また腹が立ってくる。山根のアホ、あした学校でしばきまわしてやる。

山根の家にあったバリカンは手動式の古いやつだった。錆《さ》びて、油も切れて、両手を使って思いきり力を入れないとハンドルが動かない。ちょっと不安ではあったけど、とにかくボウズ頭にしないことには家に帰れない。

自転車用の油をバネのところに塗りたくって、山根の家の庭で髪を刈った。最初に吉野がバリカンを持って、ぼくの頭の真ん中を一筋。髪の毛がひっぱられて泣くほど痛かった。これがずっとつづくんじゃ耐えられないと思って、「かわりばんこにしようや」と吉野の髪を一筋刈った。

それきり、バリカンは動かなくなった。あわてて油を足したりドライバーでネジをゆるめたりしていたら、畑仕事から帰ってきた山根のおじいちゃんが「こげなもん、どこからひっぱり出してきたんか、アンゴウたれが」と古くさい方言を使って山根を叱りとばした。そのバリカンは、山根が生まれる前に飼っていたヤギの毛を刈るときに使っていたやつだったのだ。

「なあ、おかあさん、早うして。床屋が閉まったら、わし、あした学校行けんが」

「『わし』やこう言わんの」

「そげなん言うとる場合じゃないんよ、なあ、お金！」

「さっきあげたお金、どないしたん。お釣りもあるやろ？」

「じゃけん、床屋に行かんかったんよ」

「行かんかったんやったら、千円、あるでしょうが」

「……じゃけん、いろいろあったんよ」

「『いろいろ』て、どげな『いろいろ』なん？　それ言いんさい」

母の顔が、しだいに怖くなってきた。

うつむいたまままあとずさったら、引き戸が開き、「おう、ヒロシ、なにしよるんか」と父が入ってきた。

「ヒロシ、なんな、その頭……」と驚く父に、母は「なんも言わんのよ、この子。それで床屋に行くけんお金くれえ言うて」と唇をとがらせる。

もうだめだ。覚悟を決めた。泣くしかない。泣けば、なんとかなるかもしれない。下級生の頃は、そうやって何度も叱られるピンチを切り抜けてきた。

でも、泣けない。まぶたに力を入れても涙はにじんでこない。昔とは違う。もう、困ったときには困った顔しかできない。そして、ほんとうにカッコいい奴は、困ったときでも平気な顔をしているんだろうと、思う。

お金を落としたところからぜんぶ、いきさつを正直に話した。

母は「じゃけんお金は財布に入れんさい言うとるでしょうが」と最初から最後まで文句を言いどおしだったけど、父は大笑いした。ふだんから口数が少なく、感情をあまり顔に出さない性格なのに、山根のおじいちゃんが「こりゃあヤギの毛を刈るバリカンじゃ」と言った場面では、腹を抱え、畳にひっくり返って笑った。母も「もう、そげん笑うたら示しがつかんが」と父をにらんだけど、ちらっとぼくの頭を見ると、こらえきれないみたいに吹き出した。

叱られるのはもちろんいやだけど、笑われるのも、ほんとうはおもしろくない。でも、まあ、いいか。やたらと風通しのよくなった頭のてっぺんをさわると、ジョリジョリして、くすぐったくて、父と同じようにひっくり返って笑った。

ひとしきり笑ったあと、父は腕時計を見ながら立ち上がった。もう七時を過ぎている。床屋には間に合わない。

「このままじゃ学校行けんのう。ちょっと待っとれ、市役所の連れにバリカン持っとる者《もん》がおるけえ、借りてきちゃる」

「これから？」

「おお、近所じゃけえ、歩いてもじきじゃ。晩飯食うて待っとれや」

「ぼくもいっしょに行く」

考えるより先に、声が出た。父はちょっと意外そうな顔で振り向いたけど、すぐに「よっしゃ」とうなずいた。

失敗のあとしまつを親にまかせっきりで平気だなんて、そんなのガキのすることなんだから。

6

夜道を歩きながら、父は昔の話をしてくれた。父も中学生の頃、ヤスおじさんのバリカンで頭をトラ刈りにされたことがあるんだという。

「姫路の博美おばさんがおるじゃろ、いつもはおとうさん、博美おばさんに頭刈ってもろうとったんじゃ。おばさんは洋裁しとるけん手先が器用なけんな。そしたら、ヤスおじさんが、たまにはあんちゃんが刈っちゃるわい言うて……テツおじさんも珠美おばさんも、逃げえ逃げえ言うんじゃけど、ヤスおじさんはいっぺん言いだしたらきかんひとじゃけえ……そしたら、もう、剃《そ》ってしまわんとどがんもならんほどのトラ刈りじゃ」

おかしそうに、なつかしそうに話す。父はこどもの頃の話をめったにしないし、いまの話ももちろん初めて聞いたことなのに、なぜだろう、まるでぼくもずうっと昔にその場にいたみたいな気がした。

「ヤスおじさんは、すぐそげなことするんよ。おせっかいいうか、長男じゃし、親が早う死んだけえの、弟やら妹のことが気になってしょうがないんじゃ」

「じゃけん、優子ちゃんらのことも気になるん？」

「そうじゃの……にぎやかなんが好きじゃけえ、おじさんは」

父は笑いながら言って、それから、ぽつりと付け加えた。

「おとうさんが生まれてから、家族は減る一方じゃったんじゃ。おふくろが死んで、親父も死んで、下のきょうだいも学校を出た者《もん》から順に大阪やら広島やら博多にやら働きに行って……最後の最後に、末っ子のおとうさんが東京に出ていったんじゃけえ、ヤスおじさんはさびしかった思うわ、ほんま」

この話だって、初めて。昔は、父とヤスおじさんは仲が悪いんだと思っていた。思うだけじゃなくて、じっさいに言い争いになったりお互いムッとした顔で黙りこくったりすることもあった。おとなになっても兄弟ゲンカをするのがなんだか不思議で、一人っ子のぼくには、それがときどきうらやましくなったりもしていた。

「おとうさん」

「うん？」

「ヤスおじさん、おとうさんが東京から帰ってきたとき、喜んどった？」

父は少し考えて「昔のことじゃけえ、忘れたのう」と首をひねった。

「おとうさんは？」

答えは返ってこなかった。

そのかわり、ぼくの肩をつついて立ち止まらせ、背比べをするみたいに横に並んで言った。

「おとうさんの、中学生の頃、家を出とうてかなわんかったんじゃ。家いうより、この町じゃの、もっと大きな都会に行きとうて行きとうて……そげんふうに思うようになったんが、ちょうど中学生の頃よ。いまのヒロシよりも体はこまかったけどの、東京に出て一旗あげちゃるいうて、大仰《おおぎょう》なこと考えとったんじゃ」

家を出る。この町を、出る。いまはまだピンと来ない。でも、いつか、ぼくもそんなことを思うんだろうか。ぼくがいなくなれば、父と母は二人きりになってしまう。父はわからないけど、母は、千円賭けてもいい、ぼくが家を出ることにぜったい反対するだろう。泣くかもしれない。それでも一人で暮らすんだと、この町を出るんだと、そう心に決める日が、いつかぼくにも来るんだろうか……。

夜空を見上げた。もやのかかったような、はっきりしない天気だった。あと一ヵ月もすれば、中国大陸から黄砂がこの町にやってくる。東京から引っ越してきて、七度めの春だ。

電動バリカンを借りて家に帰ると、居間に吉野がいた。夕方と同じ、真ん中だけボウズ刈りになったヘンな髪のまま、かしこまってカルピスを飲んでいた。台所には、母と、吉野のおかあさん。なにかおもしろい話をしているところだったのか、二人で声をあげて笑っていた。

母が電話をかけたんだという。

「ほんま、助かりましたわ」吉野のおかあさんは、あらためて父と母に頭を下げた。「説教しとるうちに七時過ぎてしもうたけん、どないしよう思うとったんですわ」

「説教と違うわ、しばきまわしたんじゃ」と小声でぼくに言う吉野の頰にはビンタを張られた痕《あと》がついていた。

「よっしゃ、そしたら吉野くんから先に刈っちゃろう。庭に出んさいや」

父が言うと、母は「あ、ちょっと待っとって」と戸棚からカメラを取り出した。

「吉野くん、ヒロシ、そこに並んで座り。せっかくじゃけん、記念撮影してあげるわ」

テレビの前に二人並んだ。吉野のおかあさんに「はい、チーズ」と声をかけられ、相談なんてしていなかったのに、ぼくも吉野も顔をしかめて、舌をペロッと出した。

母と吉野のおかあさんは「なにヘンな顔しよるん」と不満そうだったけど、父は、これでいいんだ、というふうにうなずいて言った。

「ええコンビじゃや、おまえら」

庭で父に丸ボウズにしてもらって居間に戻ると、吉野のおかあさんとお茶を飲んでいた母に「これに着替えてみんさい」と衣装箱を渡された。今日デパートから届いたばかりの、中学校の制服だった。

「サイズが違《ちご》うとったら取り替えてもらわんといけんから、パッと着て、寸法だけみて、すぐに脱ぎんさい」

「うん……」

「ここで着替えりゃええが」

「自分の部屋で着替えてくるけん」

照れくさくなって、うつむいて言うと、母は「吉野くんがたのおばちゃんがおるけん恥ずかしいん？」とからかうように笑った。

母はなにもわかっていない。ほんとうに、オンナってアホだ。半パンを脱いでパンツ一丁になったのをいっとう見られたくない相手は、母なのに。

「それにしても、ヒロシ、一休さんみたいやねえ。吉野くんもそうやったけど、よう似合《にお》うとるよ」

吉野のおかあさんも「ほんまやねえ、いまふうの子でも、やっぱり男の子はボウズがいちばんオトコらしいねえ」と言った。

ほんとうだろうか。髪が短ければオトコらしいなんて単純すぎないかと思うけど、風がスーッと頭の表面を吹き抜けていく、その感じは悪くない。

吉野は、ぼくの部屋の二段ベッドの上段でマンガを読んでいた。「おう、すんだんか？」と体を起こし、ぼくの頭を見ると、自分だって同じ一休さんのくせに「こんなん、寺の小僧じゃが」と笑う。

「おばさん、そろそろ帰る言いよりんさったど」

「ほうか……」

泊まっていけえや——言葉は喉につっかえて、消えた。

ぼくたちは、あと何度こんなふうに二人で話せるんだろう。四月からは別々の中学校に通う。ぼくはサッカー部で、吉野は野球部。部活の練習が忙しくて、いっしょに遊ぶ時間はないだろう。忙しくなくても、たぶん、遊ばない。クラスが違うだけで話が嚙《か》み合わないことだってあるんだから、学校が違ったら、おしゃべりのネタも見つからないだろう。

ぼくは机の引き出しを開けて、田辺智子からもらったチョコレートの箱を出した。

「ヨッさん、チョコ食うか？」

「おまえ、なにしよるんな、そげなもん隠して。おまえがた、しつけがなっとらんのう」

「ええけえ、食うんか、食わんのんか」

「食う」

一個だけ手元に残して、残りの八個を箱ごと吉野に放ってやった。金曜日に三個食べたきり、ゲンかつぎみたいに、田辺智子が学校に来るまではがまんしようと決めていた。でも、もういいや。吉野なら——吉野だから、いいや。

「ぜんぶ食うてもええけん、そのかわり、よう味おうて食えよ。たいせつなチョコなんじゃけえ」

「なんな、ふつうのグリコじゃが」

「ふつうのじゃけど、特別なんじゃ」

「……こんなん、ときどきわけのわからんこと言うっちゃのう」

首をひねる吉野にかまわず、ぼくは銀紙をはがしたチョコを口の中に入れて、ベッドの下の段に寝ころんだ。

田辺智子は、いまなにをしてるんだろう。引っ越しの荷造りの途中だろうか。広島の住所を聞きそびれてしまった。先生にきいたら教えてくれるかもしれないけど、そういうのってカッコ悪いし、オトコらしくないし、あいつはもうぼくのことを嫌いになってしまったかもしれない。

それでも、もしも、あいつから手紙が来たら、ぜったいに返事を書こう。短くてもいいから、すぐに返事を出してやろう。母がさっき撮った写真をいっしょに送ったら、あいつ、笑ってくれるだろうか。

「ヨッさん、チョコうめえか」

「おお、まあ、ふつうの味じゃ」

「ゆっくり溶かして食えよ。甘《あめ》えんじゃけえ」

「わかっとるわい、そげなこと。こんなんも、つまらんこと指図するやっちゃのう」

指図なんかじゃない。二段ベッドの上と下とでしゃべってみたかっただけだ。新しい制服に皺が寄って、あとで母に叱られるかもしれないけど、いいや。ベッドに寝ころんだまま服を着替えた。

チョコを口の中で溶かしながら、ベッドに寝ころんだまま服を着替えた。チョコは金曜日に食べたときよりも早くアーモンドの苦みが染みてきた。でも、いまは、この苦みがうまいんだと思う。ミルクチョコレートなんて、ガキのお菓子だ。

「のう、ヒロシ。今日、なんかわしら、セーシュンじゃったのう」

吉野が言った。もごもごした声だった。もしかしたらチョコを二つぐらいいっぺんに頰張っているのかもしれない。

「なんがセーシュンな、小学生で？　わしら」

わざと意地悪に返してやると、意外と素直に「そうじゃの」と引き下がって、「そしたら、いまはどげん言葉で言うんか」ときく。

「どげん、て？」

「ヒロシ、国語得意なんじゃけえ、教えてくれえや。わし、サイン帳にそれ書くけん」

そうか、ともだちに回すサイン帳をそろそろ買わなくちゃ、と気づいた。男子だけなら薄いやつでいいけど、女子にも書かせてやるんなら、ちょっと分厚いやつを買ったほうがいい。どっちにするかは、まだ決めていない。

「のう、ヒロシ、なんかええ言葉ないんか。セーシュンいうたら青い春じゃろ。その前じゃけえ、色で言うたら……」

「ピンクかのう。なんか、つぼみ、いう気がせんか?」

「アホ、ピンクはオンナ色じゃろうが」

「そしたら、みどり色。若葉のみどりでよかろうが」

ただ思いついただけのアイデアだったけど、吉野は「おう、みどりか、それじゃの」と力んで言った。「みどりじゃ、おう、なんかええど、それ」

笑い声といっしょに、アーモンドを噛み砕く音が聞こえた。ぼくも、まだチョコの甘みは残っていたけど、アーモンドを奥歯で嚙んだ。

着替えを終えて、立ち上がる。詰め襟《えり》が窮屈だけど、上着のサイズはちょっと大きめだ。デパートのひとは「夏休み頃にはちょうどええ寸法になっとるよ」と言っていた。「男の子は中学に上がると急に背が伸びるけんね」とも。

「どげな、ヨッさん。ちょっと見てくれや」

吉野に声をかけて、ひょいとつま先立ってみた。ズボンの膝のあたりの布地がまとわりついてくるようで、なにかうっとうしい。半パンとは違う。四月からは、もう半パンを穿くことはない。

「おうおう、いっちょまえに中学生じゃのう」

吉野は、なんであいつがそうなるのかわからないけど、すごく照れくさそうな顔で笑った。でも、吉野の制服姿を見たら、ぼくもそんな顔になりそうな気がする。

居間に戻って父と母にも見せてやろうと思ったけど、その前に、窓のカーテンを開けた。ガラスについた露をてのひらでぬぐい、窓の正面を向いて「気をつけ」のポーズをとってみた。

ほんとうだ、いっちょまえの中学一年生がいる。いまからセーシュンの始まるガキが、ぼくを見て笑う。

「ヤザワ、ヒロシくんっ」

吉野がおっさんみたいな声をつくって言った。

「はいっ！」

元気いっぱいに、ぼくは答えた。

文庫版のためのあとがき

高校を卒業して上京するまで、十回以上の引っ越しを経験した。

略歴などでは「岡山県出身」となっているものの、それは母親が里帰り出産（といっても父方の実家なのだが）でぼくを産んだというだけのことで、たしかに出生地・本籍地ではあっても、岡山県を「ふるさと」と呼ぶ資格は、自分にはないんだと思っている。

大阪の東成区《ひがしなり》をふりだしに、父の転勤に伴って、名古屋、鳥取県、山口県と引っ越しをつづけ、それぞれの街の中でも何度も家を移った。ちょっと格好良く言えば、「ふるさと」を持たずに成長した少年――なのである。

十八歳で東京に来て、西暦のB.C.／A.D.よろしく上京以前／以後の年数がほぼ拮抗《きっこう》した三十代半ば、折にふれて「もしも……」の話を考えるようになった。

もしも親父の転勤がなくて、あの街から引っ越していかなければ、ぼくはどんなふうに成長し、どんなひとたちと出会い、どんな思いを胸に刻んでおとなになっただろう――。

『半パン・デイズ』は、そんな発想から書き起こされた。

主人公のヒロシは、ぼくと同い歳の少年である。西日本の小さな街にぼくと同じように引っ越してきて、しかしぼくとは違って、その街で小学校の六年間を過ごす。九編の小さなお話は、ヒロシの成長物語であると同時に、一人の少年が、よそ者として移り住んだ街を「ふるさと」にしていく物語でもあったんだなと、いま、思う。

物語じたいは虚構を貫いたが、それを包み込む空気には、一九六九年に小学校に入学した〝一九七〇年代型少年〟であるぼく自身の記憶が溶けているはずで、その空気が、ほんのわずかでも普遍に触れて、読者の胸に流れ込んでくれれば――ぼく自身の〝ありえたかもしれない自叙伝〟を、〝ぼくたちみんなの自叙伝〟として読んでいただけたなら、とても嬉しい。

かねて憧れている年長の小説家がいる。ぼくはそのひとの書く青春小説が大好きで、新刊が出るたびにむさぼるように読みふける。

お行儀の悪い小説である。痛快きわまりない小説である。ぼくがこれまで書いてきたすべてのお話の登場人物が束になってかかっていっても、そのひとの小説のチョイ役一人に「おうコラ、おうコラ」と小突き回されるのがオチだろう。直接お目にかかったことはないが、伝え聞くところによると、ご本人も相当のヤンチャだという。

そのひとの小説やエッセイを読むといつも、中学や高校の頃の先輩たちを思いだす。ろくな連中ではない。たとえば、キャロルや矢沢永吉のフィルムコンサートに出かけると、そういう先輩たちは必ず最後列に陣取っている。挨拶《あいさつ》をするとタカられ、挨拶をしないとしばかれる。立ち上がって声援を送ると（フィルムコンサートなのにね）、「見えんど、ボケ！」と怒鳴られ、座ったままでいると「エーちゃんに失礼じゃろうが！」とやっぱり怒鳴られる。まったくもって迷惑な存在なのだが、ぼくは彼らのことがビミョーに大好きだった。

先輩たちとは二十年以上も音信不通のままである。おそらく再会の機会は訪れないだろう。しかし、そのひとの文章を読むと、先輩たちにそっくりな連中に会える。それが嬉しくてたまらない。

打ち明け話をすると、『半パン・デイズ』を書くときに〝ぼくたちみんなの自叙伝〟のお手本にさせてもらったのは、そのひとのデビュー作『岸和田少年愚連隊』だった。

今回の文庫化にあたって、作品にとって、いや、なによりぼく自身にとっての最大の幸せは、『岸和田少年愚連隊』の著者に解説の一文を寄せていただいたことだろう。

中場利一さんに、心より感謝する。

「小説現代」初出時には島村理麻さんに、単行本の刊行にあたっては綾木均さんに、それぞれたいへんお世話になった。文庫版の編集をしてくださったのは、堀沢加奈さんである。記して、感謝する。同様の謝意を、単行本にひきつづいて装丁・装画をお願いした日下潤一さんと沢田としきさんにも捧げたい。

「ふるさと」を持たずに成長した少年は、上京後も引っ越しを繰り返した。
二十年間で九回――この本が書店に並ぶ頃には、妻と娘たちにぶつくさ言われながら、十回目の引っ越しのための荷造りに追われているはずだ。
「ふるさと」は、まだ、見つかっていない。

二〇〇二年九月

重松　清

解説

中場利一

重松清はやさしいなあ。

顔は江戸時代の八丈島帰りみたいなくせに、どうしてこんなにやさしい小説をポンと書けるのだろう。

この「半パン・デイズ」は重松清版アンプラグドである。表紙にも小さく（UP）て書いてあったでしょ。

ウソです。どこにもそんなことは書いてはいないが、電気のコードを突っ込んではいない、ビリビリはこないが静かに何かが押しよせてくる、そんな作品だ。

私は重松清と同じ、モノを書く仕事をしているのに、あまり本は読まない。おそらく今、この解説を読んでいるアナタの半分も読まないと思う。そのくせ、いい本と出会うとすぐ人にも読めと強制をする。そして知ったかぶりをして作品やその作家について語ってしまう。

以前も村上春樹さんのエッセイを一冊読んだだけで「ムラカミのことやったら、オレに聞かんかい言わんかい」と大口をたたいた前科がある。

「シゲマツのことならオレに聞け」

今回も言わせてもらう。もちろん知り合いをつかまえては「半パン・デイズを読めコラ」とすすめた。そしてシゲマツを語り、物語を語った。不思議なことに、読んでいる時には平気だったのに、人に語っていたら涙が出てきた。とくに「第三章・あさがお」「第四章・二十日草」「第五章・しゃぼんだま」を語っている時などは、涙とハナでぐしょぐしょになって相手に逃げられてしまった。アンプラグドだから、じわりじわりと効いてくるのかも知れない。

オレはいつの間にこんな大人になってしまったんだろと、もう一度読み返した。まず登場人物のハシからハシまで血がかよっている。ヤスおじさんにシュンペイさん、チンコばばあに吉野くん、そして主人公のヒロシ、ヒロシの両親、タッちん、美奈子、どいつもこいつも愛すべき人たちだし、その他の登場人物全員に血がかよっているから全員の顔も違う、目線も違う。シゲマツは脇役をチョイ役やｅｔｃとは思っていないし、またそんな人物が大好きだから一人一人の鼓動の速さも変えて書きやがる。そうなったら雨の国道を走るトラックの水しぶきの音も聞こえてくる、チンコばばあの着ている服の匂いもしてくる。

そのうえ私の場合、この物語の主人公であるヒロシと同じ年代である。ロクムシもよく広場でした。メンタムを目の上にぬったら眠くならないと聞き、間違えて目の下にぬって一晩中涙がとまらなくもなったりした。カラーテレビの普及もこの頃で、家の白黒テレビでみていた「巨人の星」のオープニングの夕日が、近所のバイク屋のバカ息子の家でみたカラーテレビの夕日とは、まったく色が違うのにキズついたりもした。

あまりにも似すぎている。

この小説の舞台は片田舎の、気性のあらい港町。私が生まれ育ったのも海があたり前のようにあり、電車なんて駅のプラットホームに着く少し前からトビラを開《あ》け出す気性のあらい港町。もう東京などという都会とはまったくちがうワケである。ウチの近所の喫茶店なんか、今だに店で一番うまいものはギトギトケチャップのイタリアンスパゲティで、二位がドライカレー、三位にピラフ、四位にスブタがきたりする。コーヒーなんかランク外で柱に「水ナス漬物四〇〇円」と貼ってたりもする。かき氷もフラッペではなく「みぞれ」で、誰もうまく発音できないものだから、メニューに最初から「みどれ」と書いてある。

それが片田舎のあたり前の風景である。

そんな所へ、主人公のヒロシが両親と引越して来るところから物語は始まる。

東京から突然、片田舎の港町。

海が近くにある町というのは不思議なことに、全国共通で町のノドが太い。東京ではすぐ「ペッ!」と吐き出された奴でも、港町はノド、食道が太いからのみこんでくれる。そのかわり町の口はオチョボグチなので、なかなか口の中へは入れてくれない。

　ハイタテキである。

　なれると食道が太い分、スメバミヤコになってくる。クミアイ、タイショクキン、イカイヨウ。小学校低学年のヒロシには全くわからない理由で引越してくる。もちろんヒロシはまだ東京をひきずっているし、父や母だってひきずっている。東京では当然のようにあったプライベートという言葉は、田舎では通じない。少しでもプライベートを主張すれば「気取りやがって」と言われてしまう。しかし、こういう場合は大人より子供のほうが馴染むのは早い。いくらヒロシの父が十八歳まで暮らしていた土地であれ、大人は頭で考えてしまうが、子供は体でおぼえてゆく。

　ヒロシとは入れちがいのように東京へ引越して行ったヨウイチくん。もう抱きしめてやりたいほど、くっだらないウソばかりつく上田くん、いつもいばってる吉野くん。

「第一章・スメバミヤコ」と「第二章・ともだち」で、ヒロシは体を張って田舎のオチョボグチをこじ開《あ》け、太い食道に飛び込んでいく。一度のみこんでもらえたらヒロシのものである。「トーキョー」という嫌なニックネームだけが「ペッ！」と吐き出され、ヒロシ個人だけがのこる。

　その間、大人は何をしているかといえば、大人は大人でいろいろやっているらしく、ある日突然ヒロシの家に「チンコばばあ」がやってくる。私は個人的に、このチンコばばあとヤスおじさん、そしてシュンペイさんが大好きでたまらない。半パン・デイズだからガキどもが主役なのはわかってはいるが、重松清おそるべし。脇役がたまらない。

チンコばばあ、いいなァ。

名前はすごいけど妖怪でも何でもない、遠慮しいのさみしいバァさんである。ただ位牌をいつもそばに何本も置いて、じっとイヤホンでテレビをみられたら、父と母と一人っ子のヒロシの家庭では波風が立つのはあたり前である。ヤスおじさん家《ち》の優子ちゃんが、これまたよけいなことを言うし。

しかし人間には「情」というものがある。

情が生まれてくると、まわりがよく見えてくる。まわりがよく見えると許せてしまう。許せるということは嫌いなところも好きになる。それは愛情。

愛と情。このふたつがかさなれば最高なのであるが、愛情をもってしても、いくら嫌いなところも好きになれたとしても、どうしようもない別れはある。ひとつは「死」で、チンコばばあは「死」で別れが来る。もうひとつは「男同士」。

「第四章・二十日草」はシュンペイさんの右ウデに赤いボタンのイレズミがはいったところから始まる。

なんでイレズミなんかいれた？

なんで？　なんで、なんで。なんでの答えはひとつではない。一＋一が二になんかならないのをヤスおじさんもシュンペイさんも、そしてヒロシも知っている。「ヒロシはまだ子供だ」そんなことを考えているのはいつの時代も親だけだ。子供をなめてはいけない。あいつらすべてわかっている。自分がカワイイことも、ウソが大人にバレていることも、みんなわかっている。わかっていて、わかっていないフリをする名人である。

　大人がたまに損得勘定の「損」をあえて取ることもまた知っている。どうにかしたいけど、どうしようもない別れもあるさ。

「第五章・しゃぼんだま」のタッちゃんとのこともそう。どうしようもない別れ。じつは私が小学生の時も、タッちゃんみたいな奴が近所に住んでいた。幼稚園や小学校低学年までは普通に遊んでいたのに、三年ぐらいになると、どうしたわけか急にいじめたりし始めた。その子がキズつく言葉を言ったりもした。あれだけ仲が良かったのに、そいつと仲がいいと人に思われるのがイヤになったのかなァ。ひょっとしたら、もう小学生の真ン中くらいから「青春」というものが始まっているのかも知れない。その青春は自分が思っているより、ずっとずっと長くつづいているような気もする。もう小学生の時から「世の中」はあったはずで、今もその世の中でヒロシや吉野くんたちみたいにもがいている。

　ヒロシに言わせると小学生のは「青春」ではなく「青」の部分がまだ「みどり」らしい。「第六章・ライバル」。「第七章・世の中」。「第八章・アマリリス」、そしてラストの「第九章・みどりの日々」と、重松清版アンプラグドは、ゆっくりとフェードアウトしていく。トーキョーと呼ばれていたヒロシの言葉も、体でおぼえた方言に変わり、ケンカもし、初恋にもなやみ、後悔や同情まで一丁前にやり、ついに坊主頭、中学生になろうとしている。

みどりから青へ。

港町では坊主頭にしたての男子に「ハツハリ」という儀式がある。初張り。坊主頭を見かけた人が思い切り青々とした頭を張り飛ばす。セーシュンが始まる合図である。

ヒロシの頭はやはり重松清にまかせよう。

この作品は一九九九年一一月に小社より刊行された。

|著者|重松 清 1963年岡山県生まれ。早稲田大学教育学部卒。出版社勤務を経て、執筆活動に入る。1999年『ナイフ』で第14回坪田譲治文学賞、『エイジ』で第12回山本周五郎賞、2001年『ビタミンF』で第124回直木賞受賞。話題作を次々発表するかたわら、ライターとしても、ルポルタージュやインタビューを手がける。他の著書に『定年ゴジラ』『世紀末の隣人』『流星ワゴン』『ニッポンの単身赴任』『ニッポンの課長』『きよしこ』『トワイライト』『疾走』『愛妻日記』『卒業』『教育とはなんだ』『最後の言葉』(共著)『いとしのヒナゴン』『なぎさの媚薬』『その日のまえに』『きみの友だち』などがある。

半《はん》パン・デイズ

重松《しげまつ》 清《きよし》

2002年11月15日第1刷発行
2007年3月26日第13刷発行

発行者——野間佐和子
発行所——株式会社 講談社
東京都文京区音羽2-12-21 〒112-8001
電話 出版部 (03) 5395-3510
販売部 (03) 5395-5817
業務部 (03) 5395-3615

Printed in Japan

講談社文庫
定価はカバーに表示してあります

デザイン—菊地信義
製版——大日本印刷株式会社
印刷——豊国印刷株式会社
製本——株式会社若林製本工場

落丁本・乱丁本は購入書店名を明記のうえ、小社業務部あてにお送りください。送料は小社負担にてお取替えします。なお、この本の内容についてのお問い合わせは文庫出版部あてにお願いいたします。

ISBN4-06-273597-0

講談社文庫刊行の辞

二十一世紀の到来を目睫に望みながら、われわれはいま、人類史上かつて例を見ない巨大な転換期をむかえようとしている。

世界も、日本も、激動の予兆に対する期待とおののきを内に蔵して、未知の時代に歩み入ろうとしている。このときにあたり、創業の人野間清治の「ナショナル・エデュケイター」への志を現代に甦らせようと意図して、われわれはここに古今の文芸作品はいうまでもなく、ひろく人文・社会・自然の諸科学から東西の名著を網羅する、新しい綜合文庫の発刊を決意した。

激動の転換期はまた断絶の時代である。われわれは戦後二十五年間の出版文化のありかたへの深い反省をこめて、この断絶の時代にあえて人間的な持続を求めようとする。いたずらに浮薄な商業主義のあだ花を追い求めることなく、長期にわたって良書に生命をあたえようとつとめるところにしか、今後の出版文化の真の繁栄はあり得ないと信じるからである。

同時にわれわれはこの綜合文庫の刊行を通じて、人文・社会・自然の諸科学が、結局人間の学にほかならないことを立証しようと願っている。かつて知識とは、「汝自身を知る」ことにつきていた。現代社会の瑣末な情報の氾濫のなかから、力強い知識の源泉を掘り起し、技術文明のただなかに、生きた人間の姿を復活させること。それこそわれわれの切なる希求である。

われわれは権威に盲従せず、俗流に媚びることなく、渾然一体となって日本の「草の根」をかたちづくる若く新しい世代の人々に、心をこめてこの新しい綜合文庫をおくり届けたい。それは知識の泉であるとともに感受性のふるさとであり、もっとも有機的に組織され、社会に開かれた万人のための大学をめざしている。大方の支援と協力を衷心より切望してやまない。

一九七一年七月

野間省一

講談社文庫　目録

篠田真由美　美貌の帳《とばり》〈建築探偵桜井京介の事件簿〉
篠田真由美　桜闇〈建築探偵桜井京介の事件簿〉
篠田真由美　仮面の島〈建築探偵桜井京介の事件簿〉
篠田真由美
加藤俊章 絵　レディMの物語
重松　清　定年ゴジラ
重松　清　半パン・デイズ
重松　清　世紀末の隣人
重松　清　流星ワゴン
重松　清　ニッポンの単身赴任
重松　清　ニッポンの課長
新堂冬樹　血塗られた神話
新堂冬樹　闇の貴族
島村麻里　地球の笑い方
島村麻里　地球の笑い方 ふたたび
柴田よしき　フォー・ディア・ライフ
柴田よしき　フォー・ユア・プレジャー
新野剛志　八月のマルクス
新野剛志　もう君を探さない
新野剛志　どしゃ降りでダンス

殊能将之　ハサミ男
殊能将之　美《み》濃《の》牛《ぎゅう》
殊能将之　黒い仏
殊能将之　鏡の中は日曜日
嶋田昭浩　解剖・石原慎太郎
新多昭二　秘話 陸軍登戸研究所の青春
首藤瓜於　脳男
首藤瓜於　事故係生稲昇太の多感
島村洋子　家族善哉
島村洋子　恋って恥ずかしい〈家族善哉2〉
仁賀克雄　切り裂きジャック〈闇に消えた殺人鬼の新事実〉
島本理生　シルエット
島本理生　リトル・バイ・リトル
白川　道　十二月のひまわり
子母澤　寛　新装版 父子鷹 (上)(下)
不知火京介　マッチメイク
杉本苑子　孤愁の岸 (上)(下)
杉本苑子　引越し大名の笑い
杉本苑子　汚名

杉本苑子　女人古寺巡礼
杉本苑子　利休破調の悲劇
杉本苑子　江戸を生きる
杉田　望　金融夜光虫
杉田　望　特別検査〈金融アベンジャー〉
鈴木輝一郎　美男忠臣蔵
瀬戸内晴美　かの子撩乱
瀬戸内晴美　京まんだら (上)(下)
瀬戸内晴美　彼女の夫たち (上)(下)
瀬戸内晴美　蜜と毒
瀬戸内寂聴　寂庵説法
瀬戸内寂聴　新寂庵説法 愛なくば
瀬戸内晴美　家族物語 (上)(下)
瀬戸内寂聴　生きるよろこび〈寂聴随想〉
瀬戸内寂聴　寂聴天台寺好日
瀬戸内寂聴　人が好き［私の履歴書］
瀬戸内寂聴　渇く
瀬戸内寂聴　白道
瀬戸内寂聴　いのち発見

講談社文庫　目録

講談社文庫　目録

講談社文庫　目録

講談社文庫　目録

陳　舜臣　獅子は死なず
陳　舜臣　小説十八史略 傑作短篇集
陳　舜臣　神戸 わがふるさと
張《チャン》　仁《イン》淑《スク》　凍れる河を超えて(上)(下)
筒井康隆　ウィークエンド・シャッフル
津島佑子　火の山――山猿記 (上)(下)
津村節子　智恵子飛ぶ
津村節子　菊日和
津本　陽　塚原卜伝十二番勝負
津本　陽　拳豪伝
津本　陽　修羅の剣(上)(下)
津本　陽　勝つ極意 生きる極意
津本　陽　下天は夢か 全四冊
津本　陽　鎮西八郎為朝
津本　陽　幕末剣客伝
津本　陽　武田信玄 全三冊
津本　陽　乱世、夢幻の如し(上)(下)
津本　陽　前田利家 全三冊
津本　陽　加賀百万石
津本　陽　真田忍俠記(上)(下)
津本　陽　歴史に学ぶ
津本　陽　おおとりは空に
津本　陽　本能寺の変
津本　陽　武蔵と五輪書
津本　陽　幕末御用盗
津村秀介　洞爺湖殺人事件
津村秀介　水戸の偽証〈三島着10時31分の死者〉
津村秀介　浜名湖殺人事件〈富士―博多間37時間30分の謎〉
津村秀介　琵琶湖殺人事件〈ハイパー有明14号「13時45分」の死角〉
津原泰水監修　エロティシズム12幻想
司城志朗　秋と黄昏の殺人
司城志朗　恋ゆうれい
土屋賢二　哲学者かく笑えり
土屋賢二　ツチヤ学部長の弁明
塚本青史　呂后
塚本青史　王莽
塚本青史　光武帝(上)(中)(下)
塚本青史　張騫
辻原　登　百合の心・黒髪 その他の短編
出久根達郎　佃島ふたり書房
出久根達郎　たとえばの楽しみ
出久根達郎　おんな飛脚人
出久根達郎　御書物同心日記
出久根達郎　続 御書物同心日記
出久根達郎　御書物同心日記 虫姫
出久根達郎　土龍《もぐら》
出久根達郎　漱石先生の手紙
出久根達郎　俥《くるま》宿《やど》
出久根達郎　二十歳のあとさき
ドウス昌代　イサム・ノグチ〈宿命の越境者〉(上)(下)
童門冬二　戦国武将の宣伝術〈隠された名将のコミュニケーション戦略〉
童門冬二　日本の復興者たち
童門冬二　夜明け前の女たち
童門冬二　改革者に学ぶ人生論〈江戸グローカルの偉人たち〉
藤堂志津子　恋人よ
鳥羽　亮　三鬼の剣
鳥羽　亮　隠《おぬ》猿《ざる》の剣

2007年3月15日現在